장군이야기

Vol. 2

[추천의 글]

작가를 말하다

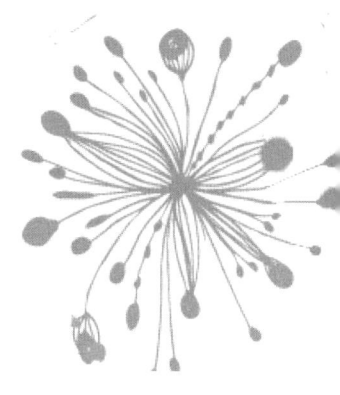

김 홍 신
인간시장의 작가, 문학박사

　어느 가을날 아침, 뜬금없는 전화를 받았다. 십수 년 넘게 기별없던 동무 녀석이 흐른 세월만큼이나 침착한 목소리로 이름을 밝혔다.
　[김실] 이라고.
　기억하다마다. 대학시절의 괴짜이자 건달노릇으로 제법 어울렸던 사내였다. 떡 벌어진 어깨에 말투가 사뭇 도전적이었고, 생긴대로 의리깨나 있던 녀석이었는데… 흘러다니는 소문으로 어느 산골에 묻혀 산다고 들었는데…….

　화끈한 성격에 두주불사요, 눈꼴 신꼴을 못봐서 늘상 주먹다짐을 하던 녀석이었지만 근본이 착한 인간이어서 꽤나 친하게 지냈었다. 옛 정이 그리운 탓에 녀석이 살고 있다는 양주 땅 산골을 찾아 나섰다. 초행길이어서 두어 차례 전화를 걸어서 그가 살고 있는 산골마을에 도착했다. 얼기설기 지어진 집이지만 정감이 느껴졌다. 채소밭이며 개와 닭의 평온한 모습이 과거의 김실의 모습과는 영 어울려 보이지 않았다.

그러나, 금세 녀석과 제대로 어울리는 곳이라는 걸 알게 되었다. 한복 전문가인 부인과 아이들, 모친이 함께 어울려 사는 모습이 부럽기까지 했다. 나도 기회가 되면 이런 산골 마을에서 글이나 쓰고 책 읽어가며 작은 농사를 짓고 싶었기 때문이다.

녀석의 표정이 안온해 보이는 것도 그가 기독교에 심취해서 삶의 방식을 바꾸었다는 걸 느끼게 되었다. 젊은 시절의 그답지 않은 대변신이라고 밖에 달리 설명할 길이 없었다. 그 역시 이 부분에 대해서는 구체적으로 설명하지 않은 채 빙그레, 사람좋은 웃음으로 답변을 대신했다.

그리고 얼마 후, 그의 어머님이 소설처럼 돌아가셨다. 아들 하나 굳세게 믿고 사셨던 전통적 조선 어머니 상이던 어머니가, 노인네가 도저히 오를 수 없는 험산의 정상 부근에서 돌아가신 것이다. 그는 정말 질펀하게 울었다. 슬퍼하는 모습을 차마 지켜보기 어려울 만큼 처절하게 통곡했다. 그만큼 두 모자의 정과 전생의 인연과 속으로 얽힌 사연이 깊고 험했고 뜨거웠다는 뜻이리라.

어머니가 돌아가신 뒤, 그는 느닷없이 내게 원고지 쓰는 법과 소설 쓰는 요령을 가르쳐 달라고 떼를 쓰기 시작했다. 공부하고는 담을 쌓았고, 소설을 소설나부랭이쯤 알고, 소설 쓰는 인간을 밥먹고 할 짓이 없는 부류로 취급을 하던 학생이 아니었는가. 그가 국문과 출신이라는 사실을 빼곤 전혀 어울리지 않는 소리를 하고 있으니, 세상 편히 살라고 말리지 않을 수 없었다.

하도 졸라대는 바람에 소설이란 인생을 얘기하는 거니까, 네 복잡다단한 인생살이를 문장구조에 맞게 옮겨 놓으면 소설이 된다는 식으로 얘기해 주었다.

그리고 또 몇 년 동안 기별이 없었고, 풍문으로 소설을 쓰기 시작했다는 소식을 들었지만 믿지 않았다. 그게 어디 쉬운 일이며 나이 사십을 넘어선 인간이 그럴 끈기가 있을 것 같지도 않았던 것이다. 소설 한 편 쓴다는 게 얼마나 고통스럽고 얼마나 영혼을 파먹는지 아는 탓이기도 했다.

어느 날 출판기념회에 참석해 달라는 초청장 한 장을 받았다. 놀랍게도 김실 출판기념회 초청장이었다. 더욱 놀라운 것은 무려 여섯 권짜리 장편소설을 썼다는 것이다.

그래 김실답다. 인생을 헛살지 않을 줄 알았다.

나도 늦은 나이에 공부해봐서 그 나이에 소설 여섯 권을 쓴 내 친구에 대해 감탄하지 않을 수 없었다. 그의 집념은 그 스스로의 인생뿐 아니라 그의 아내 이영휘 여사에게도 비슷하게 나타났다. 한복연구가로, 밥벌이 못하는 내 친구 대신 가정을 꾸려가는 그 틈새에 수필집 두 권을 펴내게 되었다. 그 모든 일이 하도 고마워서, 그들의 삶이 하도 진지해서 그녀의 수필집 『그래도 삶은 아름답다』 『여보 나 여기 있어』의 발문을 기꺼이 써주기도 했다.

그 후에도 내 친구는 모 시사 월간지에 단편과 꽁트를 200여 회 연재했고 꾸준히 작품을 썼다. 내가 정말 칭송할 수밖에 없는 것은 그가 2020년 『신의 눈물』을 세상에 펼쳐놓은 것이다. 무려 2천 7백쪽짜리 대하 장편소설이었다. 그의 필력과 정진하는 모습에 어찌 박수를 치지 않을 수 있을까.

또한 평생 육신과 마음의 벗으로 살며 문학의 동지가 된 아내 이영휘 여사의 따스한 인간미에 고마움을 전한다. 더구나 우리 민족의 전통미를 창출하는 한복명장으로 뭇사람들은 기쁘게 해 주니 부부가 함께 잘 살았다는 말을 듣게 되었다.

그런데 이번에 또 장편소설 『장군이 이야기』 상하 권을 펴낸다.

악령에 사로잡힌 사악한 자에게 사육된, 장군이라는 반려견의 슬픈 이야기가 가슴을 적신다.

인간아, 우리 남은 인생 멋지게 살다가자.

[차 례]

[추천의 글]
조폭과 늑대개의 대결   9
늑대개들과 춤을   27
디먼의 슬픔   36
고민   56
똥의 소원   77
출생의 비밀   82
뚝터진 살인 광시곡   92
똥은 참 좋은 개입니다   95
디먼의 소원   110
조폭들, 비극의 수렁으로   118
혈투   124
늑대개들 중에 사람이   136

비극이 벌어진 도시의 밤　　148

우울증　　154

음녀의 끝　　163

복수　　175

똥과 디면　　184

재현된 혈투　　190

학수의 비웃음　　199

운명의 돌　　213

무녀의 집　　224

장군아, 장군아　　248

폭풍전야　　256

결전의 날　　279

장군이, 별이 되다　　295

[에필로그]　　302

조폭과 늑대개의 대결

대체로 상상하기조차 힘든 강력범죄자를 붙잡았을 때 많은 사람들이 입을 모아 탄식하듯 쏟아내는 말이 있다.

"어찌 그럴 리가, 어떻게 그렇게 착하고 성실했던 사람이 그렇게 무서운 범죄를 저지를 수 있단 말이야, 믿을 수 없는 게 정말 사람이네. 등잔 밑이 어둡다더니 정말 알 수 없는 게 사람이야. 아아, 무섭다. 인간이."

하지만 그런 도덕적 잣대 때문에, 더 이상 이 시대의 수사기법으로써 물증은 없고 심증만 있다는 식은 통하지 않을 뿐 아니라, 특히 수사관은 많은 사람들의 심증을 자신의 윤리의식에 기초해서는 절대로 완전 범죄를 밝혀낼 수 없다고 학수는 단언했다.

프랑스의 범죄학자 '에드몽로카르'가 말했듯이 모든 접촉하는 물체는 피차 흔적을 남긴다고 단언했다. 혈흔이나 머리카락, 담배꽁초, 비듬까지도 무시할 수 없는 증거물이 될 수 있다고 굳게 믿었다.

완벽한 실증주의 수사만이 범죄의 사슬을 끊는 최선의 방법이라고 학수는 결론지었다. 특히 범죄 용의자가 '모른다'고 끝까지 자백을 은폐

하거나, '기억에 없다'는 식으로 범죄사실을 털어놓지 않을 경우, 학수는 과학적 기법을 이용하여 어느 누구도 부인할 수 없는 증거확보를 위해 최선을 다했다.

학수는 최첨단 거짓말 탐지기를 이용하면서, 폴리그래프 기법이나 진술분석 전문가들의 능력을 최대한 발휘하여, 범죄 용의자를 옴짝달싹 못하도록 코너로 몰아부쳤다. 일테면, 이미 검찰에 의해 구속된 피의자가 검찰에서 범행사실을 자백했다 할지라도, 자백한 혐의를 입증할 만한 물증을 확보해 두는 것이 최선의 방법이라고 생각했다.

"DNA는 인간의 몸을 이루는 가장 작은 단위인 세포 안에 들어 있어서, 머리카락 한 올만 있어도 충분한 증거가 될 수 있지."

"인간은 물증을 남기지 않고는 절대로 완벽한 범죄를 저지를 수 없다."

그것이 학수의 범죄수사의 원칙론이었다. 뿐만 아니라 학수는 읍참마속이란 고사성어를 병적이랄 만큼 좋아해서, 사사로운 정이 공정한 법 집행에 앞서는 짓은 결코 용납할수 없다는 주의였다.

학수는 그래서 주위 사람들에게 존경의 대상이 된다기보다는 두려움과 경원의 대상이었다. 법조계의 높은 영감들도 그늘거리는 느낌이 들어 학수의 손바람에 주눅이 들었고, 그런 이유로 학수를 여간 꺼리는 것이 아니었다.

"저 놈 조심해야겠어. 자칫 마음을 터놓고 아무소리든 설불리 흘렸다가 언젠가는 큰 낭패당하기 십상이야."

완전 범죄를 자랑하는 범인들을 잡는 데도 학수는 예의 치밀하고 물 한방울 샐틈 없는 완벽한 과학수사로 범인을 옴짝 달싹 못하도록 천재

적 능력을 발휘했다. 그 점에 있어서 경력이 많은 베테랑급 선배들도 범인을 옭아잡는 학수의 굉재에 혀를 내둘렀다. 그는 요즘 TV에서 많은 시청률을 자랑하는 '제리부룩 하이머'의 CSI 범죄영화에서 보여줬듯이, 상상을 초월한 과학수사만을 고집했다. 아무리 잔혹한 범죄현장을 접해도 눈썹 한 올 꿈틀하지 않고 자약하기만 했다.

"심증이나 고문 따위로 범인을 잡는 낡은 수법은 이제 더 이상 민주주의 사회에서 통하는 시대가 지났습니다. 물증을 뒷받침하는 초정밀의 과학수사 아니면 요즘처럼 하루가 다르게 지능화, 전문화 되는 범죄심리를 사전에 차단할 수 없죠. 죄를 지으려는 놈들에게 죄를 지어봤자 100% 붙들리고 만다는 공포심을 불러일으킬 수 있는 방법은 최첨단의 과학수사밖에 없습니다.

그런 의미에서 오래 전부터 화성에서 끊이지 않고 일어나고 있는 실종사건의 범인은 반드시 잡아내었어야 한다고 생각합니다. 놈이 원체 지능적이라서가 아니라 우리나라 수사기관의 수사방법이 워낙 원시적이고 뒤떨어졌기 때문에, 아직 범인을 잡을만한 깜량이 되지 못하는 것이죠. 오죽이나 답답했으면 살인의 추억 같은 한심한 영화가 다 나왔겠습니까."

어쨌든 학수는 범죄현장에서 과학적인 수사기법을 바늘끝만큼도 실수없이 파헤쳐서, 범인을 옴짝달싹 못하도록 옭아매는 자신의 수사기법은 부앙무괴할 만큼 철저하다고 자신했다.

하지만 학수는 심마니 실종사건에 대해선 이해할 수 없을 만큼 무관심했다.

실종 신고를 받거나 등산을 하던 가족이 무참하게 물어뜯긴 사건을 신고받은 경찰이 아무리 산을 뒤져도 짐승들의 행방을 찾아내지 못했다. 실은 숲 속 어딘가에 웅크리고 자신들을 노려보고 있을 짐승들의 공격에 지레 겁을 먹고 대충 대충 살펴보고 줄행랑을 쳤을지도 모를 일이었다.

TV에서 가족들이 나와서 울부짖는 모습에 국민들은 그냥 한숨만 토해낼 뿐이었다. 국민들은 벌건 대낮에도 흉기를 들고 다니며 무차별적으로 사람을 파리죽이듯 하는 난세에, 짐승들조차 사람을 참혹하게 물어뜯어 죽이는 현실이 너무도 무섭고 절망스러웠다.

가장 답답한 것은 때와 장소를 가리지 않고 범행을 저지른 주인공이 사람이 아니라 짐승들이라는 것이었다. 깊은 산 속 어딘가에 숨어 있을 짐승의 무리를 찾아서 일일이 사살해야 하는 일이 과연 가능하겠는가.

요즘은 사람들이 거리를 걷다가도 앞에서 오는 사람과 잠깐 몸이 부딪히기만 해도 기절할 만큼 놀라고, 심지어는 전철이나 버스를 타기도 두려워했다. 원룸에서 혼자 사는 사람들은 문단속에 신경쓰느라 가슴을 태웠고, 낯선 사람의 방문이나 택배원조차도 여간 무섭지 않았다. 사람들은 가슴을 조아린 채 하늘을 쳐다보며 한숨지었다.

'과연 말세에 접어 들었는가…….'

그런데 학수가 틈만 나면 돈을 아끼지 않고 개사육 훈련장을 자주 찾는 이유는 무엇일까. 게다가 서점을 뒤져서 동물학자들이 개에 대한 상식을 자세히 쓴 책들을 구입해서, 밤늦도록 개에 관해 공부하는 데에 적잖은 시간을 쏟아붓는 일도 수상스럽기 짝이 없는 일이었다.

이듬해 여름, 경기도 연천군에 있는 어느 깊은 산 속, 사람의 발길이 전혀 닿지 않은 캄캄한 원시림 속으로 덩치가 바윗덩이처럼 우람한 청년들이 속속 모여들기 시작했다. 모두 100명이었다. 하나같이 솔잎대강이처럼 머리를 짧게 자른 청년들이었다.

그들은 커다란 배낭을 메고 사방을 주의깊게 살피면서 한 곳에 자리를 잡고, 이곳저곳에 커다란 텐트를 치기 시작했다. 덩거칠기 짝이 없는 잡초를 낫이나 곡괭이로 고르고 난뒤, 순식간에 500여 평쯤 될 만큼 평평한 운동장을 닦았다.

청년들이 각자 메고 온 베낭을 풀자마자 거기에서 무시무시한 살인병기들이 마구 쏟아졌다. 일본도를 위시해서 회칼, 도끼, 야구방망이, 군용대검, 쇠파이프, 잭나이프 등 살인무기들이었다. 어느 배낭에선 별처럼 생긴 표창꾸러미가 자르랑대며 쏟아지기도 했다. 그들은 부녀자를 납치해다 국제조직의 사창가에 팔아먹는 인신매매조직이었다. 뿐만아니라 노숙자나 연고자가 불투명한 사람들을 잡아다가 시체를 분해하여, 장기를 팔아먹는 악랄하고 극악하기 짝이 없는 조직폭력집단이었다.

대장인 듯한 건장한 남자가 됫박이마를 번쩍이며 나서자, 소연스러웠던 행동을 멈추고 모두들 군대처럼 정렬했다. 그가 삵처럼 싸박스런 눈길로 대원들을 일일이 훑어본 뒤 입을 열었다.

"이제부터 우리는 이 산에서 1년간 어느 조직도 흉내낼 수 없는 최고의 인간병기가 되기 위해 뼈를 깎는 지옥훈련을 한다. 핸드폰이나 개인행동은 절대로 허용치 않는다. 먹을 것을 구하러 갈 때도 10인 일조씩 5일마다 한 번씩 열리는 장날에, 읍내로 내려가서 필요한 물품을 사온다.

분명히 말해두지만 잣나무 숲으로 뒤덮인 이 산은 남의 산이 아니다. 50만 평이나 되는 우리 회장님 소유의 산이다. 따라서 여기서 묵는 동안 우리에게 따로 간섭하거나 잔소릴 할 사람은 아무도 없다. 하지만 산에 오르는 초입에는 '광성그룹 체력단련장'이라는 현수막을 치고 입산금지라는 팻말도 붙여야 한다. 혹시 있을지도 모르는 등산객 등 타인에게 눈치 채이지 않도록 말과 행동을 조심하고 입산을 철저히 차단해야만 한다. 조직의 규율에 따르지 않으면 어떻게 되는지 아는 놈은?"

"………"

"아는 놈은 손들어 봐."

그때 누군가가 손을 번쩍 쳐 들었다. 얼굴이 벌그죽죽한데다 말을 답답하게 더듬는다고 해서 더더리라고 별명이 붙은 조직원이었다.

"소, 소 손목이 잘린 채로 조, 조직에서 내 쫓깁니닷!"

대장이 한심스럽다는 표정을 지으며 찍듯이 말했다.

"틀렸다."

"………"

"똑똑히 기억해 두어라. 이 숲 속에서 아홉 시 방향 쪽으로 500미터쯤 벗어나면 천길 낭떠러지가 있다. 워낙 나무와 숲이 울창하고 새까맣게 깊은 낭떠러지라서, 한번 떨어지면 설사 목숨이 붙어 있다할지라도 구출된다거나, 살아 돌아오는 것은 불가능하다. 배신자는 산 채로 낭떠러지 아래로 던져버린다. 인적이 전혀 없는 곳이라서 우리가 여기서 훈련을 하는 동안에 시체가 발견될 염려도 없다."

"………"

대장이 조직원들을 한 명 한 명 내림떠보며 말했다.

"너희들은 모두 폭력전과 3범 이상으로 스스로 대한민국에서 자유롭게 발붙이고 살 입장이 못된다는 거 알지? 너희들은 죽기아니면 살기야 알아듣겠냐? 조직을 배신하고도 이 땅에서 편하게 밥먹고 살 생각은 꿈도 꾸지 마라. 그 새낀 즉시 조직에 의해 쥐도 새도 모르게 목숨을 잃는다. 알아들었나?"

"옛!"

"이제부터 흩어져서 조별로 텐트를 친다. 텐트 작업이 끝나면 갖고온 삼겹살을 실컷 구워먹고 소주를 마시는 밤이다. 마음껏 마시고 즐겨라. 한 텐트에 10명씩 1개조다. 알겠나? 총 100명이니까 10개조가 지옥훈련을 받는거다. 훈련 후 가장 우수한 성적을 받은 조에게 회장님의 특별 하사금이 있다. 누가 알아맞춰 보겠나 얼만지?"

누군가 손을 번쩍 들었다.

"1억!"

"틀렸다."

누군가 팔소매를 부르걷어 올리며 또 손을 들었다. 하는 짓마다 깃털처럼 붓날아서 따돌림을 받기 일쑤인 '짤라뱅이'란 대원이었다.

"5천만 원!"

"한심한 놈들. 회장님을 뭘로 보는 거야, 5억을 받는다 5억!"

"옛? 5억?"

모두들 눈이 휘둥그레졌으나 그들은 이내 만족한 듯 소리를 지르며 환호했다.

"한 사람당 5천만 원씩 배당받는다. 그만큼 너희들 한 명 한 명의 몸값이 비싸다는 증거다. 그 돈을 너희들 가족들에게 보내든, 너희들 개인 통장에 넣어두든, 아니면 여자들 사타구니에 푹 담그든 니들 자유다. 알았어? 그러니까 알아서들 지옥훈련에 돌입하라고! 알겠나?"

"옛!"

그날밤 그 산골짜기에는 삼겹살 굽는 냄새가 진동했다. 그리고 그 냄새를 쫓아 킁킁대며 이동하는 짐승의 무리가 있었다. 그 짐승의 무리는 두목인 '디먼'이 이끄는 들개들의 무리었다. 세상 사람들은 이제 그 들개 무리들을 늑대개라고 아예 못박아 불렀다. 깊은 산 속에는 자신들을 귀찮게 구는 인간들은 없었다.

 하지만 놈들은 배고픔을 해결하기 위해 사람들이 모여 사는 민가에 침입해 닥치는 대로 먹을 것을 훔쳐갔다. 늑대개들은 고라니나 토끼, 멧돼지를 공격해 잡아 먹을 때가 가장 행복했다. 어느 날부터 야생동물들마저 늑대개들의 공격이 두려워 삶의 본거지를 이리저리 옮겨다녀야 했다. 하지만 늑대개들은 백두대간을 오가며 야생동물을 공격했다.

 또한 늑대개들은 산을 오르는 사람을 공격해서 그들의 배낭 속에 있는 맛있는 음식을 빼앗아 먹기를 즐겼다. 늑대개들은 먹이사냥이 끝나면 두목의 지휘 아래 이제나 저제나 다른 짐승이나 등산객 등이 나타나기만을 눈이 빠지게 기다렸다. 산을 찾는 사람들은 반드시 음식물을 배낭 가득히 넣고 있기 때문이었다. 늑대개들은 인간에게 복수하고 싶다기보다는 배가 고파 굶주림을 참아 낼 도리가 없었다.

 조폭들이 벌이는 산 속의 고기굽는 냄새를 찾아 길을 떠난 늑대개들의 배에서는 연신 쪼르륵 소리가 끊이지 않았다. 다행히 늑대개들의 본거지는 조폭들이 삼겹살을 구워먹는 냄새를 맡을 만큼 거리가 그리 멀지 않았다. 녀석들이 고기굽는 냄새가 코를 찌르는 숲 속에 도착했을 때였다. 조폭들은 이미 술이 거나하게 취해 텐트 속에 널부러져 제멋대로 잠에 골아 떨어졌다.

 늑대개들은 속으로 쾌재를 질렀다. 조폭들의 훈련장이 가까워서 당분간은 먹이 걱정을 하지 않아도 될 것 같았기 때문이었다. 숯불 드럼통

위의 석쇠에는 먹다남은 고기들이 아직도 수북수북 쌓여 있었다.

늑대개들은 살금살금 조폭들의 본거지로 내려갔다. 그리고 허겁지겁 먹다남은 고기들을 한 점도 남기지 않고 먹어치웠을 뿐 아니라 텐트 안에 쌓아놓은 음식들마저 배가 터져라 먹어치웠다. 그런 뒤 녀석들은 조는듯이 아느작거리는 풀숲을 헤치고, 바람처럼 어둠 속으로 사라졌다. 이튿날 아침이었다. 아직도 지난 밤에 마신 술이 덜 깬 상태에서 조폭들의 본거지는 마치 악머구리 끓듯 시끄러웠다.

"새끼들앗! 뭐냐?"

"대장님, 뭔가 침입했었습니다. 먹다 남은 고기가 싹 없어졌습니다."

"뭐라고? 말이 되는 소릴해야 할 것 아냐!"

"대장님, 짐승들이 침입했던 모양입니다."

"TV에서 본 멧돼지나 고라니란 말이냐? 아니면 곰이라던가!"

"글쎄요, 사람이 훔쳐 갔을 리는 없잖습니까? 반찬재료도 마구 흩뜨려 놓았고 개사료 자루까지 틑어놨으니까요."

조폭들은 덩치를 불리기 위해서 간식으로 개사료를 씹어 먹기도 했다.

그들은 자신들만의 생활공간이 누군가에게 들통이 나고 말았다는 사실에 기절할 만큼 경악했다. 하지만 그것이 사람이 아니고 짐승의 습격이었으니 일단 비밀이 새어나갈 염려가 없어서 다행스럽긴 했다. 조폭들은 당장 목구멍이 포도청인지라 우선 읍내로 내려가 먹을 것을 새로 구입해와야 할 형편이었다.

"1조 앞으로."

"옛!"

"너희 조가 읍내로 내려가서 부식을 사 갖고 와라. 급한 대로 컵라면을 한 50박스 사 오고 사람들에게 이상한 눈치 채이지 않도록 조심하랏! 그냥 순수한 등산객처럼 보이라고, 알았어? 우리는 채소보다 고기를 많이 먹어야한다. 비계가 많은 돼지고기를 잔뜩 사 와."

그리고 대장은 지갑을 열어 백만 원짜리 수표를 두 장 꺼내어 조장에게 건네주었다.

"이백만 원어치 몽땅 사 와라. 영수증 꼭 받아와!"

"옛!"

그들은 늑대개들이 파헤쳐 놓은 훈련용 개사료를 씹으며 일단 지옥훈련에 돌입했다. 대원들은 지난밤에 목구멍 속으로 쏟아부은 소줏불 탓에 속이 몹시 쓰리고 구뻣다. 뱃속이 너무 허전해서 얼큰한 국물을 마시고 싶어 목이 탈 지경이었으나, 어서 빨리 동료들이 라면 등 부식을 사 갖고 오기만을 눈이 빠지도록 기다리고 있었다.

그런 일이 있은 지 사흘쯤 지났다. 그날 밤에도 조폭들이 저녁식사를 하고 있는 동안 늑대개들은 숲 속에 엎드려서 조폭들의 상황을 예의 주시하고 있었다.

아직 초저녁이었지만 낮 동안 받은 지옥훈련 탓인지 조폭들은 각자의 텐트 속으로 들어가 일찌감치 잠에 떨어져 버렸다. 이윽고 두목인 디먼이 먼저 몸을 일으키자 늑대개들이 서서히 고개를 쳐들고 살금살금 음식물이 있는 텐트 앞으로 다가갔다. 보초를 서고 있던 조폭이 일본도를 가슴에 안은 채로 꾸벅꾸벅 졸고 있었다. 디먼을 따라 온 늑대개들이 부식이 쌓인 텐트 속으로 그림자처럼 기어들어가기 시작했다. 그리고 닥치는 대로 음식물을 입에 물고 텐트를 빠져 달아났다. 순간 졸고 있던 조폭이 낌새를 채고 눈을 번쩍 떴다.

"앗! 저것들은 뭐냐?"

조폭이 칼을 빼어 막 고기덩이를 물고 나오는 또 한 마리의 늑대개를 향해 내리치려는 찰라 덩치가 큰 개가 쏜살같이 달려들어 조폭의 목에다 날카로운 이빨을 찍었다. 디먼이었다. 조폭은 비명을 지르며 눈을 하얗게 까 뒤집은 채 버둥거렸다. 디먼은 조폭이 완전히 숨이 끊어진 것을 확인하고서야 옆에 떨어진 고깃덩어리를 물고 숲 속으로 유유히 사라졌다. 이튿날 아침 조폭들은 죽은 동료의 시체를 발견하고 또 기절 초풍했다.

"아이고오! 이, 이게 대체 무슨 일이냐, 엉?"

"목에 난 이빨자욱을 보면 짐승인데요. 늑대일까요?"

"이런 무식한 시끼야, 요새 우리나라에 늑대가 어디 있냣!"

"아님 호랑이라던가, 표범이던가."

대장이 눈을 부라리며 그렇게 말한 조직원의 따귀를 냅다 올려 붙이며 소리쳤다.

"이런 멍청한 새끼, 호랑이나 표범은 더더욱 없지."

"그럼 뭘까요, 대장님 어, 어쩌죠?"

"큰일났네 이거, 회장님한테 뭐라고 보고해야지?"

"대장님, 시체를 어떻게 처리하죠?"

"빨리 시체를 메고 가서 벼랑 아래도 떨어뜨려버렸!"

대장은 심각한 고민에 빠지고 말았다. 훈련 첫날부터 상상도 못했던 괴변이 일어났으니 고민이 깊을 만도 했다.

"말도 안되는 얘기지만 늑대들이 있다는 얘긴데… 그렇다고 경찰에 신고할 수도 없고 이거 진짜 환장허겠네. 쓰벌……."

하지만 별 뾰족한 대안이 있는 것도 아니었다. 대장은 철저하게 주위를 경계하며 무슨 방법을 동원해서라도 늑대개들의 침입을 막는 수밖에 없다고 생각했다. 엽총을 사용했으면 딱 좋겠으나, 그러다보면 자칫 자신들의 은밀한 모습이 세상에 드러날까봐 안 될 일이었다.

'총은 절대로 안돼… 옳지 독약을 먹이자. 쥐약 같은 것 말이지.'

그리고 대장은 그날로 부하를 시켜 읍내로 나가서 쥐약을 사오도록 명령했다. 그리고 고깃덩어리에다 쥐약을 숨겨서 숲 속 이곳저곳에다 걸어놓았다. 그러나 디먼은 조폭들의 이런 원시적 방법에 쉽게 넘어갈 만큼 어리석지 않았다. 특히 디먼에게는 너무도 가슴 아픈 기억이 있었다.

나쁜 개장수에게 납치되어 철망 속에 갇혀 있을 때, 디먼은 사랑하는 아내와 함께 주인의 포악에 견디다 못해, 죽기살기로 철조망을 뚫고 탈출한 적이 있었다. 그것을 알아차린 주인이 디먼과 그 아내를 잡으려고 별의별 방법을 다 동원했다. 하지만 디먼은 쉽게 넘어가지 않았다.

그러나 역시 쓰리도록 배가 고픈 것은 참을 도리가 없었다. 그래서 주인이 잠든 한밤중에, 개들이 아닥치듯 짖어대는 막사주변으로 위험을 무릅쓰고 내려갔다. 하지만 주인은 그것을 미리 눈치채고 있었던 모양, 개막사 주위에 먹을 것이라곤 한 움큼도 남겨두지 않았다.

그런 어느 날, 가을비가 소소하게 내리는 밤이었다. 창자가 끊어질 듯 굶주린 디먼과 아내는 별수없이 또 다시 주인의 집 주위로, 먹을 것을 찾아 조심스럽게 내려갔다. 그때 디먼은 사육장 주변에 널려있는 돼지고깃덩어리를 발견하고 아내와 함께 정신없이 먹어치웠다. 부엌에도 몰래 들어가 생선찌꺼기 등을 깨끗이 먹어치웠다. 그 모습이 자닝스럽기 짝이 없었다.

그리고 오래지 않아 디먼과 아내는 막사에서 조금 떨어진 땅바닥에 엎드린 채 깊은 잠에 떨어지고 말았다. 고깃덩어리 속에 숨겨둔 강력한 수면제 탓이었다. 어느 순간 아내의 단말마적 비명소리에 후다닥 잠에서 깨어나 보니 새벽이었고 이미 자신의 몸은 또다시 철창 속에 갇혀 있었다. 함께 고기를 먹었던 아내는 나무에 묶인 채 주인에게 몽둥이로 사정없이 두들겨 맞고 있었다. 주인은 디먼을 좋은 값에 팔 수 있다는 기대감 때문에 평소에도 디먼을 심하게 다루지 않았다.

그리고나서 며칠 뒤 주인의 동생이 임신 중인 아내를 철망 속에 휴지처럼 쳐 넣고는, 오토바이에 싣고 어딘가로 사라져 버렸다.

지금도 그랬다. 숲 속 이곳저곳에 걸려 있는 고깃덩어리를 수상한 눈빛으로 노려보기만 하는 디먼의 행동에 다른 개들도 고깃덩어리에 일체 입을 대지 않았다. 디먼은 솟고라지는 식욕을 간신히 참아내며 부하들에게 으르렁댔다.

"절대로 먹지 마라 저 속에는 독약이 들어 있어."

하지만 끼니 때마다 조폭들의 진영에서 흘러나오는 음식 익어가는 냄새는 늑대개들의 위를 쓰리도록 자극했다. 디먼은 인내심이 많았고 너무도 영리했다. 섣불리 조폭들의 진영을 습격하지 않았다. 반드시 어딘가에 인간들이 설치해 놓은 함정이 있을 것이라고 믿었다. 밤이 깊어가고 있었다. 풀벌레 소리들이 요란스레 들렸고 반딧불이들이 어즈러히 날아다니기 시작했다.

이윽고 조폭 한 명이 졸린 눈을 비비며 텐트를 나서고 있었다. 그는 곧장 숲 속에 외따로 설치해 놓은 야외 화장실로 걸어갔다. 순간 늑대개들의 눈빛이 파랗게 불을 내뿜기 시작했다. 어느 순간 디먼이 조폭을 향해 바람처럼 몸을 날렸다. 이튿날 아침. 인원점검을 하던 조폭들이 웅성거리기 시작했다.

"대장님, 멍게가 없는데요?"

"멍게가? 화장실에 간 거 아냐? 3조! 빨리 확인해봤."

3조 대원들이 화장실로 달려갔다. 곧이어 얼굴이 사색이 되어 헐떡거리고 돌아온 3조 대원들의 눈동자가 초점을 잃고 공포에 질려 있었다. 대장이 목젖이 달아나라 일갈했다.

"쓰벌새끼들, 뭐얏!"

"머, 멍게가……."

"멍게가 어떻다고?"

"죽, 죽었습니다."

"뭐라고?"

"저어기… 화장실 옆에…….'

모두들 화장실이 있는 쪽으로 달려갔다. 일순 조폭들은 벌어진 입을 딱 벌린 채 다물 줄을 몰랐다. 멍게란 별명을 가진 조폭의 목덜미가 걸레처럼 뜯겨져 있었다. 음식물을 쌓아 두었던 텐트 안은 흩어지고 찢어진 채 난장판이 되어 있었고, 개사료 자루도 뜯겨진 채 바닥에 산산히 흩어져 있었다. 대장의 손이 사시나무 떨 듯 부들부들 떨리고 있었다.

"으으으… 이, 이럴 수가."

비로소 조폭들은 밤만 되면 잠도 못이룬 채 공포에 떨기 시작했다. 숲속에 잦아드는 처절한 공포와 정적, 풀벌레 소리들만 요란한 숲 속의 침묵은 죽음이 찾아오기 직전에 찾아오는 저승사자의 숨소리인 듯, 너무도 음산하고 소름끼쳤다.

그렇게 인간들과 늑대개들의 극과 극의 기싸움은 매일처럼 밤이 타도록 계속되었다. 대장은 별수없이 회장에게 휴대폰으로 상황을 보고 할 수밖에 없었다. 전기가 없기 때문에 미리 준비해온 고성능 밧데리 충전기를 사용했다. 대장 외에 조직원들은 훈련기간 동안은 어느 누구도 핸드폰을 사용하지 못했다.

"회장님, 도저히 예측 못했던 사고가 두 건이 발생했습니다."

수화기 속에서 쇳소리 같은 목소리가 폭풍처럼 터져나왔다.

"이 새끼야, 사고가 났으면 알아서 수습해야지, 끝발 깨지게 이 밤중에 전화질이냐, 엉?"

"회장님, 짐승들의 공격을 받았습니다. 놈들이 어찌나 신출귀몰한지 잡을 도리가 없습니다. 게다가 한두 마리도 아니고 수를 셀 수 없을 만큼 떼로 몰려다닙니다."

"뭐야? 무슨 넋빠진 소리냐? 무슨 짐승이 셀 수도 없을 만큼 떼로 몰려다녀? 여기가 아프리카냐?"

"늑대들이 있습니다. 사람을 공격해서 뜯어먹는……."

"뭐야? 늑대? 너 미쳤어? 지금 세상에 늑대가 어디 있다고 조오통수 불어 새끼얏! 말 같은 소릴 해야지 짜식아아!"

"회장님, 그게 아니라 우리 대원 두 명이 늑대에게 뜯어 먹혔습니다."

"뭐, 뭐라고? 그, 그게 사실이야?"

"사실입니다."

"죽었단 말이냐?"

"예."

"………."

"회장님 저희들은 지금 언제 있을지도 모르는 늑대들의 공격 때문에 훈련도 제대로 할 수가 없을 정도입니다. 엊그제 사다놓은 고기나 빵 등을 모조리 훔쳐 먹었습니다. 최선의 방법은 엽총으로 늑대들을 사살할 수밖에 없습니다."

"절대 안돼 총은! 경찰이 알면 우린 끝장인 거 몰라?"

"하지만 늑대들을 막아낼 방법이 없습니다."

"열흘 후 몇 명 서울로 보냇!"

"서울로요?"

"강력한 석궁을 여나믄 개 특별히 주문해서 내려 보낼테니 그걸로 짐승들을 잡아라."

"석궁이라… 알겠습니다."

"석궁이면 될 것이다. 강력한 석궁을 특별 주문제작해서 보내주마. 그때까지 경계를 철저히 하고 훈련에 올인 하도록 알겠냐?"

"가, 감사합니다. 회장님!"

"애들 훈련 제대로 시켜야 해. 내년 음력설까지 80명을 수출하기로 중국의 진쟁 회장과 굳게 약속했어. 반드시 최고의 프로가 되도록 훈련시켜야 한다. 알았어? 명심해. 한 명 죽으면 일억이 날아가는 거야, 알아들었어?"

"옛 회장님."

"돈은 필요한 대로 말해. 단 먹는 데 쓰는 것 외에는 안돼. 알았어?"

"옛, 회장님."

전화를 끊은 대장은 비로소 얼굴에 회심의 미소를 흘렸다.

'그렇지, 석궁이면 되겠어. 석궁을 만드는 최고의 실력자가 우리 조직에 있으니까.'

그리고 그들이 특별주문해서 밤을 태우며 제작된 석궁이 도착된 것은 열흘 쯤 뒤였다. 그 사이에도 늑대개들은 틈만 보이면 육미붙이를 찾아 조폭들의 텐트로 야습해 들어왔지만 워낙에 조폭들이 긴장하고 단단히 지키고 있는 바람에 늑대개들도 별로 뜻을 이루지 못했다. 그날 밤 회장으로부터 전화를 받은 대장은 몹시 만족한 듯 흥분한 목소리로 말했다.

"회장님, 최곱니다. 강력해요. 늑대들의 몸을 관통할 만큼 강력합니다."

"애들이 더 이상 희생되지 않도록 정신 바짝 차려, 알았어? 거듭 말하지만 애들 한 명 죽으면 일억이 날아가는거야!"

"옛, 회장님."

그런데 이상한 일이었다. 조폭들이 석궁으로 무장했다는 것을 늑대개들이 눈치채기나 한 것일까. 열흘이 지나고 한 달이 되도록 늑대개들은 낌새도 보이지 않았다. 조폭들은 오히려 맥이 빠지는 모습이었다.

"씨발, 늑대개새끼들, 석궁으로 작살낼려 했는데 대체 어디로 숨어 버린거지?"

어쨌든 무시무시했던 늑대개들의 공격이 일단 뜸해지자 조폭들은 언제 그런 일이 있었냐는 듯 다시 맹렬한 지옥 훈련에 돌입하기 시작했다. 하지만 늑대개들은 조폭들과의 전쟁을 결코 포기한 것이 아니었다.

늑대개들의 출현이 뜸해지긴 했지만 늑대개들을 소탕해야 한다는 정부의 의지는 결코 식지 않았다. 산골짜기에서 도박을 벌이던 투견도박사들의 떼죽음 이후로 전국의 경찰은 이를 악물고 늑대개들과의 전쟁을 독하게 선포해놓은 상태였다. 수사관들은 입을 모아 자신했다.

"과학수사를 총동원해서라도 대한민국 경찰이 잡아내지 못할 살인범은 없다. 사람을 잔인하게 죽이고도 살아남을 범인은 없지…….”
 하지만 살인범은 사람이 아니라 짐승이었다. 아무리 수사능력을 자랑하고 큰소리쳐도 범인이 사람이 아니라 행동반경을 추측하기도 힘든 늑대개들인 것을…….

늑대개들과 춤을

　이제 비로소 정식으로 결론 내리면 들개들은 바로 늑대개라고 단정지어도 지나치지 않았다. 늑대는 아니었으나 늑대를 방불할 만큼 늑대개들은 공포의 집단이었고, 사람이나 다른 짐승을 공격하는 방법도 늑대를 능가할 만큼, 조직적이고 잔인했다.
　사실 디먼이 이끄는 짐승의 무리들이 늑대이건 들개이건 그런 것은 이제 별 의미가 없게 되어 버렸다.
　그 짐승의 무리들이 사람을 잔인하게 물어죽인다는 사실이 세상을 너무도 공포에 떨게 하는 것이었다. 늑대개들이 닥치는 대로 사람을 물어죽인다는 소문이 온 세상에 퍼지자, 농촌에서 농사 짓고 사는 사람들은 밤마다 잠을 설치며 무서움에 떨기 시작했다.
　하루 빨리 그 짐승들을 잡아서 더 이상 인명피해가 나지 않게 하는 일만이 모든 국민들의 일치된 소망이었다.

　디먼 무리가 조폭들에게 나타나지 않은 것은, 조폭들이 석궁으로 무장했던 바로 그날 밤, 디먼은 학수가 본거지에서 기다리고 있을지도 모른다는 것을 직감했기 때문이었다.

아니나 다를까 디먼 무리는 개울 옆에 서 있는 학수의 탑차를 발견하고는 나는 듯이 동굴로 뛰어 들었다.

디먼 무리가 동굴에 들어섰을 때 학수는 텐트 속에서 통조림을 뜯어 놓고 소주를 마시고 있었다. 동굴 안쪽으로 개사료 부대가 겹겹이 쌓여 있었다.

디먼이 달려들어 학수의 얼굴을 마구 핥기 시작했다. 놈의 입에서 비릿한 냄새가 확 풍겨왔다. 학수는 디먼의 입에서 풍기는 그 냄새가 그닥 싫은 줄을 몰랐다.

집채만큼 커다란 바위를 지붕삼아 뚫린 동굴 입구는 칡 넝쿨과 다래나무 덩굴이 무성하게 덮여 있었다. 사람들의 눈에 쉬 발각되지 않는, 지뢰지역 안에 자리잡은 그들만의 본거지였다. 녹슨 철조망에 걸려 있는 지뢰지역이라고 쓴 붉은 글씨가 사람들에겐 공포스러웠다.

하여간에 들개들이 모여 살기에는 최적의 장소였다. 비바람이 쳐도 걱정 없고, 천둥번개가 쳐도 조금도 두렵지 않았다.

"디먼, 어디 갔다 왔지? 몸에서 왠 비린내가 이렇게 나냐? 하지만 상관없다. 난 네게서 풍기는 이 독특한 비린내에 묘한 흥분을 느끼거든. 하지만 디먼, 거듭말하지만 너는 절대로 사람고기를 먹지마라, 더러우니까. 사료를 많이 쌓아 놓았으니 당분간은 사람을 공격하지 않아도 될 거야."

학수는 커다란 배낭 속에서 따로 싸온 자루를 풀었다. 그리고 여러 조각으로 분해한 닭고기와 간식을 꺼내어 골고루 개들에게 던져 주었다. 먼길을 달려오느라 배가 고팠던 모양, 놈들은 제대로 씹지도 않고 허겁지겁 닭고기와 간식을 먹어치우고 있었다. 놈들이 닭고기와 간식을 다

먹어치우고 난 뒤, 학수가 조용히 입을 열었다.

"디먼, 이리와."

디먼이 온몸을 비비꼬며 다가왔다. 그러자 다른 개들도 일제히 학수 앞에 다가와 그 앞에 몸을 바짝 낮추었다. 학수의 개들은 모두 덩치가 큰 맹견들이었고, 작고 왜소한 개는 한 마리도 없었다. 모두 천기덕의 목장에서 함께 탈출한 친구들이었다.

"흐흐흐… 나의 충성스런 용병들, 앞으로 너희들은 나의 인생에서 뗄래야 뗄 수 없는 운명이 되는 거야. 이 모든 것들이 나를 인정해 주는 왕되신 조상신의 덕분이지."

그렇게 놈들의 머리를 일일이 쓰다듬어 주는 학수의 눈빛도 어느 새 파랗게 빛을 발하고 있는 듯했다.

학수는 문득 그저께 저녁 보영의 술집에서 함께 술을 마시며 나누었던 이야기를 떠올리며, 입가에 뜻 모를 조소를 떠올리고 있었다.

"학수야, 나 민혁 씨 만났다?"

"뭐? 민혁을 만나? 무슨 일로?"

"그냥 내가 보고 싶고 만나고 싶어서 기회를 엿보고 있었는데, 우연히 어떤 사건이 중개역할을 해 주었거든."

학수가 눈을 크게 뜨고 말했다.

"어떤 사건? 무슨 사건?"

"세상은 참 넓고도 좁아. 우리 오빠가 동물병원을 운영하고 있는 바로 그 동네에 민혁 씨네 집이 있더라구."

"오빠가 민혁이 사는 동네에서 동물병원을 운영한다고?"

"응, 그런데 말야. 민혁 씨가 집에서 기르던 개를 팔까 하고 오빠네 병원으로 그 개를 데리고 왔는데 말이지.

"그래서?"

"글쎄, 민혁 씨네 개가 순식간에 오빠네 가게를 풍비박산을 내어 버렸다네? 애완견 개들도 여러 마리 물어 죽이고 영화에서 나오는 죠스처럼 철망을 마구 물어뜯어놨대."

"아니, 무슨 개가 그런 개가 있지? 미쳤나?"

"오빠가 그러는데 한마디로 괴물이래. 그렇게 덩치가 우람하고 사나운 개는 난생 처음 봤대."

"………"

"한 동네에서 살고, 또 전부터 안면도 있는 사이라서 그냥 팔백만 원만 받기로하고 합의해 줬대."

"………"

말없이 보영의 말을 듣고만 있던 학수의 얼굴이 돌처럼 딱딱하게 굳어지고 있었다.

보영이 그런 학수의 얼굴을 쳐다보며 의아해서 물었다.

"얘, 학수야, 개 이야기하는데 왜 네 눈빛이 꼭 개를 닮아가니? 그런데 말야. 민혁 씨는 그 개 때문에 큰 손해를 보게 됐어."

"팔백만 원 쯤이 뭐 그리 큰 손해야?"

"그 며칠 전에 개를 데리고 아침 산책을 나갔는데, 그때 마침 어떤 사람이 독일산 도벨만을 데리고 산책을 나왔다는 거야. 그런데 글쎄 민혁 씨네 개가 다짜고짜 달려들어 그 도벨만을 단숨에 물어죽였대요."

"………"

"그래서 그 사람한테 천오백만 원을 변상해 줄 형편에 처했던데?"

"………"

"내가 민혁 씨에게 전화를 걸었던 게 그 즈음였는데 돈 때문에 고민하길래 내가 아는 은행을 소개해서 대출을 받게 해줬지. 아무튼 화가 머리끝까지 치민 민혁 씨가 그 목검인가 죽도인가를 들고 그 개를 죽도록 팼데."

"그래서, 죽었어?"

"우리 오빠 얘기론 살아나기 힘들 것 같다던데? 설사 살아난다 해도 불구가 될 거래. 아무튼 그 후론 민혁 씨 동정을 몰라."

"………"

"왜 그렇게 말대답이 없어? 남은 열심히 이야기하는데 뭐 딴 생각하는 거야, 기분 나쁘게?"

그때 학수는 엉뚱한 질문을 보영에게 던졌다.

"너, 민혁이 그렇게 좋니? 좋다면 대체 어디가 그렇게 좋든?"

"참 신비스런 일이야."

"신비스럽다니?"

"난 이 나이 되도록 썩 마음에 드는 남자를 한 번도 만나보지 못했는데……."

"그런데?"

"그때 고시촌에서 너랑같이 처음 만났던 민혁 씨의 얼굴을 본 뒤로, 한번도 그 얼굴을 잊은 적이 없어."

"………"

"그래서 결심했어."

"무슨 결심?"

"요즘 유부남과 연애하는 것쯤 별 흉도 아니잖아. 애인 없는 유부남, 유부녀가 되레 왕따 취급당하는 세상인데."

"그래서?"

"그래서 난 민혁 씨를 애인 삼기로 했어."

순간 학수는 자기도 모르게 입가에 피어오르는 미소를 억지로 지우며 속으로 쾌재를 질렀다.

'그래, 넌 민혁을 유혹의 강으로 데리고 가라. 난 수정이를 내 욕망의 바다로 끌고 갈테니까. 흐흐흐… 수정이를 데려다가 개들과 함께 왕같은 조상신을 모시고 사는 거지. 흐흐…….'

학수가 술기운 탓인지는 몰라도 붉게 충혈된 눈으로 보영을 향해 말했었다.

"보영아, 한 가지 물어볼 게 있는데 솔직하게 대답해다오."

"뭔데?"

"너는 네 안에 또 다른, 어떤 보이지 않는 실체가 있다고 느껴보지 않았니?"

보영이 또 눈을 동그랗게 뜨고, 오늘따라 유난히 별미쩍게 구는 학수의 눈을 쏘는 듯이 들여다 보았다.

"뭐? 내 안에 보이지 않는 또 다른 실체? 똥딴지처럼 그게 무슨 말이야?"

"일테면 말야, 너 아닌 다른 어떤 강력한 힘이 너 자신의 의지와는 전혀 다르게 너 자신을 어느 한 곳으로 자꾸 밀고 간다는 느낌 말야. 그런 거 못 느껴?"

"보영은 학수의 질문을 한참 동안 곱씹어보더니 짧게 대답했다.

"느껴."

"어떻게 느끼는데?"

"나는 절대로 그렇게 하고 싶지 않는데도 내 의지와는 따로 노는 어떤 능력이 나를 그 쪽으로 몰고 간다는 느낌을 받을 때가 가끔 있어. 그런데 말야 난 그걸 그리 대수롭지 않게 생각해. 뭐랄까 인간에겐 거부할 수 없는 양심의 가책이라는 거 있잖아. 그 때문이지. 대학 때 철학시간에 들었던 강의 중에 '하인리히 하이네'가 한 말처럼 '쇠는 사람을 죽이지 않는다. 사람을 죽이는 것은 쇠 자체가 아니라 그 쇠를 쥔 손이다.'

손은 그 쇠를 쥔 또 다른 마음이 사람을 죽게 한다는 것이지. 인간은 자기 의지와는 전혀 다르게 하루에도 몇 번씩이나 사람을 죽이고 싶어 하잖니. 인간이 동물과 다른점은 양심이 있다는 것이지. 그리고 그 양심이 자신의 반대편에 서 있는 또다른 나쁜 능력을 강하게 심판하고 있다는 거야. 그래서 그나마 인류는 멸망하지 않고 균형을 이루는 채로, 종을 유지할수 있는 것 아닐까?"

학수가 소줏잔을 입 안에 털어 넣고나서 말했다.

"나는 내 속에서 나를 조종하는 엄청난 능력을 느껴. 그 능력을 난 절대로 거부할 수 없다는 얘기지. 그런데 그 능력은 날이 갈수록 힘이 강대해지고 엄청난 파괴력을 잠재한 채로, 본질적인 내 양심을 끊임없이 저울대 위에 올려놓고, 치열하게 날 조종하고 있다는 얘기지. 내 속에 잠재해 있던 양심의 능력은 이제 힘을 잃어버렸어."

보영이 술잔을 목구멍 속에 탁 털어넣으며 짜증스럽다는 듯이 말했다.

"뭐야, 술맛 떨어지게? 검사가 되고부터 사람이 좀 이상해진 느낌이야?"

"몇 년 전에 온 세상을 발칵 뒤집을 만큼 엽기적인 살인을 했던 지존파 알지?"

"아우 끔찍해. 왜 그런 얘길 자꾸 끄집어 내는 거야? 갑자기 이 공간이 공포의 도가니로 변해가는 느낌이잖아. 집어치워 그딴 얘기."

"선배 검사로부터 지존파 같은 살인자들을 취조하다 들었다는 얘긴데. 막가파식의 살인자들에게서 공통적으로 느낀 것은 자기가 그것을 했다고 전적으로 인정하지 않는다는군."

"그럼, 누가 했대?"

"자기 속에 숨어 있는 보이지 않는 어떤 강력한 힘이 자신으로 하여금 사람을 그토록 잔인하게 죽이고 인육까지 씹어먹도록 떠다 밀었다는군. 그리고 그들은 사람을 죽이는 순간의 흥분만큼 짜릿한 쾌감을 느껴본 적이 없다는 거야."

"………"

"영국의 어떤 농가에서 돼지를 키우던 목장주인이 밤의 꽃들을 납치해서 죽인 후 사료와 버무려 돼지 사료로 썼다는데 그는 50명을 채우지 못하고 경찰에 붙잡힌 것을 한탄했다는데 말야. 프로파일러들의 말을 빌면 그것도 그 사람의 내면에 있는 보이지 않는 어떤 악마적 세력이 떠미는 힘에 의해 저질러진 살인극이라는군. '하인리히 하이네'가 말한 것처럼 쇠가 사람을 죽이는 게 아니라 쇠를 쥔 마음의 손이 사람을 죽인다는, 공감이 가는 말이야."

보영은 탁자 위에 어즈러히 널려 있는 마른 안주를 지범거리며 끔찍한 살인얘기를 연신 늘어놓는 학수가 증상스럽기 짝이 없어 보였다, 보영이 얼굴을 찡그리며 소리쳤다.

"야! 시끄러. 뭐야 진짜 술 마시다 말구, 끔찍하게 살인 얘기나 늘어놓구."

학수는 보영의 말에 가슴으로 중얼거렸다.

'흐흐흐… 나도 그 짜릿한 살인의 추억을 간직하고 싶어지는거 있지…….'

그리고 학수는 해가 어슬핏해질 때쯤 보영과 헤어졌었다.

학수는 또 한 병의 술병을 꺼내 뚜껑을 열었다. 개들은 어둠 속에 엎드린 채 그런 학수의 행동을 주의깊게 살펴보다가 하나둘씩 잠이 들기 시작했다. 학수의 눈빛은 먹구름을 잠깐 벗어난 어슴프레한 달빛 속에서 악마의 촉수처럼 파르르 진저리를 치고 있는 듯 했다. 학수가 윗주머니에서 담배를 꺼내 입에 물고 라이터를 켰다. 담배연기가 달빛 속으로 춤추듯 흩어지고 있었다.

"내 속에 웅크리고 있는 절망과 저주의 신이여, 비극의 축제를 벌일 피의 유희 속으로 어서 나를 안내하라."

학수는 순간 자신의 내면 속에 잠재하고 있는, 사악하고도 무시무시한 악령의 숨소리가 감당하기 힘들 만큼 거칠어지는 것을 느낄 수 있었다.

그리고 그 거칠고 음험한 악령의 숨소리는 삼킬 자를 찾아서 헤매는 붉은 사자처럼, 무서운 이빨을 사납게 세우고 있었다.

그날 밤, 그 숲 속의 텐트 속에서 디먼을 껴안고 잠이든 학수는 까마득했던 어느 세월에 살았었던 조상신을 만나고 있었다.

그 할아버지는 이쁘동이 하나를 데리고 눈부시게 새하얀 도포를 입은 채, 하얗게 늘어진 수염과 머리를 질질 끌고 나타났다. 그 할아버지는 검은 하늘에서 끊임없이 쏟아지고 있는 푸른 비를 한 방울도 맞고 있지 않는 게 신기했다.

어느 순간 할아버지가 안개처럼 나타난 하얀 호랑이를 아이와 함께 타고 있었다. 할아버지가 한참 동안이나 붉은 눈으로 학수를 쏘아보고 난 뒤, 목에서 토해낸 파란 구슬 한 개를 학수의 입에 넣어 주었다. 그리고 이번에는 푸른 비가 흩뿌리는 반대편쪽, 거기 검붉은 안개가 핏빛 자욱한 연못 위를 미끄러지듯 사라지고 있었다.

디먼의 슬픔

 원래 디먼은 군견훈련소에서 지뢰 및 각종 폭발물감식 훈련을 받은 장군이란 이름을 가진 최고의 군견이었다. 도사견과 세파트 잡종인 듯 덩치가 엄청 컷고 온몸이 새까맸다. 털이 짧은 데다 네눈박이었고, 반들반들 윤이 나는 것이 장군이야 말로 꼭 흑표범을 닮아 있었다. 6.25 전쟁 당시부터 최전방 일대에 묻혀있는 지뢰를 찾아내는 데에 장군이는 최고의 기량을 발휘했었다.
 장군이는 비록 얼굴은 세파트를 닮지 않았지만 여늬 군견보다 훨씬 머리가 영리했고, 일단 싸움이 붙었다하면 결코 지는 법이 없을 만큼 투지와 힘이 탁월했다. 그래서 그런지 장군이는 부대에서도 병사들에게 최고의 대우를 받는 행복한 개였다.

 그런 어느 날 장군이를 어려서부터 우유를 먹여서 키우고 관리해 왔던 장백산이란 병사가, 동료들과 함께 지뢰제거 작전을 마치고 돌아오던 중이었다.
 그가 잠깐 장군이를 가게집 대추나무에 묶어놓았었다. 그가 전우들과 어울려 막걸리를 마시는 사이, 마침 그 곳을 지나치던 나쁜 개장수가 있었다. 그는 사방을 두리번거리다 순식간에 목줄을 끊고, 장군이를 오토바이에 장착된 철망 속으로 우악스레 집어넣은 채, 바람처럼 내빼고 말았다. 물론 장군이는 끌려가지 않으려고 안간힘을 썼다. 하지만 행여 사람이나 다른 개들을 해치지 못하도록 입에 재갈을 채워놓은 상태였다.

나쁜 개장수는 보통사람들이 상상할 수 없을 만큼 재빠른 솜씨로, 눈 깜짝할 사이에 개를 납치했다. 들리는 말에 의하면 모든 개들은 개장수 앞에서는 귀신을 만난 듯 꼼짝을 못한다는 말이 있었다. 그래서 그랬는지는 몰라도 장군이도 꼼짝없이 쇠창살 속에 갇혀 어디론가 쏜살같이 달려가고 있었다.

천기덕이라는 개장수는 장군이를 신탄리의 어느 깊은 산골짜기에 숨어 있는 개사육장 철망 속에다 무참하게 쳐박아 버렸다. 요즘은 옛날같지 않아서 버젓이 보신탕 간판을 내걸고 장사하는 음식점이 많이 없어졌지만, 천기덕은 보신탕용 개를 몰래 잡아 공급해온 전국통이었다.

정부가 아무리 보신탕용으로 개를 죽이지 말라고 말리고, 동물협회에서도 강력하게 대들며 말렸지만, 여전히 개고기를 밝히는 사람들은 헤일 수없이 많았다. 천기덕의 눈에는 장군이가 그냥 잘생긴 개정도로만 보였겠지만 그 개가 값으로 따지면 계산이 되지도 않는 최고의 훈련을 받은 명견인 줄은 꿈에도 몰랐을 것이었다.

시간이 흐를수록 장군이는 잡종개들 틈에 섞여, 주인이 가끔씩 던져주는 돼지 뼈다귀를 차지하기 위해 이빨을 세우고 으르렁대는 여늬 개들처럼, 그 위상이 형편없이 추락하고 말았다. 하지만 백여 마리가 넘는 개들 중에서 유독 싸움을 잘하고 힘이 센 장군이를 개장수도 어느 정도 알아 본 모양이었다.

　천기덕은 좋은 임자를 만나면 비싼 값에 팔아넘길 계산으로, 녀석을 특별히 넓고 깨끗한 우리 속에 따로 격리해 놓았다.

　그런 어느 날이었다. 천기덕의 동생 천기복이 덩치가 송아지만큼이나 큰 수놈을 데리고 나타났다. 그리고 장군이가 제일 사랑하는 아내를 그 수놈 앞으로 끌고 가는 것이었다. 장군이는 눈이 발칵 뒤집힐 지경이었다. 더군다나 머리가 깨질 듯 분노가 이는 것은 아내가 아주 순순히 수놈에게 뒤를 대어 주는 것이었다. 투견대회에도 여러 번 나간 경력이 있는 수놈은 황홀경에 취해, 혓바닥을 한 자나 빼어물고 허덕지덕 아내를 탐닉하고 있었다.

　뿐만 아니라 수놈은 장군이가 뻔히 보는 앞에서, 틈만 나면 아내의 등에 올라타는 것이었다. 분노에 치를 떨던 장군이는 발톱이 닳아 빠질만큼 죽을 힘을 다해 철망 아래 땅을 팠다. 잇몸에서도 피가 흥건히 배어나왔다. 기어이 장군이는 철망 밑을 뚫고 수놈을 향해 쏜살같이 내달았다.

　두 마리의 개는 무섭도록 처절한 싸움을 벌였다. 천기덕은 트럭에다 개를 잔뜩 싣고 어데론가 나간 사이였다. 주인여자가 싸리 빗자루를 꼬나들고 달려와서 두 마리의 개를 마구 두들겼다. 하지만 개들은 끄떡도 않고 죽자사자 상대방을 물어뜯고 있었다.

　주인 여자는 그렇게 치열하게 싸우는 두 마리의 개가 무서워 멀찌감치 떨어져 싸움이 끝나기를 기다렸다.

　싸움은 거의 30분 동안이나 계속되었다. 투견경력이 여러 번 있는데다 장군이 못지않게 덩치가 큰 수놈이었지만 먼저 지치기 시작했다. 드디어 장군이가 밑에 깔린 수놈의 목덜미를 한입에 물고 머리를 마구 휘

둘러댔다. 수놈의 비명소리가 하늘을 찢어발기듯 했다.

 이윽고 수놈이 허옇게 눈을 까 뒤집고 버둥거리더니 곧 조용해졌다. 주인 여자가 장군이의 목줄을 잡아 끌어 간신히 우리 속에 집어 넣었다. 하지만 주인여자는 죽은 개 때문에 망연자실하여, 땅바닥에 철썩 퍼지고 앉아 한숨만 들이쉬고 내쉬고 했다.

 그 수놈은 발정난 암놈에게 새끼를 들게 해 주는 조건으로, 한 번 교미시키는데 백만 원씩 받고 주인과 함께 전국을 돌아다니는, 소문난 종견이었다. 밖에서 돌아온 천기덕의 눈이 발칵 뒤집혔다. 사육장에서 기르고 있는 개들 절반을 팔아도 수놈 값을 물어줄까 말까였다.

 다행이 수놈의 주인은 천기덕의 동생이었던 까닭으로 꼭 그럴 염려까지는 없었다. 하지만 아무리 동생이라도 그렇지 어느 정도 응분의 대가는 치르어 주어야 할판이었다.

 "아이고오! 저 놈에 개새끼가 나를 망하게 했고나아!"

 화가 머리 끝까지 치만 천기덕이 지게작대기를 움켜쥐고 철망 안으로 뛰어들어갔다. 그리고 죽어라 장군이를 두들겨 패기 시작했다. 장군이도 이제는 이판사판이라고 생각했다. 이빨을 하얗게 까뒤집고 천기덕에게 대어들었다.

 그때 자기 개를 데려가기 위해 마악 도착한 동생 천기복이 몽둥이를 들고 뛰어들었다. 그리고 자신의 형을 덮치고 있는 장군이의 허벅지를 후려쳤다. 장군이가 비명을 지르며 주저 앉았다. 두 사람은 일단 철망 밖으로 도망쳐 나왔다. 천기복이 공포의 눈빛을 감추지 못한 채로 씩씩대며 물었다.

 "아니, 형, 대체 저런 놈을 어디서 구한겨?"

"………."

"샀어?"

"아냐, 민통선 안에 들어갔다가 나무에 묶어놓은 걸 잽싸게 집어왔어."

"………."

"죽여야지?"

한참 동안 장군이를 노려보던 천기복이 말했다.

"형… 써 먹을 만한 놈이야, 요새는 보신탕 인구가 전같이 많진 않지만 잘생긴 개를 찾는 사람이 많어. 애완견으로 말이지."

"어따?"

"내 개를 물어죽일 만한 놈이면 투견대회에 내어보내도 우승할걸?"

"그런 소리 말어. 투견대회 허다 신고받으면 엄청 많은 벌금 내야 하고 자칫 빵에 들어갈라!"

"하여간에 그냥 놔둡시다. 일단 내 개를 물어죽였으니 그 대신 저 개는 내가 가질껴."

천기덕은 다행이라 싶어 얼른 대답했다.

"그렇게 해라, 그럼."

"일단 새로 짓고 있는 우리집 사육장이 다 완공되면 데려갈테니 그때까지만 여기다 놔두자고. 보신탕용으로 까버리기엔 너무 아까워."

"그래라, 그럼. 허기사 네 개를 죽일 정도면 투견대회에 나가도 우승할만도 하지."

투견대회가 법으로 금지되어 있지만 도박사들은 사람들이 안보는 깊은 산 속 같은데서 투견대회를 몰래 열곤 했었다.

그날밤, 보름달이 휘영청 밝은 밤이었다. 캄캄한 숲으로 뺑둘러 싸인

사육장은 슬픈 운명을 타고난 개들의 고달픈 숨소리 외에는 풀벌레 소리만 요란했다. 백산이 형이 보이지 않는 이 현실이 장군이에겐 너무도 큰 고통이었다. 어째서 이 살벌한 현실 속에 갇혀 버리게 된 것일까. 장군이는 자꾸만 백산이 형의 얼굴만 눈앞에 어른거려 미칠 것만 같았다.

 장군이는 아픈 다리를 간신히 이끌고 아내가 엎드려 있는 곳으로 가까이 다가갔다. 하지만 철망이 가로막고 있어서 더 이상 기어갈 수도 없었다. 쇠기둥에 묶인 채로인 아내가 슬픈 눈빛으로 장군이를 쳐다보다가 쇠창살 칸막이로 가까이 다가와 장군이의 얼굴을 핥아 주었다. 비록 갇혀 있긴 했어도 장군이는 그 순간이 얼마나 행복한지 몰랐다. 장군이도 아내의 얼굴을 핥아주며 사랑을 고백했다.

"내가 죽을 힘을 다해 당신을 사랑한다는 증거를 보았지? 난 당신을 사랑해. 당신 없는 세상이 내겐 아무런 의미도 없어… 날 떠나지마. 언젠가는 우리 둘이 백산이 형한테 찾아가 정식으로 부부가 되게 해 달라고 부탁해야지……."

 아내는 흡족한 듯 조용히 눈을 감고 잠을 청했다. 장군이도 아내의 숨소리를 코 끝에 느끼며 비로소 잠이 들었다. 장군이는 비몽사몽간에 마음속으로 이렇게 꼭꼭 다짐했다.

 '아내를 데리고 이 곳을 탈출해야해. 그리고 인간이 보이지 않는 곳에 가서 아내와 단둘이서 영원히 살테야 … 백산형을 찾아가면 잘 대해 줄테지만 대체 어디에서 살고 있는지 알 수가 없잖아 … 하지만 이 철망을 뚫고 도망할 수만 있다면 백산이 형과 함께 뛰어놀던 억새풀밭을 꼭 찾아볼테야. 아! 백산이형이랑 함께 뛰놀던 억새풀밭이 너무도 그립다. 기억이 희미하지만 마음먹고 찾아보면 찾아볼 수 있을 거야 … 아! 백산이 형은 어떻게 된 것일까 …….'

그런 어느 날 천기덕이 사육장 안으로 들어가 엎드려 있는 장군이 아내의 배를 손바닥으로 조심스럽게 만지기 시작했다. 뭔가를 느꼈던지 천기덕이 밖에다 대고 소리쳤다.

"이봐, 마누라, 이놈 새끼뱄어!"

여자가 뛰어왔다.

"움직여요?"

"응, 꼬물꼬물 거리는데?"

"그럼 운동하게 묶어 놓지 말고 목줄을 풀어줘요. 밖에 내놓으면 도망갈테니 우리 안에서 제 맘대로 돌아다니게 해."

"알았어."

장군이의 아내 역시 천기덕이 어느 마을에서 몰래 훔쳐온 도사견 잡종이었다. 천기덕이 아내의 목줄을 풀어주고 사육장 밖으로 나간 뒤 아내가 장군이에게 다가왔다. 장군이가 철망 틈 사이로 혀를 내밀어 아내의 주둥이를 연신 핥아주며 위로했다.

"임신을 축하해, 하지만 그 뱃속에 들어 있는 새끼들은 내 새끼는 아니지, 아무렴 어때, 우리 이 곳을 탈출해서 아무도 없는 산 속 깊이 들어가서 새끼들이랑 행복하게 살자.

그리고 어느 날, 천기덕 내외가 어디로 나들이를 간 사이였다. 힘이 센 장군이는 기어이 철망을 탈출하기로 작심했다. 장군이는 발톱이 닳도록 철망 밑을 파 제꼈다. 그리고는 사육장 안에 있는 아내와 함께 줄행랑을 쳤다.

그러나 장군이 부부는 산 속에 숨어 사는 것도 하루 이틀이지 주린 창자를 채울 길이 없었다. 더욱이 임신한 아내는 배가 고파 죽을 지경이었다. 그런 어느 날 결국 장군이 부부는 천기덕 부부가 깊은 잠에 빠진 한밤중에 행동을 개시했다.

　장군이 부부는 주인집 부엌에 침입해서 허겁지겁 닥치는 대로 음식을 먹어치우고는 다시 산으로 도망쳐 버렸다. 개들이 시끄럽게 짖어대자 주인이 눈을 비비며 나와서 개들에게 고함을 질렀다. 그러자 곧 개들은 죽은 듯이 조용해졌다. 이튿날 부엌에 나온 주인여자가 비명을 질렀다.

　"아이고, 여보, 이리 와봐요 부엌에 뭐가 나타났었나봐!"

　천기덕이 달려왔다. 부엌 안은 온통 흩어져 나뒹구는 빈그릇과 음식 나부랭이들로 엉망이었다. 천기덕이 이를 아드득 갈면서 부르짖었다.

　"틀림없이 도망친 개들이 침입했던 거야, 요놈들, 어디 한번 두고보자, 반드시 잡아서 몽둥이로 때려 죽일꺼야!"

　하지만 이틀쯤 뒤 사료창고에 들어간 사육장 주인이 또 가슴을 탕탕 치며 이빨을 바득바득 갈았다.

　"이런 찢어 죽일놈의 개새끼덜, 사료봉지를 마구 물어뜯어 놨잖아! 아구! 이놈의 개새끼들, 잡히기만 해 봐라."

　어느 날 천기덕이 툇마루에 앉아 읍내에서 사온 약봉지를 풀어놓고 있었다.

　아내가 다가와서 물었다.

　"뭐유, 그게?"

　"수면제야"

　"뭐하게요?"

　"돼지고기 몇 근 사 왔어. 이걸 전번처럼 또 고기 속에 숨겨두면 놈들이 먹고 잠이 들거란 말이지. 그때 잡아 쳐넣을 거야."

그리고 약을 섞은 돼지고기를 먹기 좋게 칼로 잘 다졌다. 그런 후 고기를 담아 사육장 주변 여러 곳에 놓아두었다.

아니나 다를가 그날 밤 몹시 배가 고팠던 장군이는 아내와 함께 사육장 주변에 깔려 있는 돼지고기 냄새에 환장을 하며 다가왔다. 그 모습을 천기덕 부부가 잠도 물리치고 방문 틈으로 몰래 내다보고 있는 줄을 장군이 부부는 전혀 몰랐다.

장군이 부부는 순식간에 고기를 먹어 치웠다. 그리고도 양에 차지 않은 듯 또다시 부엌 쪽으로 코를 벌름거리며 다가섰다. 부엌에서도 맛있는 음식냄새가 코를 찌를 듯 장군이 부부를 자극했다. 장군이 부부는 부엌 안으로 성큼 들어서자마자 그릇에 담긴 채로 부엌바닥에 놓아둔 고깃국을 미친 듯이 먹어치웠다. 겨우 배가 불러왔다.

그때였다. 주인남자가 밖에서 부엌문을 쾅 닫아버렸다. 장군이 부부는 꼼짝없이 갇히는 신세가 되었지만 어째볼 도리가 없었다. 그리고 곧 눈꺼풀이 무너질 듯 엄청난 졸음의 파도가 밀려오기 시작했다.

장군이가 정신을 차렸을 때, 자신은 이미 다른 개들과 함께 사육장 안에 갇혀 있었고, 아내는 따로이 주인집 마당에 있는 밤나무 기둥에 단단히 묶여 있었다. 아내가 쇠사슬을 벗어나려고 발버둥을 쳤지만, 그때마다 화가 난 천기덕의 마누라가 몽둥이를 들고 달려와서 사정없이 아내를 두들겨 팼다. 아내는 죽을 듯이 비명을 질렀다. 장군이는 가슴이 폭발할 듯 분하고 답답했으나 자신을 묶어놓은 쇠줄은 너무도 굵고 든든했다.

"고기에다 수면제를 섞은 걸 몰랐다니… 으 원통하다."

그런 며칠 뒤 천기복이 트럭을 끌고 사육장에 나타났다. 그리고 밤나무에 묶어둔 아내를 풀어 철망 속에 쳐 넣고는 어딘가로 사라져버렸다. 장군이는 사라지는 아내를 향해 슬프게 울부짖었지만 이미 아내의 모습은 장군이의 시야에서 까맣게 멀어진 뒤였다.

천기복은 단골 보신탕집 주인의 특별한 주문을 받고 새끼밴 장군이의 아내를 데리고 사라진 것이었다. 단골 보신탕집 주인의 부탁은 새끼밴 개를 통째로 삶아 먹겠다는 고객의 주문을 지켜주기 위함이었다. 새끼밴 개를 통째로 삶아 먹으면 정욕에 최고로 좋다는 입소문 때문이었다. 장군이는 비분의 눈물을 흘리며 이를 악물었다.

"반드시 이 곳을 탈출해서 아내를 찾고 말 거야. 인간들을 용서하지 않을 거야……."

아내가 그렇게 사라진 뒤에도 장군이는 허구한날 함께 살던 친구들이 매일 끌려나가 나뭇가지에 목이 매달린 채 쇠몽둥이에 머리가 깨어져 죽는 꼴을 보아야 했다. 그리고 죽은 개들을 짚불에 새까맣게 그슬러서 어덴가로 싣고 갔다.

장군이의 가슴은 인간에 대한 증오심으로 날마다 사나워졌고, 장군이의 눈빛은 인간에게 철저하게 복수하고 말겠다는 원한의 불꽃으로 활화산처럼 활활 타고 있었다.

"인간에게 복수하고 말테다. 마구 물어 죽일 거야……."

그리고 두 달쯤 지나서였다. 개 사육장의 주인이 경계심을 느슨하게 풀어 놓았을 때 쯤, 장군이는 조금은 허술해 보이는 철망 밑의 땅을 다시 파기 시작했다. 겨우 자신의 몸이 빠져나갈 만큼 공간이 만들어 지자 장군이가 먼저 밖으로 빠져 나왔다. 사육장에 갇혀 있던 친구들도 장군이를 따라 철조망 밖으로 기어나와 줄도망을 쳤다.

그때부터 장군이는 친구들을 데리고 지뢰가 묻혀 있는 철책선 근처 울창한 숲 속으로 자취를 감추고 말았다. 하지만 어느 곳을 헤매고 다녀봐도 아내의 흔적을 찾을 수 없었다. 장군이는 밤마다 하늘의 달과 별을 쳐다보며 울었다.

그 울음소리는 늑대의 울음을 방불케 할 만큼 멀리 멀리 퍼져나갔다. 마을 사람들은 밤마다 두견새 울음소리에 섞여 들려오는 소름끼치는 장군이의 울음소리에 단잠을 설쳐야 했다.

"아이구, 저놈의 유령 같은 울음소리, 대체 뉘집개가 저렇게 밤마다 우는 거야, 미치겠다 진짜."

그런 어느 날, 드디어 장군이는 자신이 그토록 행복하게 살았던 군견훈련소를 찾을 수 있었다. 하지만 슬프게도 그 군견훈련소는 녹슨 철문이 굳게 닫혀 있었다. 보고싶은 백산이 형과 병사들은 한 명도 없는, 폐허의 군견훈련소가 되어 있었다. 군에서 군견훈련소를 좋은 시설을 갖춘 다른 곳으로 이동시켰기 때문이었다. 대신 그 곳에는 탄약창고가 새로이 들어설 계획이 잡혀 있었다.

장군이의 실망은 너무도 컸다. 그래도 행여나 백산이 형이 나타나 주지 않을까 하는 기대감으로 허구한날 노루잠을 잤다. 장군이는 옛날 백산이 형과 함께 마음껏 뛰놀던, 억새 풀밭이 훤히 내려다 보이는 곳에 숨겨진 동굴에 거처를 마련했다.

지뢰지역인데다 칡덩굴과 다래 덩쿨이 워낙 울창해서 아무도 쉽게 발견할 수 없는 천혜의 장소였다. 장군이는 친구들과 먹이사냥을 다녀와서도, 백산이와 뛰놀던 초원을 내려다보며, 비바람이 불든 눈보라가 치든 그 자리를 떠나지 않았다. 무엇보다 제일 견디기 힘든 것은 역시 배고픔이었다.

　때로 주린 배를 달래기 위해 먹을 것을 찾아 숲 속을 헤매던 장군이 일행은 군부대 식당 옆에 있는 잔반통에 눈독을 들이기도 했다. 녀석들은 취사병들의 눈을 피해 잔반통을 뒤져 배불리 밥을 먹을 때도 있었다.

　취사병들은 개들이 잔반통을 뒤져도 전혀 싫어하는 눈치도 아니었다. 취사병들이 배고파하는 개들을 위해 일부러 잔반통 뚜껑을 열어놔 두었기 때문이었다.

　장군이는 얼룩무늬 군복을 입은 병사들을 볼 때마다, 먼 옛날 자신을 그토록 끔찍하게 사랑해 주던 백산이 형과 군견훈련소의 병사들을 떠올렸다. 그 시절이 가슴이 아리도록 그리웠다.

　"하지만 이젠 먼 옛날의 추억일 뿐이지… 백산이 형이 정말 미치도록 그립고 보고싶다…하지만 이루어질 수 없는 꿈일 거야… 난 이제 사람들 눈에 띄면 안돼. 백산이 형이 그립고 병사들과 어울려 뒹굴고 살고 싶지만……."

　그러나 어느 날부터 병사들이 그 잔반통에 뚜껑을 닫아버리는 바람에 잔반통을 뒤져먹는 일도 끝이나 버리고 말았다. 잔반통에 파리가 꾾는다며 지휘관이 뚜껑을 새로 만들어 덮으라고 명령했기 때문이었다.

　"배가 고파 죽겠네… 아! 배가 너무도 고프다. 요즘엔 고라니도 노루도 없어. 멧돼지마저 자취를 감추다니."

　드디어 장군이 무리는 백두대간을 따라 수백 리 떨어진 곳까지 원정을 다니며 마을사람들이 기르는 닭들이나 염소 등을 공격했고, 산삼이나 더덕을 캐러 다니는 사람들이 지참한 음식물을 빼앗기 위해 사람까지 물어박지를 지경에 이르고 말았다.

장군이는 이제 더 이상 옛날의 군견훈련소에서 탁월한 능력으로 폭발물 감식 훈련을 받은 명견으로서, 백산이와 뜨겁게 사랑과 우정을 누렸던 명견이 아닌, 더럽고 추악한 공포의 짐승으로 탈바꿈되고 말았다.

 그리고 그 장군이에게 디먼이란 이름을 붙여주고 가끔씩 장군이가 살고있는 곳으로 찾아와서 악령의 저주를 물붓듯이 쏟아부은 것이 학수였다. 디먼은 학수의 표정이나 손가락의 움직임까지 무엇을 의미하는지 알아챌 만큼 지능이 뛰어난 개였다.

 어언 가을이 꼬리를 감출 때쯤이었다. 디먼 무리는 또다시 조폭들이 훈련하고 있는 현장이 궁금했다. 디먼은 친구들과 함께 이른 아침부터 뽀얀 안개비를 맞으면서, 조폭들의 본거지를 향해 길을 떠났다.

 디먼 일당은 주로 부엽토가 발목까지 푹푹 빠지는 첩첩산중을 지나 낮을 이용해 먹을 것을 찾아다녔다. 언젠가 한밤중에 산등성을 타고 먹을 것을 찾아 다니다가 철책선을 지키던 병사들이 풀잎 스치는 소리에 놀라, 기관총 세례를 퍼부었다. 그때 많은 친구들을 잃어버렸던 경험 때문에, 디먼 일당은 절대로 철책선 부근을 어슬렁거리지 않았다.

 조폭들의 본거지가 점점 가까워질수록, 음식냄새도 더욱 강렬하게 디먼 일당의 주린 배를 쓰리도록 자극했다. 디먼 일당이 조폭들의 훈련장이 훤히 내려다보이는 숲 속에 몸을 바짝 낮추고 상황을 살폈다.

 6시가 되자 곧바로 설렁이 울렸다. 조폭들이 핏빛단풍이 빨갛게 덮인 개울가로 몰려갔다. 목욕을 하기 위해서였다. 훈련장 한쪽 구석에 걸어놓은 커다란 무쇠솥에서 풍겨오는 생선국 끓이는 냄새 때문에, 허기진 늑대개들의 입에서 군침이 뚝뚝 떨어지고 있었다. 하지만 디먼은 친구들에게 꼼짝도 하지말고 조폭들이 잠들 때까지 가만히 엎드려 있으라고 명령했다.

 곧 숲 속은 캄캄해졌다. 밤이 깊어질수록 두견새 울음소리와 풀벌레 소리들만 처량하게 밤의 침묵을 깨뜨리고 있었다. 드디어 조폭들은 각자의 텐트로 들어가 하나둘씩 잠을 청하는 모양이었다. 그리고 약속이나 한 듯 한꺼번에 텐트마다 촛불이 꺼졌다. 그러고도 한참이나 시간이 지난 후, 디먼이 먼저 몸을 곧추 일으켰다.

 그러자 친구들도 일제히 몸을 일으키고 디먼의 눈치를 살핀다. 디먼이 맨 먼저 먹을 것이 쌓여 있는 텐트 가까이 다가갔다. 디먼은 다시 몸을 바짝 낮추고 조폭들의 상태를 주도면밀하게 살폈다. 텐트 속에서 들려오는 조폭들의 고달픈 숨소리가 개들의 신경을 바짝 곤두세워놓고 있었다.

 산에는 전기가 들어오지 않았으므로 냉장고가 없었다. 조폭들은 음식물이 상하지 않도록, 계곡의 물이 흐르고 있는 곳에, 음식물을 비닐에 싸서 저장해 놓고 있었다. 하지만 디먼은 물에 잠겨 있는 비닐봉지는 금새 외면했다. 혹 독약을 섞어놓지 않았나 염려스러웠기 때문이었다.

 디먼이 맨 먼저 20평쯤 되는 창고의 문을 이빨로 뜯어제끼고 안으로 기어 들어갔다. 디먼의 친구들도 하나둘씩 창고 속으로 들어갔다. 그리고 빵이나 고깃덩어리들을 닥치는 대로 먹어치우기 시작했다.

 그때였다. 갑자기 창고 속으로 후라쉬 불빛이 쏟아져 들어왔다. 곧 날카로운 시위소리와 함께 수십 개의 화살이 창고 안으로 소나기처럼 날아들었다. 화살에 몸이 뚫린 늑대개들이 비명을 지르며 창고 안에 나뒹굴었다. 순식간에 창고 안은 늑대개들의 죽은 시체로 피바다를 이루었다.

 디먼은 끊임없이 날아드는 화살을 간신히 피해 창고 밖으로 온몸을 던지듯 튕겨 나왔다. 그리고 죽을 힘을 다해 숲 속으로 내달았다. 친구들이 몇 마리 따라오는 모양이었으나 그 숫자는 알 수 없었다.

이윽고 디먼이 조폭들의 발걸음이 닿지 못하는 곳까지 달려와서 걸음을 멈추었다. 디먼을 따라 도망쳐 나온 친구들은 겨우 62마리에 불과했다. 그 중에 두 마리는 가슴과 엉덩이 깊숙이 화살이 꽂힌 채로였다. 이튿날 아침까지도 디먼은 화살에 맞아 죽어가는 두 마리의 친구들을 속수무책으로 바라볼 수밖에 없었다.

"이 나쁜놈의 인간들… 이대로 물러서지 않을테야… 반드시 친구들의 복수를 하겠어……."

날이 밝자 조폭들은 창고 안에 널부러져 죽어 있는 늑대개들의 시체를 끌어다 한 곳에 쌓아놓고 창고 안을 물로 깨끗이 청소했다.

대장이 만족한 듯이 득의만면하여 부하들 앞에서 거쿨진 목소리로 말했다.

"대승리다! 하지만 또 언제 놈들이 공격해올지 모르니 정신을 바짝차리고 경계심을 늦추지 마랏!"

"옛, 알겠습니닷!"

"어뗘냐? 복날은 다 지나갔지만 우리한테 몸보신하라고 부처님이 개들을 선물했다. 저것들을 모두 손질해서 보신탕을 만들어 실컷 먹자. 어뗘냐?"

말하자면 때늦은 복달임을 하겠다는 의미였다. 조폭들은 뜻하지 않게 보신탕을 실컷 먹게 된 것이 여간 신나는 일이 아니었다.

조폭들은 일제히 함성을 내질렀다.

대장이 다시 큰소리로 명령했다.

"잡힌 개가 모두 이십 마리니까 한 조에 두 마리씩 배당이다. 먹다남은 고기는 비닐에 잘 싸서 계곡물에 담가놓고 두고두고 끓여 먹는 거다. 당분간 이것들 때문에 귀찮게 읍내에 부식을 사러가지 않아도 되겠다. 자! 오늘은 지옥훈련을 하루 쉬고 실컷 취해 보는거다 보신탕 파티다!"

조폭들이 일제히 함성을 지르며 기뻐했다. 디먼 일당은 조폭들이 죽은 친구들의 시체를 1개조가 두 마리씩 나누어 들고가서 토치램프로 껍질을 태우는 모습을 숲 속에 숨어서 노려보고 있었다.

디먼은 친구들과 함께 밤이 깊어지도록 근처를 떠나지 않고 기다렸다. 국솥에서 펄펄끓고 있는 친구들의 살 냄새가 숲을 진동시켰다. 역시 조폭들은 단순하기 짝이 없었다. 전례를 생각해서도 주위경계를 소홀히 하지 말았어야 했다.

그날 밤 곤드레만드레가 되도록 술을 마시며 떠들고 광흥을 떨었지만, 세상의 어느 누구도 조폭들이 그 막막궁산에 파묻혀, 늑대개들과 처절한 전쟁을 치루고 있는 줄은 꿈에도 몰랐다.

이윽고 개들을 물리쳤다는 승리감에 취해, 술에 만신창이가 된 조폭들의 와자지껄 떠들던 소리가 차츰 어둠 속으로 잦아들기 시작했다. 곧 숲 속은 바위를 삼킨 듯 조용해졌다. 조폭들의 코고는 소리와 소쩍새 울음소리 그리고 속삭이는 듯 풀벌레들의 소리만 처량하게 숲 속의 정막을 깨우고 있었다.

디먼은 그제서야 서서히 몸을 일으켰다. 죽음의 문턱에서 기적처럼 살아남은 디먼 일당이 조폭들의 텐트 하나를 향해 조심스럽게 다가섰다. 조폭들은 개들을 물리쳤다는 승리감에 취해서 정신을 차릴 수 없을 만큼 술을 퍼 마셨다. 때문에 옆에서 누가 따귀를 냅다 후려갈겨도 감각을 모를 만큼 거의 인사불성이 되어 있었다.

디먼이 맨 먼저 텐트 속으로 몸을 들이 밀었다. 그리고 팬티차림으로 곯아 떨어져 있는 조폭의 목에다 날카로운 송곳니를 들이박았다. 조폭은 비명을 지르며 몸부림쳤지만 곧 숨이 끊어지고 말았다.

다른 개들도 디먼의 행동에 질세라 텐트 안으로 쳐들어가 조폭들의 목을 마구 물어 뜯었다. 사람의 살갖이 찢어지는 소리가 소름이 끼칠 지경이었지만 늑대개들이 그런 감정을 느낄 리가 없었다.

순식간에 텐트 안은 조폭들의 목에서 흘러내린 피로 강을 이루었다. 텐트 안은 처참한 전쟁터처럼 제멋대로 나뒹구는 시체들로 참혹하기 짝이 없었다. 그리고 디먼 일당은 텐트를 빠져나와 대담하게도 주위를 살피며 창고 안을 조심스럽게 살폈다. 그리고 생선이나 고깃덩어리 등을 물고 유유히 사라졌다.

이튿날, 조폭들의 본거지는 폭탄을 맞은 듯 발칵 뒤집혔다.
"헉헉! 헉헉! 대, 대장님, 4조 대원들이 모두 죽었습니닷!"
"뭐, 뭐야? 이 새끼가 정신이 돌았닷!"
"밤새 늑대들이 4조 대원들의 텐트를 공격했던 모양입니다."
"뭐, 뭐라곳? 그럼 열 명이 다 죽었단 말이냣!"
"옛, 숨이 완전히 끊어졌습니닷!"

대장이 4조 텐트 쪽으로 달려갔다. 그리고 텐트 안을 들여다 본 순간 대장은 그 참혹하기 짝이 없는 조직원들의 죽음에 얼굴이 하얗게 질려 버렸다. 인신매매와 사람의 몸을 분해해서 장기를 축출하는 기술을 익히고 있는 조폭들이 얼어버릴 정도라면, 그 참혹함이 어느 정도인지 짐작할 수 있을 것이었다.

"이, 이럴 수가!"

조폭들은 죽은 동료들을 끌고가서 벼랑 아래로 던져버렸다. 조폭들은 오래 전부터 스스로 인간이기를 포기한 모양이었다.

조폭들의 사기는 급속도로 떨어지기 시작했다. 그날 밤 취침명령이 떨어졌는데도 조폭들은 눈을 말똥말똥 뜬 채로 잠을 이룰 수가 없었다. 누군가 속삭이듯 엉두덜거렸다.

"씨발, 이러다가 어느 순간에 우리도 늑대들한테 물려 죽을지 모르잖아."

"이게 뭐야, 주먹 한번 제대로 못 쓰고 늑대들에게 물려 죽다니. 난 때려치고 내려갈테야"

"배신하면 어떻게 된다는 것 몰라?"

"그렇다고 늑대들의 밥이 되냐?"

"........."

누구보다도 심각한 근심에 빠진 것은 행동대장이었다.

"앞으로 어쩐다?"

생각다 못해 그가 배터리에 충전 중인 핸드폰을 열고 누군가에게로 연락을 취했다.

"회장님, 접니다."

수화기 속에서 굵직한 남자의 목소리가 졸린 듯 들려왔다.

"밤늦게 또 뭐냐?"

"회장님, 밤늦게 죄송합니다만 한시가 급한상황이라서… 아무래도 안되겠습니다."

"뭐야? 뭐가 안돼 임맛!"

"어제 또 들개들의 습격을 받았습니다. 강력한 석궁이 위력을 발휘해서 습격했던 들개들을 20마리나 잡았습니다만…….."

"그런데?"

"나머지 놈들이 어딘가에 숨어 있다가 우리가 잠든 틈을 타서…….."

"죽었냐?"

"예, 10명이나. 4조 텐트 전원이…….."

"뭐, 뭐얏? 하룻밤새 열 명이나 물려 죽었단 말이야?"

"예."

"이, 이런! 그럼 10억 원이 하룻밤새 날아갔다는 얘기아냣!"

"아무래도 철수해야 할 것 같습니다."

"들개들이 주로 밤에만 공격하더냐?"

"예, 꼭 잠든 뒤에 밤에만… 1개조씩 돌아가며 보초를 세워도 워낙 피곤한 몸이라 애들이 꾸벅꾸벅 졸기가 일쑤이고, 그 틈을 타서 바람처럼 공격해 옵니다. 잠을 재우지 않으면 이 지옥훈련을 감당하지 못합니다."

잠시 침묵이 흘렀다. 곧 회장의 목소리가 다시 떨어졌다.

"잘 드는 톱을 대량 공급해 줄테니 산에 나무를 잘라라."

"나무를요?"

"우리 조직원 중에 솜씨 좋은 목수가 있다. 목수를 보내줄테니 아무도 눈치 못채도록 빠른 시간 내에 나무를 잘라서 숙소 주위로 통나무 울타리를 치란 말이다. 그리고 밤에는 반드시 출입문을 단단히 닫아걸 것! 알았냐?"

"통나무 울타리를 치란 말씀입니까?"

"그래, 설마 통나무 울타리를 뚫고 쳐들어오진 못할 것 아니냐."

"좋으신 발상이긴 합니다만……."

"뭐가 걸리냐?"

"대원들의 사기가 형편없이 떨어졌습니다."

수화기 속에서 회장의 말소리가 잠깐 침묵했다. 이윽고 회장의 목소리가 다시 들려왔다.

"좋아, 새로운 결단을 내리겠다. 내일 목수가 가는 편으로 돈을 보내주마. 보너스로 일인당 백만 원씩 현찰로 지급해줘라."

"백만 원 씩요? 잘 알겠습니다."

"그렇게 후하게 대우해 주는데도 딴 맘 먹는 놈 있으면 네 선에서 알아서 처리해 버렷! 어떤 일이 있어도 진첸 회장과 약속한 80명은 꼭 지켜야 한다. 알겠냐?"

"옛 회장님."

"창문이랑 출입문도 환기구멍만 적당히 내놓고 통나무로 해 달아라. 밤에는 절대로 대원들이 통나무 울타리를 나가지 못하게 해라. 통나무 울타리 안에 텐트를 치고 함께 기거하도록 하고, 해가 지면 일체 통나무 울타리 밖으로 출입을 못하게 할 것, 화장실도 통나무 울타리 안에다 지을 것. 알겠냐?"

"예, 회장님."

"통나무 울타리가 완성 되기 전에는 절대로 대원들을 밤에 재우지 말고 낮에 서너 시간쯤 잠을 재워라. 그리고 외지인이 눈치채지 못하도록 철통같이 경계심을 늦추지 말도록 해. 알았냐? 거듭 말하지만 한 놈이 죽으면 일 억이 날아가는 거야. 알았어?"

"옛, 회장님."

그리고 딱장대를 닮은 회장의 목소리는 혀 끝을 두어 번 차더니 뚝 끊어졌다.

고민

"오빠, 생각해 보니까 아무래도 안되겠어. 오빠가 집에서 공부한다고 하지만 집안살림하랴, 똥 때문에 신경쓰랴, 동네사람 눈치 보랴, 어디 공부가 되겠어? 그냥 시험칠 때까지 고시촌으로 다시 들어가 있는 게 낫겠어."

그렇게 반 강제로 등 떠다밀 듯하는 수정의 등쌀에 못 이겨 민혁은 별 수 없이 다시 고시촌으로 들어왔다. 아무래도 이번 시험에는 틀림없이 합격할 것 같은 자신감이 드는 것도 이유이긴 했지만, 진심으로 민혁을 위해 간청하는 수정의 뜻을 거절하기에는 마음이 편치 않았다.

사실 시험에 합격하기 전에는 절대로 집에서 생활하고 싶은 생각이 없었던 민혁이었다. 처가에서 집까지 장만해 주었지만 그것이 민혁으로서는 영 체면이 안 서는 일이었다. 민혁은 스스로에게 수없이 물었다.

"분명히 합격하고도 남을 실력인데 왜 자꾸 떨어질까. 떨어지는 것이 기적같다……."

하지만 똥의 일이 터지기 시작하면서 그런 생각쯤은 바람처럼 달아나

버리고 말았다. 지금은 수정의 마음을 어떡해서든지 안정되고 편케 해 줄 마음밖에 없었다. 뚱이 생사의 기로에 서 있는 동안 수정이 얼마나 마음고생이 심했는가를 민혁은 너무도 잘 알고 있었다.

"이번엔 꼭 합격하겠지……."

이전에는 전혀 예상하지 못했던 뚱에 대한 민혁의 고민은 날로날로 깊어졌다. 그것은 뚱을 관리해야 하는 수정의 어려움 때문이었다.

뚱이 어렸을 때는 그런 고민이 별로 없었는데 이제는 송아지만큼 덩치가 커졌는데다 힘이 어찌나 장사인지 묶어 놓은 목련나무 밑둥이 잘록해질 만큼 패였다. 민혁부부는 자칫 목련나무가 시련을 견디다 못해 죽을까싶어 몹시 염려스러웠다. 그래서 정원 한 쪽에 커다란 쇠말뚝을 깊이 박아놓고 뚱을 그 곳에다 묶어놓았다.

또 사료를 얼마나 많이 먹어대는지 그 엄청난 식성을 감당해 내기도 여간 부담스럽지 않았다. 끼니 때마다 돼지 뼈다귀가 빠지면 밥그릇을 마구 물어뜯으며 심술을 부렸다.

또 그렇게 밥을 많이 먹는 만큼 배설물도 엄청나서 지저분해지기 전에 그것을 치워대기도 힘에 벅찼다. 그나마 수정이 하루종일 집에만 붙어 있는 것도 아니다. 아침일찍 출근해서 밤늦게 집에 돌아올 때면 뚱은 배설물을 마구 밟고 몸을 뒹굴고 나대는 바람에 온몸이 배설물로 범벅이 되는 때도 한두 번이 아니었다.

다행히 겨울이 아니라서 지저분해진 뚱의 몸을 고무 호스로 깨끗하게 씻을 수 있기에 망정이지, 그 더러운 몸을 어떻게 끌어안고 예뻐해 줄 수 있겠는가.

"오빠, 큰일났다. 뚱을 관리하기가 너무도 힘들어. 지쳐서 쓰러질 것 같애. 어쩜 좋지?"

　그래서 또다시 등장한 말이 뚱을 팔아버리지자는 의논이었다.

"팔면 어떻게? 그럼 뚱은 어디로 가는데?"

"어디로 가긴? 좋은 임자 만나서 넓은 땅에 가서 마음껏 뛰어 노는 곳이면 오죽 좋겠어? 하지만 사람을 잘못 만나면 보신탕집으로 팔려가서 금새 사람들 뱃속으로 들어가 소화되어 버리는거지."

"뭐야? 뚱 같은 개는 보신탕용으로 사 가지도 않는다고 오빠가 그랬잖아."

"우리 고시촌 동네에 사는 개장수 아저씨가 그러는데 보신탕용 개가 뭐 따로 있는 게 아니라, 도사견이건 세파트이건 진돗개건 또 덩치가 커다란 세인트보나드 같은 개도 결국엔 다 보신탕용으로 쓰인다고 그러네?"

"아이휴, 어떻게 보신탕용으로 붙들려가게 해에… 말도 안되는 소릴."

　둘 다 말은 그렇게 했지만 뚱을 팔아버리겠다는 말은 되도 않는 소리였다.

　민혁은 하루종일 뚱에 대한 생각으로 가득차서 공부에 여간 방해가 되는 게 아니었다. 무엇보다 마음이 무거운 것은 수정이 뚱을 데리고 어디 산책이라도 나간다는 것은 꿈도 꿀 수 없는 일이었다. 덩치가 엄청나게 큰 데다 생긴 게 워낙 험상궂어서 사람들이 기겁하기 일쑤였다.

　그날 밤, 민혁은 답답한 가슴을 달랠 겸 홀로 고시촌 마당으로 나왔다. 곧 가을이 코앞에 다가올 모양이었다. 고시촌 섬돌 밑에서 들려오는 귀뚜라미 울음소리가 처량하기 짝이 없었다.

　'아무래도 내가 또 고시촌을 떠나야겠다. 그리고 집에서 공부하면서

똥을 돌보아야 겠어.'

　하지만 막상 집에서 공부해보겠다고 마음을 굳게 먹고 대들어 보았지만 어쩐 일인지 책을 펼쳐놓고 열중해 보아도 이상하게 공부가 머리에 들어오지 않았다. 시도때도 없이 쳐들어오는 갖가지 잡념 때문에 견디어 내기가 너무 힘들었다.

　그런 민혁을 눈여겨 보아오던 수정이 아무래도 안되겠다 싶었던지, 민혁을 다시 고시촌으로 떠밀다시피 올려보냈었다. 그래서 다시 짐을 싸서 고시촌으로 올라오긴 했지만 지금은 정말 사정이 달라져도 너무도 많이 달라져 있었다.

　'수정이가 똥을 관리하느라고 얼마나 힘들겠어, 이러지도 저러지도 못하겠으니 참 답답하군.'

　똥 때문에 민혁과 수정의 삶에 이토록 심각한 엉그름이 벌어질 줄은 꿈에도 몰랐다. 처음 아버지의 친구로부터 강아지를 선물 받았을 땐 이렇게 힘들 줄은 상상도 못했었다.

　이미 똥녀석 때문에 몇 천만 원 빚을 져버린 형편인데다, 누가 보아도 흉악무도한 괴물처럼 생긴 개를 키우느라고, 고생스럽게 사는 수정을 딱하게 여기지 않는 사람이 없을 정도였다.

　어느 날 시장에 다녀오던 통장 마누라가 퇴근길에 있는 수정을 불러 세웠다. 그리고 똥에게 먹이려고 시장에서 얻어온 뼈다귀 봉지를 들고 섰는 수정에게 딱해서 못 보겠다는 듯이 말했다.

　"아니, 새댁, 대체 그 괴물같이 징그럽게 생긴 개를 키우느라고 그 고생하는 이유가 뭐유?"

　"아이, 이유는요, 그저 어릴 때부터 정이 들어서 그냥 데리고 있는 거죠"

"어휴, 참. 팔자다 팔자야, 아무 쓸모도 없는 그런 개를 키우느라 그 고생을 하다니 차암, 그 개가 무서워서 새댁네 집에 놀러가고 싶어도 못가는 사람들이 한둘인 줄 알어? 자칫 사람이라도 물면 어쩌려구 그래?"

"그건 그런 줄 아는데요. 그래두 어쩌겠어요, 어디 마땅히 처분할 때도 없구."

"걱정마 내가 처분해 줄게."

"어떻게요?"

"아, 글쎄 어떡해서든 내가 처분해 줄테니 나한테 맡길테야?"

"그, 글쎄요."

"아, 망설일 것 뭐 있어? 새댁처럼 예쁜 여자가 허구한날 그따위 괴물같은 개 때문에 고생하는 걸 보면 너무 보기 안쓰러워, 보기에 속상해 죽겠어 정말."

"그, 글쎄요 일단 저희 남편하고 의논해보고 나서 말씀드릴게요."

말은 그렇게 했지만 수정은 아무래도 똥과 헤어질 수 없다고 마음속으로 새삼 다짐했다.

동네사람들은 하나같이 수정이네 집을 지키고 있는 괴물 같은 똥을 싫어했다. 누구보다도 똥을 미워하는 사람은 역시 수정의 엄마였다. 수정의 엄마는 딸네집에 올 때마다 희안야릇한 표정으로 자신을 멀뚱히 쳐다보고있는 똥을 향해 심통이 불거졌다.

"저눔이 왜 나만 오면 못마땅한 표정으로 쳐다봐, 아유 수정아, 제발 저 개좀 어따 팔아 없애던지 내다 버리던지 해."

"아이, 엄만 똥을 어따 내다 버리라구 그래? 똥이 그래도 얼마나 우리를 잘 따르는데."

"아, 호두처럼 조그맣고 예쁜 강아지 한 마리 데리고 살면 좋잖아. 어디서 저따위 흉측해빠진 탱크 같은 개를 갖다놓고 팔자에도 없는 고생이냐, 고생이."

그렇게 망양지탄으로 속상해하는 엄마에게 뚱 때문에 2천만 원 날렸다는 말은 감히 입도 뻥긋하지 못했다. 그런 얘길하면 엄마는 아마 그 자리에서 졸도해 버릴지도 모를 일이었다.

"그래도 엄마, 우린 뚱이 없으면 못 살 것 같애. 저 녀석이 생긴 건 저렇게 우락부락하게 생겼어두 얼마나 잔정이 많은데, 어떨 땐 사람보다 나아요."

"낫긴 뭐가 나아? 어차피 짐승인걸, 아유 똥싼 것 좀 봐. 양동이로 퍼날라야겠네. 얘 수정아, 엄마 사정 좀 하자, 제발 저 개좀 치워버려어!"

그렇게 통사정하다시피 하는 엄마가 안되어 보여서 수정은 건성으로라도 그러마고 대답했다.

"알았어 엄마, 민혁오빠랑 의논해서 곧 치워버릴게 고만 속상해해요."

"그리고 내가 이 참엔 강 서방한테 꼭 다짐을 받아야겠어."

"또, 뭘 엄마?"

"'이번에도 떨어지면 대기업에 들어가 돈 벌라구 말야. 아아니, 벌써 결혼하구 몇 번째야 도대체."

"엄마도 참,"

"엄마도 참이 아니구, 딸 시집보낸 엄마 심정 넌 당해보지 않아 몰라서 그래, 이게 뭐냐구 진짜, 마누라 직장생활하기도 힘에 벅찬데 저따위 흉측하기 짝이없는 개까지 맡겨놓구, 그리구 이젠 아이를 낳아야지 대체 언제까지……."

"엄마, 너무 속상해 하지마, 개는 내가 좋아서 기르는거고. 이번엔 오빠 꼭 합격할 거야. 확신해. 그리고 꼭 애기를 낳을 거야. 엄마, 오빠랑 약속했어. 아이를 세 명은 낳기로……."
"에휴, 제발 그렇게 되기만 하면 오죽좋겠냐."
"글쎄, 이번엔 꼭 합격할테니 두고봐, 엄마."
"개는?"
"응?"
"개말야, 저 개부터 당장 개장수한테 팔아버리자."
"안돼, 엄마."
"왜 안돼?"
"어떻게 함께 살던 개를 개장수한테 팔아, 난 풍 없으면 안돼."
"너 내 말 안 들으면 당장 고시촌으로 뛰어가서 강 서방을 만나봐야겠다.."
"어쩔려구?"
"개 당장 없애지 않으면 내 딸 다시 데려가겠다구 말이야."
"아이고오, 엄마!"
"잔소리 말고 일주일 내로 개 처분햇!"
"………"

그렇게 역정을 단단히 부리고는 쾅 하고 대문을 닫고 엄마는 사라졌었다. 이래저래 하루종일 마음이 우울해진 수정은 퇴근길에 아빠의 사무실을 찾았다. 갑자기 아빠에게 모든 걸 털어놓고 의지해 보고 싶은 심정이었다.

어렵고 힘든 일이 생기면 교회에 가서 기도하며 하나님께 떼를 쓰면 어떨까 싶었지만 수정은 이내 그 마음을 지워버렸다. 신앙심이 아직은 모자라서 그렇겠지만 보이지 않는 하나님보다 보이는 아빠에게 더 의지하고 싶었기 때문이었다.

"어이구, 우리 수정이가 웬일이냐."
아빠를 보자마자 금새 수정은 슬픔이 솟고라져 금새 눈물이 글썽글썽해졌다. 깜짝 놀란 차 박사가 다그치듯 물었다.
"수정아, 너 무슨 좋지 않은 일 생겼니? 강군이랑 싸우기라도 했어?"
"아, 아니에요, 아빠. 싸우다뇨."
"그럼 왜 그 큰 눈망울에 눈물이 가득하지?"
"아빠."
"그래 무슨 말이든 해봐, 아빠가 못 들어 줄 말이 뭐가 있겠니."
"아빠, 언젠가 아빠가 말씀하셨죠, 민혁오빠 부모님이 서울 주변 어디에 땅을 많이 사놓았었다구요. 아빠 말대로 아직 민혁오빠한테 그 얘긴 꺼내지도 않았어요."
"그래, 잘했어. 조금만 참아. 그런데 왜?"
"아빠. 우리……."
"왜 그래? 말해봐."
"아빠, 우리 그 곳에 가서 살면 안될까요?"
"뭐? 거긴 아직 마을도 없는 산골이야. 온통 나무와 숲이 우거진 야산이야. 동네가 한참 떨어져 있는데 적적해서 어떻게 살려구. 무슨 이유냐, 아빠에게 자세하게 말해 보렴."
수정은 입술을 깨물면서 그 동안 뚱으로 인해 벌어졌던 일련의 사건들을 자세하게 아빠에게 털어놓았다.
이야기를 다 듣고난 차 박사가 끙하고 신음소리를 내었다.

"그 똥이란 녀석 때문에 2천만 원이나 넘게 은행 빚을 지게 되었는데, 강군이 잘 알지도 못하던 여자를 통해서 대출을 받아 일억이 넘는 돈을 그녀에게 빌려 주었단 말이지? 그런데 그 여자가 학수 군과 친구 사이고 말이지. 게다가 나중에 안 사실이지만 그 여자가 언젠가 강군에게 닭다리를 먹여 주었던 사진 속의 주인공이고."

"네."

차 박사는 눈을 지그시 감고 뭔가 깊이 생각에 잠기는 모양이었다.

그런 아빠를 쳐다보기가 매우 죄송스러웠지만 이왕 꺼내놓은 말이니 끝을 보자는 마음에서 수정이 또 입을 열었다.

"아빠, 똥이 넓은 땅에서 마음껏 뛰어놀게 하고 싶어요. 민혁오빠도 고시촌에만 가서 공부할 게 아니라, 그런 조용한 시골에서 조그맣게 조립식이라도 집을 짓고 따로 서재를 만들어 주고 싶어요."

아직도 차 박사는 눈을 감은 채로였다. 뭔가 심각한 생각에 깊이 사로잡혀 있는 모습이 분명했다. 수정은 마음이 조마조마해 오는 느낌이었다. 아빠의 저런 표정 처음 대하는 느낌이었다. 이윽고 차 박사의 입이 무겁게 열렸다.

"네 말 뜻은 잘 알겠다. 그 문제는 강군과 의논하면 돼. 조금만 기다려 봐 그런데 수정아."

"네, 아빠."

"어른이 왜 있는지 아니? 부모가 왜 중요한지 아니?"

"........."

"어른이 어른 된 이유는 아직도 험난한 인생을 살아가야 할 철없는 후배들에게 모범이 되고 길잡이가 되기 위함이야. 부모가 왜 부모인지 알아? 많은 이유가 있겠지만 평생을 살아가면서 자식들이 험난한 꼴 당하지 않도록 지혜와 사랑을 베풀어 주기 위함이야."

"........."

"자식은 또 왜 자식인지 아니? 자신을 낳아서 키워 준 부모님의 은혜를 알고 감사하는 마음에서 무슨 일이 닥쳤을 때마다 허심탄회하게 문제해결을 위해 의논하고 지혜를 구함에 있는 거야.

 부모님의 걱정을 덜어드리기 위해 차마 어려운 말을 할 수 없었다는 그 뜻은 이해를 할 수 있지만 결국 어리석은 결과를 낳게 될 뿐이야. 세상 물정에 익숙해지지 못한 탓이지."

"네."

"어쨌거나 너희 부부는 참으로 어리석은 일을 저질렀다."

"........."

"하지만 수정아, 뚱이란 개 한 마리 때문에 너희 부부가 그토록 비싼 대가를 지불하면서도 어려움을 감내했다는데 대해 솔직히 아빠는 황당한 느낌이다. 하지만 한편으로는 아침햇살에 영롱한 이슬을 머금은 풀잎처럼, 맑고 깨끗한 영혼의 향내를 맡은 느낌이기도 해. 그리고 수정아."

"네, 아빠."

"강군이 시험에 몇번 고배를 마신 것은 강군이 실력이 없어서가 아니야. 머나먼 인생을 살아가는 데에 꼭 필요한 하나님의 선물이야. 결코 낙심하지 마라."

"네, 아빠. 그렇게 말씀해 주셔서 참 고마워요. 아빠."

 수정은 또 가슴이 울컥해지는 느낌이었다.

"뚱이란 그 녀석, 언젠가 아빠가 너희 집에 갔을 때 보았던 그 얼굴이 험악하게 생긴 그 개니?"

"네."

"그 녀석이 강군에게 죽도로 맞아 다 죽게 된 것을 기사회생시켰단 말이지?"

"네."

"사람을 물지는 않아? 요즘은 맹견이 사람을 공격하는 예가 많아서 기르기 조심스럽잖아?"

"사람한텐 얼마나 온순한지 몰라요. 그런데 다른 개나 짐승을 보면 미친 듯이 날뛰는 데는 정신이 없을 정도에요. 그런데……."

"그런데?"

"그때 민혁오빠한테 죽검으로 혼이 난 뒤로는 많이 젊잖아졌구요. 그래도 다른 개들을 보면 여전히 길길이 날뛰긴 하지만 많이 온순해졌어요."

"그래… 하긴 주인을 위해서 목숨을 버린 충견의 전설도 많긴 하지, 어쨌든 알겠다. 아빠가 우선 처리해야 할 일부터 끝내놓고 시골에 가서 사는 얘기는 그 다음에 생각해 보기로 하자. 우선 학수 군부터 아빠가 좀 만나봐야 겠다."

"네? 학수오빤 왜요?"

"아무리 생각해봐도 그냥 지나치기가 마음에 걸리는 불쾌한 젊은이야. 학수 군의 전화번호를 적어 놓고 그만 집으로 돌아가거라. 그리고 그 동물병원 원장님의 전화번호도 적어놓고 가렴."

수정을 돌려보낸 후 무언가 깊이 생각한 뒤 차 박사는 결단한 듯 우선 학수의 핸드폰 번호부터 눌렀다.

"학수 군인가? 나 수정이 아빠야."

수화기 속에서 뜻밖에 걸려온 차 박사의 목소리를 알아 듣고 학수가 화들짝 놀란 목소리로 대답했다.

"앗! 교수님께서 웬일로 전화를 다……."

"오늘 저녁 잠깐 만나볼 수 있을까?"

"옛, 물론입니다. 교수님."

"그럼, 여섯 시까지 내 사무실로 들러주게."

"알겠습니다. 교수님."

차 박사는 곧바로 비서를 불러들였다.

"김 비서."

"예, 박사님."

"이 번호대로 전화를 해서 유보성이란 분에게 6시까지 내 사무실로 좀 와달라고 부탁해 주게."

"알겠습니다. 박사님."

학수는 6시쯤 얼굴에 긴장감을 잔뜩 싣고 비서의 안내로 차 박사의 사무실에 들어섰다.

"교수님, 그간 안녕하셨습니까?"

순간 학수와 눈빛이 마주친 차 박사는 오싹 학수의 눈에서 뿜어져 나오는 기분 나쁜 살기를 느끼는 듯 했다. 그것은 차 박사의 본유적 감성의 예리함이라 할 수도 있었다. 차 박사의 눈빛과 마주치자마자 학수또한 온몸에 파르르 냉갈령이 도는 느낌이었다.

"………"

"………"

엉거주춤 서 있는 학수를 차 박사가 예의 부드러운 목소리로 말했다.

"왜 그렇게 불안한 얼굴로 서 있나 앉게."

"예. 교수님."

학수가 조심스럽게 차 박사의 맞은편에 앉았다. 가죽소파에서 뽀드득 소리가 들렸다.

"학수 군."

"옛."

"자네 언젠가 수정이 다쳤을 때 병원에서 한 말 말이야."

"........."

"그 어떤 여자가 강군과 가까이 지낸다는… 그래서 야릇한 사진도 찍었었지."

"예."

"그 여자와 강군의 좋지않은 스캔들을 염려한 나머지 수정을 아끼는 마음에서 수정에게 그 사실을 미리 털어놓았다고 했었지?"

"예."

그때였다. 누군가가 사무실 문을 조그맣게 노크하고 있었다. 차 박사의 비서가 조용히 들어서서 말했다.

"박사님, 전화드렸던 분이 찾아오셨습니다."

"그래? 들어오시라고 해."

비서가 나간 뒤 차 박사의 사무실을 들어선 사람은 수정의 동네에서 동물병원을 운영하고 있는 보영의 오빠였다. 그가 차 박사 앞에 주첨주첨 다가와 깍듯이 인사를 했다. 차 박사가 법조계에서는 물론이고 내로라는 정치인들에게도 많은 영향력이 있는, 훌륭한 법학자라는 사실을 익히 알고 있는 그였다.

유보성이 잔뜩 긴장된 목소리로 입을 열었다.

"존함을 미리 들어 알고 있습니다만 이렇게 가까이서 뵙게 되어 영광입니다. 유보성이라고 합니다."

"오, 오시느라 수고했어요. 앉으세요."

"감사합니다."

유보성이 학수의 옆자리에 앉자마자 차 박사는 유보성에게 잠깐 실례를 구하고 난 뒤 학수와 하던 대화를 계속했다.

학수는 차츰 안절부절하는 느낌이었다.

"그런데, 사실은 그 여자를 학수 군이 데리고 강군의 고시촌으로 갔었다며? 그게 사실인가?"

"예."

"그럼 그때 학수 군이 사진을 찍어놓고 그 사진을 우리 수정에게 보여주면서 강군이 어떤 여자와 스캔들에 빠져 있다고 고자질을 한 것 아닌가. 내가 우리 딸이 병원에 있을 때 자네가 내게 보여준 그 사진엔 보기 민망할 정도로 아주 농염한 자태의 여자였는데, 그 여잔 대체 자네와는 어떤 사이지?"

"………"

"무슨 의도로 그랬는지 이유를 말해 줄 수 없는가?"

"저……."

"학수 군, 솔직하게 말해주면 내 쪽에서 오히려 고맙게 생각하겠지만 행여 거짓말을 할 시엔 결코 그냥 넘어가지 않겠네."

"예, 교수님. 소, 솔직하게 말씀드리겠습니다. 그 여자는 제 고등학교 동창인데 어느 날 제 사무실에 찾아와서 은행에서 대출을 1억쯤 받아야 된다고… 그래서 제게 보증을 좀 서 줄 수 없냐고 했는데요."

"그래서?"

"전 보증 서 줄 입장도 못 되고, 또 재산이 없어서 서 줄 수 없다고 했습니다."

"그래, 계속해서 말해봐."

"마침 민혁이 생각이 났습니다. 민혁이라면 1억 원쯤 보증을 서 줄 능력이 충분히 있다고 생각했습니다. 그래서 일단 얼굴을 익혀줄 생각으로 고시촌으로 데려갔는데……."

"그런데 그 여자로 하여금 강군의 환심을 사게 해서 보증을 세워주게 할 속셈이었단 얘기지? 그렇다면 학수 군 내가 한 가지만 물어보겠네."

"예."

"만약 그 여자가 강군으로부터 보증을 얻어내는데 성공했다치고, 만에 하나 그 여자에게 어떤 뜻하지 않은 문제가 발생해서 은행에서 빌린 일억 원을 갚을 수 없게 되면 어떤 결과가 생긴다고 생각하지?"

"………"

"자네는 수정이와 친구를 아끼는 마음에서 염려한 나머지 그 사진을 수정이가 보게 해서, 사전에 두 사람의 불행을 예방해 보자는 뜻에서 그랬다고 분명 내게 말했잖는가."

"예……."

"그렇게 수정과 민혁을 아끼고 사랑한다고 했으면서 만에 하나 내 사위가 보증을 서 준 관계로 언젠가는 예기치 못한 일이 발생해서 두 사람에게 경제적 타격을 입힐지도 모른다는 생각은 안했는가? 만약에 그 여자가 은행에서 빌린 돈을 못 갚는 불상사가 발생해서, 사위가 담보로 제공한 집을 경매로 빼앗기게 될 형편에 처하면 과장이긴 해도 사위와 딸은 집을 빼앗기고 졸지에 길거리로 나 앉을 판이 될 것이 뻔한데도, 그토록 위험한 시도를 한 목적이 대체 무엇인가? 물론 이런 일은 최악의 일이 발생할 때를 가정해서 하는 말이긴 하지만."

"………"

"학수 군, 한번 말해 보게 그런 불상사가 생길 경우는 전혀 생각지 않았는가? 그럴 경우 학수 군이 책임질 각오는 되어 있었는가?"

학수는 이마에서 식은땀이 바작바작 묻어나는 느낌이었다. 학수가 이 세상에 태어나서 제일 두려운 대상을 만났다면 바로 차 박사였다.

대학 4년 동안 내내 느낀 것은 항상 자애롭고 인자한 미소를 잃지 않는 차 박사였다. 하지만 겉으로 드러나지 않는 그의 내면에는 정의를 향한 불꽃 같은 정열이 쉬임없이 불타고 있었다.

목에 칼이 들어와도 결코 불의와는 타협의 여지가 없는, 상대방의 심중을 꿰뚫어 버릴 듯한 서릿발 같은 눈빛, 그러면서도 약하고 소외된 사람을 향해 온몸을 던지다시피 녹아 내리는 뜨거운 인간애의 극치는, 많은 사람들의 가슴을 뭉클하게 할 만큼 감동을 주는, 이 시대 최고의 존경받는 인품이었다.

느닷없이 오늘 차 박사 앞에 마주 앉게 된 유보성조차 영문을 알 수 없는 일이었지만, 차 박사의 몸에서 풍겨나오는 위압감만으로도 무릎이 딱딱 마주치는 느낌이었다. 차 박사가 유보성을 향해 얼굴을 돌리며 부드러운 음성으로 말했다.

"유 선생님이라 하셨지요?"

"예, 옛!"

"유보영이란 여동생이 있다구요."

"예? 그건 어떻게……."

"지금 학수 군과 나누고 있던 이야기의 여주인공이 바로 유보영이란 아가씹니다. 우리 딸의 말로는 유보영이란 아가씨가 유 선생님의 여동생이라고 들었는데."

"옛? 말씀하시는 아가씨가 제 동생이란 말씀입니까?"

"그렇습니다만."

순간 학수의 눈이 화등잔만해졌다. 그리고 옆에 앉은 남자의 얼굴을 유심히 뜯어보았다. 확실히 보영과 닮은 남자였다. 학수가 떠듬떠듬 말문을 열었다.

"보영이 오빠 되십니까?"

"그렇습니다. 그런데 대체 내 동생과 어떤 사이고 어떻게 된 사연입니까?"

"그, 그게……."

그때 사무실이 폭발할 듯 터진 무서운 일갈이 두 사람의 심장을 혼비백산케 했다.

"이놈! 이 사특하기 짝이 없는 노옴!"

"교수님……."

"다시는 나를 교수님이라 부르지도 말 것이고, 내 앞에는 두 번 다시 얼씬도 마랏!"

"!!!"

유보성은 아무 잘못도 없는 입장인데도 차 박사의 벽력 같은 고함소리에 오금이 저리는 느낌이었다. 차 박사의 입에서 또 천둥 같은 목소리가 터져 나왔다.

"소위 법조인이라는 명분을 갖춘 놈이 오사리 잡놈들조차 싫어하는 그따위 엉터리 저급스런 엉너리짓으로 사람을 후리다니! 대체 정신이 온전히 박힌 놈인갓! 그래 가지고 장차 네가 어찌 양심에 거리낌이 없는 법집행을 할 것인갓!"

차 박사는 유보성을 향하여는 조금 언성을 누그려뜨렸지만 그러나 똑부러지게 쐐기를 박았다.

"유 선생님의 동생이 털어놓은 말을 딸에게 전해들은 바로는 유 선생님 동생은 아직 결혼도 않은 처녀이고 또 홀어머니가 미국에 계시다면서요? 그 말이 맞긴 맞습니까?"

"예, 그렇습니다. 박사님, 말씀을 놓으셨으면 좋겠습니다만."

"그렇다면 유 선생님께 각별한 심정으로 부탁드리는데 동생을 통해서 내 사위가 은행에서 빌려 쓴 돈을 유 선생님께서 법적수순을 새로 밟도록 동생을 설득시켜 주시면 좋겠는데, 어떻게 생각하십니까? 동생의 일이니 난 모르겠다고 딱 잡아떼셔도 할 말은 없습니다."

"예, 박사님. 제가 동생을 만나서 자초지종을 알아본 뒤에 박사님의 말씀이 사실이라면 제가 그 부분을 틀림없이 원상복구하도록 책임지겠습니다."

"고맙소 유 선생님, 그리고 두 번 다시 우리 사위에게 어떤 이유로든 접근하지 말아달라는 부탁도 동생에게 아울러 꼭 전해 주시겠습니까?"

"잘 명심하겠습니다. 제 동생이 고명하신 박사님에게 누를 끼쳐드리게 되어서 정말 송구스럽습니다."

"돈이란 빌려줘야할 이유가 충분히 있는 사람에게 빌려주고 또 돈을 빌릴 때도 돈을 빌리지 않으면 안될 정당한 사유가 성립되야 하는 것 아닐까요? 그런 점에서 내 사위와 유 선생님의 동생은 전혀 사리분별이 없는 거래를 주고 받았다고 봅니다."

차 박사의 사무실을 나온 두 사람은 이마에 송글송글 맺힌 땀방울을 손등으로 훔쳐내며 한숨을 길게 내 쉬었다. 유보성이 학수를 돌아다보며 못마땅한 말투로 말했다.

"형씨가 보증 서 줄 자격이 없으면 그만이지, 왜 내 동생을 엉뚱한 사람에게 델고 가서 이 망신을 당하게 하는 겁니까?"

"………."

"당신 말이요, 아주 엉뚱한 데가 있는 이상한 사람이야. 혹시 우주의 어느 별에서 쫓겨난 ET 아냐?"

그렇게 퉁명스레 던져오는 유보성을 힐끔 쳐다보며 학수도 맞받아쳤다.

"수정이란 여자를 끔찍이 사랑한 나머지 나도 모르게 그렇게 엉뚱한 짓을 한 겁니다. 난 분명히 대한민국 국적을 가진 건강한 남자요. 난 잘못한 게 없다고 생각합니다."

"뭐? 건강한 남자? 당신이 건강한 남자면 왜 차 박사님 같은 고매한 분에게 그토록 치욕적인 꾸중을 들었지?"

"차 교수님이 아직도 사람보는 혜안이 부족해서 그렇소. 세상살이를 곧이 곧대로만 생각하는 딸깍발이 성격 때문이지. 구시대적 폐물이에요."

"뭐라구……."

"사람의 두뇌는 광대한 우주에 버금갈 만큼 그끝을 가늠할 수 없는 겁니다. 어찌 인생이란 광야 같은 삶을 아무런 포장과 타협도 없이 외고집으로만 살아갈 수 있습니까?

"차 박사님이 딸깍발이처럼으로만 사는 분이라 생각합니까?"

"한편으로 생각하면 참, 딱한 분이죠, 살아있을 날이 살아온 날보다 훨씬 짧을텐데."

"!!!"

"생각해 보세요. 보영이가 내 친구한테 돈을 빌린 것이 왜 제 탓이죠? 자기들끼리 서로 죽이맞아 빌려주고 빌려받은 것 아닌가요? 그리고 인간관계란 이렇게 얼기설기 엮어지며 사는 거 아닌가요? 제가 보영이를 내 친구 민혁에게 소개한 것이 무슨 잘못입니까?"

그렇게 이죽거리며 언구럭을 늘어놓던 학수가 자신과 한 발자욱 뒤로 따라오고 있는 유보성을 향해 고개를 돌렸다. 그런데 어느 새 유보성은 저만치 딴 방향으로 뚜벅뚜벅 화난 듯한 걸음걸이로 걸어가고 있었다.

"........."

유보성은 걸어가면서 핸드폰을 꺼내들었다. 핸드폰의 다이얼을 누르는 그의 손가락이 부들부들 떨리고 있었다.

"보영이냐? 너, 너 말야. 너 당장 우리 가게로 좀 와. 글쎄 아무것도 묻지 말고 총알 택시라도 잡아타고 당장 달려오라굿! 당장 말얏!"

그리고 그는 핸드폰을 탁 닫아버렸다. 보영이가 어쩌다 그렇게 치뜰기 짝이없는 학수 같은 남자와 어울리게 되었는지 분노가 끓어올라서 좀체로 마음이 안정이 되지 않았다.

그는 머리끝까지 화가 치민 얼굴이 되어 자신의 승용차 문을 깨어지듯 닫았다. 운전대를 잡고도 한참 동안 눈을 부릅뜨고 있던 유보성은 어금니를 불끈 깨물고 아스팔트를 긁으며 바람처럼 사라지고 있었다.

두 사람이 사라지고 난 뒤 차 박사의 사무실 안은 침묵의 바위상자처럼 한동안 답답했다. 차 박사는 평생 처음으로 소인배 역할을 했다고 한숨을 내 쉬었다. 그러나 그것이 산전수전 다 겪으며 인생을 달려온 차 박사의 조그만 처세술의 일환이었다. 아마도 그냥 놔두면 민혁과 수정은 얼마나 힘든 세월을 먼 곳으로 겉돌면서 소중한 시간을 헛되이 소비할 것인가. 차 박사는 이미 이 세상 사람이 아닌 친구 강경찬의 얼굴을 떠올리며 조그맣게 신음을 내어 뱉었다.

'경험이라든가. 고난은 물론 인간에게 없어서는 안될 최고의 영양가 높은 거름이긴 하지만 지혜롭지 못하게 산다는 것은 앞날을 예측할 수 없는 함정에 빠지기 쉽상인 것을…….'

차 박사는 모처럼 아내와 함께 외식이라도 하면서 마음을 추스려야겠다고 생각하며 이런 생각을 했다.

'아무래도 학수 군은 정신과 치료를 받아야 할 청년이야… 하지만 예나 지금이나 겉으로는 암사내처럼 한없이 숫접어 보이는 얼굴인데도 내면에서 풍기는 음습한 기운이란 도대체 어쩐 일일까… 범죄형 사이코패스에 가깝다는 느낌이 진하게 드는군…….'

그날 밤 불꺼진 자신의 방에서 웅크리고 앉아 안주도 없이 소주를 병나발로 마시고 앉았는 학수의 눈에 면도날 같은 살기가 뻗혀 있는 것은 왜일까.

학수는 자신이 살아내어야 하는 운명의 돌을 덥석 움켜잡을 때가 코앞에 들이닥친 듯 어금니를 질끈 깨물었다.

어느 순간 학수의 광기어린 얼굴에 보일 듯 말 듯 미소가 한가닥 피어올랐다.

'차 박사, 네 놈의 딸과 사위놈을 갈기갈기 찢어 발길 것이다. 감히 위대하신 나의 조상신이 내려다 보고 있는 앞에서 날 경멸하다니… 죽여버리겠어… 그래 이쯤에서 검사직을 때려 치워야겠군. 난 인간이 싫다. 나의 충성스런 개들과 함께 행복하게 살아야지. 세상을 몽땅 물어뜯어 버릴 거야…….'

뚱의 소원

　오늘도 뚱은 하루종일 집에 너부죽이 틀어박혀 지루하고도 답답한 하루를 보내야 했다. 수정이는 회사에 출근하고 없고 민혁은 서재에 틀어박혀 공부하느라 한나절이 넘어도 코빼기도 내보이지 않았다.
　뚱이 민혁의 얼굴을 볼 수 있을 때는 배설물을 치울 때나 먹을 것을 주러 나올 때가 고작이었다. 그리고 밤늦게 수정이 퇴근해서 잠깐 이마를 두들겨 주는 것이 다였다. 뚱은 그래서 쓸쓸하고 외로웠다.

　이웃집 어디에서 가끔씩 개짖는 소리가 들릴 때마다 푸다닥 일어나 낌새를 살펴보았지만 곧 개 짖는 소리는 잠잠해졌다. 어떤 때는 어디에선가 발정난 개의 암내가 풍겨올 때면 온몸이 쥐가 날 듯 미칠 지경이었다. 가끔씩 할머니가 찾아왔다. 그럴 때마다 뚱은 꽁지가 빠져라 제 집으로 들어가 죽은 듯이 엎드려 있었다. 할머니는 이 집에 올 때마다 이유도 없이 아무것이나 손에 잡히는 대로 뚱에게 집어 던졌기 때문이었다.
　할머니가 왜 그토록 자신을 미워하는지 이해할 수 없는 노릇이었다.

괜시리 빈 밥통을 발길로 냅다 차서 풍의 콧잔등을 아프게 하거나 담벼락에 세워놓은 삽을 치켜들고 때릴 듯한 흉내를 낼 때면 풍은 그만 오줌을 지리곤 했다. 손님들이 자주 오는 편은 아니었지만 가끔씩 아줌마들이 수정을 보러 올 때마다 풍과 얼굴을 마주치고는 기겁을 하고 대문 밖으로 도망을 치는 것도 섭섭했다. 할머니가 자기를 그렇게 미워하는 것이 풍으로서는 이해할 수도 없었고 그냥 서글프기만 했다.

'나도 친구가 있었으면… 나도 예쁜 아내가 있었으면 좋겠다…….'
'아주 넓고 넓은 땅을 아내와 함께 마음껏 달리고싶다…….'
그것이 풍의 소원이었다. 며칠 전 민혁과 함께 사람들의 발길이 닿지 않는 조그만 오솔길로 산책을 나갔을 때, 풍은 그 산을 숨이 턱에 차도록 달려보고 싶다고 생각했었다. 온누리에 초목들이 파릇파릇 싹이 움트는 봄날엔 마음껏 초원을 달려보고 싶기도 했고, 혓바닥이 한 자나 빠질 듯 무더운 여름날엔 시원한 숲 속에 벌렁 자빠져서 아내와 함께 실컷 낮잠에 빠져보고도 싶었다. 가을이 오면 낙엽이 발목까지 푹푹 빠지는 잡목 숲 속을 아내와 함께 마음대로 뛰어보고 싶고, 눈이 펑펑 쏟아지는 하얀 겨울에는 아내와 함께 눈밭을 마구 딩굴며 놀고도 싶었다.
'내 팔자에 언제 그런 행복이 오기나 하겠어…….'
그러나 지금으로서는 가끔씩 팔뚝만한 돼지뼈다귀 등을 들고 모습을 나타내는 민혁을 보는 즐거움과 퇴근할 때 대문을 들어서는 수정의 모습을 반기는 행복으로 만족할 수밖에 없었다. 팔자이겠거니 하고 그냥 이대로라도 참고 살겠지만 제발 무서운 할머니만큼은 오지 말았으면 좋겠다고 생각했다.
'나는 민혁이 형이나 수정이 누나를 사랑한다… 그치만 할머니는 정

말 싫어. 무엇이든지 집어 던지기만 하니까.'

　그날 밤 회사에서 좀 늦게 퇴근한 수정은 그때까지도 서재에 틀어박혀 공부에 열중하고 있는 민혁의 목을 두팔로 끌어안으며 속삭이듯 말했다.
　"하루종일 얼마나 오빠랑 똥이 보고 싶었던지 눈물이 다 나올려고 했어."
　"힘들었지?"
　수정이 고개를 살래살래 흔들었다.
　"한 번도 힘들다고 생각한 적 없어. 내게 이 직업이 없었다면 오빠의 후원자도 못되었을테고 또 난 얼마나 무료한 세월을 보낼까, 그렇게 생각해 봤더니 이 직업을 갖게 된 것이 다행이고 너무 고맙다고 생각했어."
　민혁이 수정의 뺨을 두 손으로 꼭 감싸쥐고 말했다.
　"이번엔 꼭 합격할 것이란 느낌이 강하니까. 몇 달만 참아보자."
　"오빠도 참, 참고 말고가 어딨어. 우린 부분데. 내 일이 오빠일이고 오빠 일이 내 일 아냐? 부부는 일심동체. 응?"
　그때 수정이 뭔가 생각이 난 듯 민혁의 얼굴을 희망에 찬 눈빛으로 쳐다보며 말했다.
　"오빠, 오빠 시험에 합격하면 우리 시골에 가서 살면 어떨까. 서울에서 그닥 멀지도 않고 공기가 썩 좋은 넓고 넓은 땅으로 말야. 숲이 우거진 아름다운 곳에 터를 닦고 조그맣게 통나무 집을 짓고 말야. 크고 튼튼한 차를 한 대 사서 출퇴근해도 되잖아."
　민혁이 그렇게 말하는 수정의 얼굴을 말없이 쳐다보다가 조금은 맥빠진 듯 말했다.

"좋지, 그런 곳에 가서 살 수만 있다면."
수정의 표정이 환하게 밝아지면서 자신 있다는 투로 말했다.
"오빠, 뜻이 있는 곳에 길이 있다고 했잖아. 두고봐, 우리를 기다리고 있는 아름다운 숲이 일만 평도 넓게 펼쳐져 있는 곳으로 우리가 가서 살게 될 거야. 그 곳에서 뚱도 장가를 보내고, 저렇게 좁아터진 곳에서 살게 할 것이 아니라 마음대로 뛰어놀 수 있도록 하는 거야. 그러면 뚱도 참 건강해질 것이고, 이렇게 아침저녁으로 똥을 치우느라고 힘들어 할 필요도 없지. 강아지들도 종류대로 여러 마리 더 입양해서 강아지 천국을 만들자."
민혁이 풀죽은 목소리로 말했다.
"우리를 기다리고 있는 그런 땅이 있다면 얼마나 좋겠어. 하지만 복권에나 당첨 될 듯이 그런 허황된 꿈을 갖는 것보다, 부지런히 일하고 돈을 벌어서 땅을 사자는 말이 훨씬 현실성이 있잖아, 수정아."
"그야 그렇지 오빠. 오빠말이 백번 천번 맞구 말구지."
민혁이 수정의 눈을 애정어린 눈빛으로 바라보며 젖은 목소리로 말했다.
"내가 언젠간 그런 땅을 꼭 장만할게. 그리고 우리 아이들도 자연 속에서 키우자. 아이들을 흙냄새를 맡게 하면서 키우자. 자연만큼 인간을 인간답게 교육하는 스승은 없다잖아."
"그래. 오빠, 그날이 빨리오도록 기도할 거야. 누구보다 더 우리 뚱이 얼마나 좋아할가. 예쁜 색시를 구해다 장가를 들여줘야지. 진돗개로 할까, 풍산개로 할까."
"진돗개도 좋고 풍산개도 괜찮아. 하지만 걔네들은 체구가 너무 작아서 송아지보다 더 큰 뚱을 당해낼까?"

민혁의 서재를 나온 수정이 곧바로 현관을 열고 밖으로 나왔다.

뚱이 수정의 기척을 느끼고는 제 집이 깨어져라 뛰어나와 두 발을 높이 들고 수정을 반겨하고 있었다. 저것이 얼마 전까지만 해도 생사의 고비를 오가던 뚱이라 생각하니 새삼 감회가 깊었다. 수정이 뚱에게로 다가갔다. 뚱이 납작하게 엎드렸다. 수정이 뚱의 이마를 쓰다듬으면서 말했다.

"뚱아, 지금은 좁은 집에서 사느라 몹시 답답하고 힘들겠지만 조금만 참으렴. 오래지 않아 넓은 땅으로 이사 가게 될 거야. 네가 마음대로 뛰어다닐 수 있는, 아름다운 숲이 끝도 안 보일 만큼 넓게 펼쳐진 땅으로 말이지. 넌 그곳에서 예쁜 아내도 맞이하게 될 거고. 네 아내가 곧 새끼도 낳을 거고. 돼지도 한 마리 키우자. 나는 송아지를 황소로 키워서 타고 다닐 거야."

뚱은 그렇게 말하며 머리를 쓰다듬어 주는 수정이 눈물이 나도록 고마웠다. 뚱은 하루 중에 수정의 손길을 이마에 느낄 때가 그 어느 때보다도 행복했다.

'고마워, 수정이 누나. 나는 이 세상에서 수정이 누나를 제일 사랑해."

출생의 비밀

　유보성은 좀체로 화를 내는 성격이 아니었지만 차 박사를 만나고 온 그 날은 하루종일 붉은 얼굴이 되어 마음이 용광로처럼 부글부글 끓어 올랐다.

　많은 사람들이 차 박사의 인품을 높이 평가하고 존경하고 있었다.
　차명성 박사는 당대에서 가장 손꼽히는 세계적인 경제학 박사이자 법학자이고, 최고의 인품으로 존경받는 분이었다. 많은 정치인들이 자신의 정치적 유익과 소신 때문에 철새처럼 옮겨다니며 돈과 인맥의 고리를 벗어나지 못했다.
　그래서 어떡해서든 차명성 박사를 제 편으로 끌어 들이려고 갖은 수단을 다 썼지만 차명성 박사는 정치인들의 손짓에는 끄떡도 않았다. 오로지 자신의 일에만 전념하며 법 질서를 지키는 데에만 최선을 다하는, 소신 있는 모습에서 국민들은 어느 누구를 막론하고 그의 인품을 높이 사고 있었다.
　사람들은 술자리 같은 데서 이렇게 한 목소리로 말하기도 했다.

"요즘처럼 영웅이 목마른 시대에는 차명성 박사 같은 국제통이 대통령이 되어야 해."

"세계적인 석학들이 한국을 방문할 일이 있을 때마다 차명성 박사를 꼭 찾아뵙는 것도 여간 자랑스럽지 않지."

"하지만 정치쪽에는 전혀 눈길을 주지 않아. 차명성 박사, 그는 우리 시대 최고의 자존심이지."

세인이 이구동성으로 붙좇고 존경하는 그런 훌륭한 분이 어느 날 느닷없이 자신을 좀 만나보고 싶다는 전화를 받았을 때 유보성은 이게 꿈인가 생시인가 했었다. 하지만 차 박사를 만나고 난 유보성은 마치 오물을 뒤집어 쓴 느낌이었다.

유보성은 어려서부터 포주인 엄마의 모습이 부끄러워 학교에 가서도 친구들에게 한 번도 집을 가르쳐 주지 않았었다. 행여나 담임선생님이 가정 방문을 올까봐 안절부절이었지만 선생님의 가정방문을 피할 길이 없었다.

초등학교 시절, 유보성이 학교가기를 참으로 싫어하게 된 것은 기어코 담임선생님이 가정방문을 왔었던 날의 나쁜 기억 때문이었다.

그날 유보성은 학교에서 일찍 돌아와 엄마에게 오늘 선생님이 가정방문을 오신다고 전해드린 뒤 홀로 제 방에서 만화책을 보고 있었다.

오래지않아 엄마의 호들갑스런 목소리가 들렸고, 선생님이 오신 것을 알아챘지만 유보성은 신발을 감추고 방문을 꼭꼭 걸어 잠근 채, 죽은 듯이 방 안에 틀어박혀 꼼짝도 않았다. 곧 엄마의 방 쪽에서 아무런 말소리도 들리지 않았다.

선생님이 가셨는지 어찌됐는지 궁금했던 유보성은 살며시 방문을 열고 엄마의 방쪽으로 살금살금 다가갔다. 엄마의 방에서는 아무런 기척이 없었다. 선생님이 일찍 가정방문을 마치고 돌아가신 모양이었다.

 유보성이 다시 제 방으로 돌아오고 있을 때 대낮인데도 화자누나의 방 앞에 남자의 구두가 한 켤레 놓여 있었다. 유보성은 호기심이 잔뜩 나서 화자누나의 방문 앞으로 조심조심 다가갔다. 방 안에서 화자누나의 신음소리가 났다. 남자의 헉헉대는 숨소리가 방문 밖까지 또렷하게 새어나오고 있었다.

 유보성이네 집은 한남동에 자리한, 제법 규모가 큰 한옥집이었는데 화자누나의 방과 똑같은 구조로 된 방이 열 칸이나 있었다. 겉으로 보기엔 부잣집 같았지만 유보성은 밤만 되면 방마다에서 들리는 남녀의 헐떡거리는 숨소리를 습관처럼 듣고 살아왔다.

 유보성은 누군가 낮거리를 하러온 모양이라고 생각하고 얼른 그 자리를 피해 버렸다. 엄마에게 들키면 호되게 야단맞을까봐 두려웠기 때문이었다. 하지만 유보성은 어쩐지 그 눈에 익은 구두가 궁금했던 탓에 일단 맞은편에 있는 빈 방으로 몸을 숨겼다. 그리고 문을 빼꼼히 열고 화자누나의 방쪽을 열심히 훔쳐보았다. 조금 뒤 화자누나의 방을 나오는 남자를 보고 유보성은 그만 숨이 칵 멈추는 듯한 충격으로 침을 꼴깍 삼켰다. 그 남자는 유보성의 담임선생님이었다.

 그때 어디에 있다가 나타났는지 엄마가 쪼르르 선생님을 따라나서며 말했다.
 "우리 보성이 잘 좀 부탁합니다."
 "아, 예, 아 알겠습니다."
 그리고 담임선생님은 꽁지가 빠져라 내빼고 있었다. 곧 화자누나가 흩어진 머리랑 옷 매무새를 고치며 방문을 열고 나왔다. 엄마가 말했다.
"애썼다. 괜찮든?"
화자 누나가 피식 웃으며 김샜다는 듯 입을 실룩거리며 담배를 피워 물었다.

동생 보영이가 초등학교 5학년생이 되었고, 유보성이 중학교에 들어가게 되자 아무래도 안되겠다 싶었던지 엄마는 유보성을 남동생 보철이와 함께 시골에서 배밭 농사를 짓고 있는 외삼촌네 집에다 맡겼었다.
엄마는 외삼촌이 먹고살기 충분하도록 돈을 대어준 모양이었다.
유보성은 동생 보철이와 함께 외삼촌네 집에서 시골 고등학교를 마쳤다. 보철이와 보성은 지금껏 아버지의 얼굴을 한 번도 보지 못했다.
얼굴이 험상궂고 덩치가 괴물 같은 남자들이 엄마의 방을 자주 드나들었다고 기억되지만 그 중 누가 유보성의 아버지인지 알 수가 없는 노릇이었다.
유보성은 대학을 졸업할 때까지도 이렇다 할 친구하나 제대로 사귀지 못했다. 여동생 보영이도 아버지가 누구인지 모르는 것은 매한가지였다. 호적초본 등에는 유령인 듯 아버지의 이름이 분명히 있었지만 그 얼굴을 한 번도 본 적이 없었다.
보영이까지 외삼촌이 맡아 기르기엔 아무래도 벅찼던지 보영이는 엄마가 보철이를 데리고 미국으로 이민 가기 전까지 엄마 밑에서 자랐다.

어쨌든 유보성은 엄마에 대한 추억이 싫었다. 엄마의 도움을 받기 싫어서 과외 공부 등 고생을 다해서 용돈을 벌어 썼다. 등록금은 엄마가 대주긴 했지만 대학을 졸업하고 나서부터는 엄마에게 신세지기 싫어서

이를 악물고 돈을 벌었다. 유보성의 엄마는 미국에 가기 전 아들 앞으로 3층짜리 상가 건물 한 채를 사 주기도 했다. 하지만 유보성은 아직 한 번도 미국에 있는 엄마와 동생 보철이를 찾아가 본 적이 없다. 가끔씩 전화로 안부를 물어보는 일이 고작이었지만 그마저 마지못해 한 일이었다.

한 시간 쯤 뒤 전화를 받은 보영이가 상기된 얼굴로 유보성의 동물병원으로 들어섰다. 유보성은 여직원을 향해 어디 밖에 나가 바람이라도 쐬고 오라는 사인을 눈짓으로 보냈다. 직원이 사무실을 나가자마자 유보성은 동생을 향해 버럭 소리부터 내질렀다.
"넌 왜 쓸데없는 짓을 하고 돌아다니냐?"
"쓸데없는 일이라니 뭘?"
"너 강민혁란 사람한테 일억이나 돈 빌렸다며?"
"강민혁을 오빠가 어떻게 알아?"그 사람에게 빌렸다기보다 내가 필요한 돈을 그분이 보증을 서 준 것이지."
"엎어치나 메치나지! 강민혁이란 사람을 잘 알기나 했어?"
"잘은 아냐."
"학수란 정신병자 같은 놈하고 고시촌에서 공부하고 있는 강민혁을 찾아갔댐서?"
"그걸 오빠가 어떻게 알았어?"
"그 녀석이 네가 강민혁이란 남자에게 닭다리를 먹여주며 추태를 떠는 모습을 사진에 담아갖고 강민혁의 아내에게 보여주었다던데! 그 바람에 그 가정이 하마터면 풍비박산이 날 뻔 했다는뎃!"
"뭐? 사진을? 학수가 그 모습을 사진으로 찍어서 강민혁 씨 아내에게 보여줬단 말야?"

 "대학 때부터 아끼고 사랑했던 강민혁의 아내가 불행해질까봐 미리 그 사진을 보여주었단다. 너랑 강민혁의 불륜의 고리를 끊기 위해서라며 말이다!"

 "뭐라구? 불륜? 내가 강민혁 씨랑 불륜을 저질렀다구?"

 "엄마가 옛날부터 부적절하게 살았다고 해서 너도 그 뒤를 이어볼 셈이니?"

 "오빠! 무슨 말을 그렇게 해?"

 "똑바로 살다가 정직하고 진실한 남자 만나서 결혼하고, 아이 낳고, 열심히 살 일이지, 시집갈 생각은 않고 술집은 뭐냐?"

 "오빠, 난 누가 뭐래도 내가 하고싶은 일을 하면서 살고싶어."

 "하고싶은 일이 고작 술집이고, 학순가 뭔가 하는 정신병자 같은 놈이랑 어울려 다니며 엉뚱한 사람 궁지에 처박는 일이 그렇게 하고 싶은 삶이니? 개가 다 웃겠다아!"

 "오빠!"

 "시끄럿! 당장 나랑같이 은행에 가서 그 강민혁란 사람 명의로 빌린 돈을 갚고, 저당 설정한 서류를 해지시켜서 강민혁에게 돌려주자굿!"

 "그런데 이런 일을 오빠가 어떻게 알게 됐어?"

 "그 강민혁이란 사람의 장인이 바로 그 유명한 차명성 박사였다고."

 "뭐라고? 그게 정말이야?"

 "그분이 날 좀 만나고 싶다고해서 무슨 일인가 싶어 찾아뵀더니 그 자리에 학수란 사람도 와 있더라고. 강민혁이란 사람의 아내가 기르던 개로인해 벌어진 사건들을 자기 아버지에게 털어놓다보니 네 얘기도 함께 묻어나왔던 모양이야. 차 박사님이 내게 정중하게 부탁하더라고. 강

민혁의 집을 저당잡은 서류를 원상회복시켜 달라고 말이다."

"........."

"돈이 정 필요하면 사정을 둘러대서라도 미국에다 부탁하거나 그짓도 정 싫으면 내게 부탁할 일이지. 왜 엉뚱한 사람을 끌어들였냐고! 너 행여나 강민혁이란 사람에게 쓸데없는 짓 해서 추잡한 꼴 보일려는 것은 아니겠지? 엉?"

"추잡한 꼴?"

"남의 유부남을 유혹해서 행복한 가정을 파멸시킬려는 짓 말이다."

"........."

"엄마가 하는 짓이 늘 그랬잖아. 남의 가정 유부남 끌어내서 가정 파탄시킨 게 한두 번이야?"

"엄마를 너무 나쁘게만 말하지마!"

"나쁘지 않음? 엄마의 과거를 추억으로 기억하고 오래오래 간직하고 고마워할까?"

"오빠가 자수성가했다고 버릇처럼 말해왔지만 그래도 엄마덕에 오빠 대학까지 공부한 것 아냐? 우리 3남매, 엄마의 희생 아니었음 지금쯤 어떤 모습일까?"

보영의 그 말에 보성의 분노가 폭발하고 말았다. 유보성이 주먹이 부서져라 탁자를 쾅 하고 내려쳤다. 그 바람에 보영의 손 끝에 놓여 있던 물주전자가 파르르 몸통을 떨었다.

"엄마덕에 대학나왔다는 소리 두 번 다시 할래, 않을래? 엉? 광주리에 고등어 갈치, 꽁치, 몇 마리 이고 다니면서 돈을 모아 10남매를 훌륭하게 키워서 박사, 석사 수두룩하게 키운 어머니들도 많아. 엄마의 희생을 미화하지맛!"

보영은 얼굴이 새파랗게 질려버렸다. 오빠가 저토록 심하게 화를 내는 것은 처음 보았기 때문이었다.

"오빠……."

"당장 은행에 가서 서류정리 하자굿! 제발, 제발 사람답게 처신하고 살아줄 수 없니? 똑바로 살아 똑바로!"

그리고 유보성은 창가로 다가서서 창문을 활짝 열었다. 담배를 한 대 피워 문 보성의 등 뒤에다 대고 보영은 눈물을 글썽이며 울먹였다.

"나도 뭐 엄마에 대한 원망이 하나도 없는 줄 알아? 어려서부터 나는 남자들과 창녀들의 뒤엉킨 신음소리에 묻혀 살아왔어. 내가 포주의 딸이라는 소문 때문에 학교에서 친구들에게 얼마나 따돌림 받구 살았는지 알아? 나는 지금껏 마음을 주고 받을 수 있는 친구 한 명도 없이 살아왔어. 그 외로움과 뼈를 저미는 듯한 고독의 시간을 죽지 못해 억지로 살았는데 그게 뭐 큰 잘못이야?

내 주위에 사는 사람들은 모두 내가 포주 딸이라는 사실을 다 알고 있는 사람들이구. 아버지가 누구인지도 모르게 태어난 내 출생의 비밀조차 친구들에게 고스란히 드러나 있는 판에 내가 돈이 필요하다고 보증을 서 달래면 말인 듯 쉽게 나올 것이며 누가 선뜻 보증을 서 주겠어? 물론 미국에 있는 엄마에게 말씀드리면 그깟 일억쯤 문제도 아니겠지. 하지만 나도 그래, 엄마에게 구걸하고 싶은 심정이 영 아닌데 어쩌라구. 엄마의 치마폭에 쌓인 돈은 몸을 팔아 번 돈이란 걸 너무도 잘 알고 있는데 그 참혹하게 번 돈을 엄마에게 얻어 쓰기가 마음 편하겠냐구!

오빠도 그래, 오빠는 내가 어렸을 적부터 내게 얼마나 차가왔는데? 내가 동네아이들한테 놀림받고 몰매를 맞고 있는 걸 뻔히 쳐다보고 있으면서도 내 편을 조금도 들어주지 않았어. 내가 외로움에 치를 떨다 못해 오빠에게 다가갈라치면 어느 새 오빠는 저만치 도망가 있곤 했지. 말만 오빠였지 손 한번 잡아보고 싶어도 도저히 잡히지 않는 곳에서 지금처럼 오빤 차거운 등만 내게 보여왔잖아.

그런 오빠에게 내가 일억이 필요하니 보증을 서 달라고 하면 선뜻 서 주었겠냐구! 말이라구 그렇게 함부로 내 뱉지마!"

"………"

"차명성 박사님이 민혁 씨의 장인 되신다는 사실엔 나도 놀랐지만, 오빠가 그분의 말에 화가 났다는 것은, 모처럼 세상 사람들이 모두 존경하는 유명한 분의 그늘에 발을 들여놓고 싶었던 실낱 같은 희망이, 나 때문에 엉망이 되어버린 분풀이 아냐?"

유보성은 여전히 창 밖을 향한 채로 꼼짝도 않았다.

"좋아, 오빠가 보증을 서 주겠다면 나로선 더할나위 없지. 가자구 은행으로."

"강민혁 씨가 바로 같은 동네 사는 이웃사람이기도 한데 보증문제로 마주칠 때마다 피차 마음이 언짢아진다면 곤란하잖어!"

"글쎄, 오빠 말대로 하겠다니까."

"보영아."

"왜……."

"보증을 서 주겠다는 게 아니라."

"그럼?"

"네가 빌려 쓴 일억을 내가 대신 갚아주마. 네가 돈이 필요할 때가 오면 도와주라고 엄마가 이 빌딩을 마련해 준 거야."

"………"

"네 말이 맞아 난 명색만 오빠였지. 네가 손 내밀면 잡힐 수 있는 거리에 있기 싫어한 오빠였지."

"........."

"미안하다."

보영의 눈에 눈물이 그렁그렁 매달렸다.

"학수는 그나마 내겐 하나밖에 없는 친구였어. 그가 그 유별난 성격 때문에 친구들에게 따돌림 받고 외롭게 살아가는 모습이 내 모습과 너무도 비슷했고 그래서 동병상련이랄까, 우린 그냥 남달리 가까워진 친구 사이였지. 학수가 정신병자 취급받아도 난 항상 그의 편이었어. 보증건도 그래. 그냥 되거나 말거나 농담처럼 툭 던진 말로 보증을 서 달라고 했던 건데 학수가 날 데리고 민혁 씨의 고시촌엘 데리고 간 거지."

유보성이 얼굴을 반쯤 돌리고 꾸짖듯 말했다.

"처음 만난 유부남 앞에서 속살이 훤히 비치는 옷을 입고서 헤프게 굴다니 그리고도 부끄러움을 모르다니!"

그렇게 말하는 보성에게 보영이 비아냥대는 어조로 말했다.

"흥! 그야 내 몸 속에는 선천적으로 음란의 피가 흐르고 있으니까. 난 음란한 여자야. 유부남이건 총각이건 그 선택은 나 좋을대로지!"

보성이 또 창 쪽에서 몸을 휙 돌리며 버럭 소리를 질렀다.

"시끄릿! 음란한 것이 뭐 자랑이냐? 빨리 그 수치스러운 버릇 고치지 않으면 결국 네 인생은 절망의 수렁에 빠져 영원히 헤어나오지 못해! 은행에나 빨리 가자."

유보성은 낌새를 알아채고 들어서는 여직원에게 어디 잠깐 나갔다 오겠다는 말을 하고는, 금고에서 통장이랑 도장을 꺼내 속주머니에 쑤셔 넣었다. 유보성은 뒤도 안 돌아보고 앞서서 화난 듯 동물병원을 나섰다.

뚝터진 살인 광시곡

며칠 후 학수는 보영의 전화를 받고 밤 10시에 보영의 술집에서 마주 앉았다. 이런 장사에 노하우가 있어서인지는 몰라도 보영의 술집에는 항상 손님들이 바글바글 만쇄 중이었다.

보영이 학수의 눈을 쏘는 듯이 들여다보며 말했다.

"너, 오늘 나한테 똑바로 이실직고 않으면 맞는다?"

"무슨 소리야, 또?"

"너 고시촌에 갔을 때 왜 내 사진을 찍어서 강민혁 씨 아내에게 보여줬니?"

"………"

"학교 다닐 때부터 친구들이 널보고 또라이 또라이 하며 놀려 댔었던 이유가 바로 그런데 있었구나?"

"………"

"엊그제 동창생들이 모처럼 들렀는데 애들이 널 보고 또 뭐랬는지 알어? 넌 남자도 아니고 여자도 아닌 남녀추니라며? 그래서 감히 내게 대들지 못했구나."

학수가 부르르 주먹을 떨며 소리쳤다.
"보영아, 그, 그건 너무 심한 비약이야. 난 단지 네 순결을 다치고 싶지 않아서일 뿐이었지."
보영이 천정을 향해 고개를 꺾어놓고 웃어댔다.
"순결? 호호호호."
"........."
"넌 내가 순결을 그리 신줏단지 모시듯 소중하게 여기는 순정파 여자인 줄 알았니? 너 내가 친구로서 충고하는데 아무래도 정신병원에 입원해서 치료좀 받아야지 안되겠다. 대체 네가 검사시험에 합격했다는 사실이 통 믿어지지가 않아."
학수가 참혹해진 얼굴로 그런 보영을 향해 대들 듯 말했다.
"내가 서울지검에서 가장 유능한 강력계 검사라는 소문 못 들었어?"
"그따위 말은 난 몰라. 대체 무슨 의도로 날 고시촌으로 데려가서 내가 강민혁 씨에게 닭다리 물려주는 모습을 찍어서 그의 아내에게 보여줬냐니까?"
"수정이에게 환심을 사고 싶어서……."
"뭐라구? 강민혁 씨 아내에게 환심을 사고 싶어서 그랬다고?"
"난 대학 때부터 수정을 너무도 사랑했어. 수정이 외엔 세상의 어떤 여자와의 행복도 상상할 수 없었어. 수정이 어느 날 갑자기 민혁에게 시집 가고 나서부터 난 그만 삶의 의미를 상실해버릴 정도였으니까."
보영이 그만 천정을 향해 허탈하게 웃고 말았다. 한참 뒤 웃음을 딱 그친 보영이 느닷없이 학수의 따귀를 불이 번쩍 나도록 올려부쳤다.
"딱!"
"헉!"

"나가. 이 집에서 나간 뒤부터 난 너와 절교야. 난 이제부터 널 모르고 너도 이후부터 날 모르는 거야. 나갓! 정신병자에다 무당의 피를 물려받은 소름끼치는 자식! 무당이 다 나쁘다는 게 아니고 너 하는 꼴을 보면 네 엄마가 무당이라는 게 소름끼친다 이 말이야!"

그리고 보영은 발딱 일어서서 카운터로 돌아오고 있었다. 순간 학수의 눈에서 금방이라도 노오란 독물이 술잔 속에 뚝뚝 떨어질 듯 눈두덩이 파르르 떨고 있었다.

'좋아, 그래. 난 무당의 아들에다 또라이다. 또라이는 또라이답게 굴어야 어울리지. 좋았어. 이제부터 무차별한 살인 광시곡이 울려 퍼지게 해주마. 보영이 너도 네 오빠 유보성도, 민혁과 수정이도, 차명성 박사까지 내 살인 광시곡에 맞추어 내장과 골수가 터지는 죽음의 독배를 마시게 될 것이다. 인류의 영혼을 얼어버리게 할 최고의 무시무시하고도 처절한 죽음의 레퀴엠을 연주해 주지… 그나마 많이 봐줘서 레퀴엠이지…….'

그리고 며칠 후 학수는 변호사 사무실을 개업하겠다는 말도 안되는 소리를 술취한 듯 횡설수설하더니 훌쩍 사표를 내던지고 말았다. 오래잖아 학수는 사람들의 기억의 뒷편으로 홀연히 사라지고 있었다.

똥은 참 좋은 개입니다

 이듬해 민혁은 기어코 법조인이 되는 관문에 무난히 발을 들여놓았다. 그렇다고해서 현실이 당장 크게 달라지는 것은 아니었다. 하지만 법을 통해서 옳고 그름을 철저하게 파헤쳐서 억울한 사람의 손을 들어주고 말겠다는 민혁의 꿈은 이제 힘차게 발걸음을 내딛게 된 셈이었다.

 수정의 기쁨은 말로 다 표현하기 힘들었다. 누구보다도 좋아하는 사람은 수정의 엄마였다.
 "여보, 강 서방이 드디어 법관이 되는 등용문에 발걸음을 들이밀었네요. 진즉에 합격해야 했었는데 늦은 감이 있지만, 기뻐요."
 "허허허… 당신이 그토록 좋아하는 모습을 보니까 나도 여간 기쁘지 않아."
 "오늘 강군이랑 수정이 불러다 멋진 파티를 합시다. 내가 솜씨를 최고로 발휘해서 강군에게 맛있는 요리를 해 줄 거에요."
 "허허허… 그러자구."
 수정의 엄마가 쪼르르 전화기 쪽으로 달려가 수화기를 들고 다이알을 두드렸다. 차 박사 부부는 집에 있을 때는 핸드폰보다는 오래도록 길들여진 전화기 사용하기를 습관처럼 좋아했다. 그 전화기는 차 박사 부부가 결혼 20주년을 기념해 로마에 여행갔을 때 사 온 전화기였다.

로마의 황제 시이저가 조각된 금속전화기였다.

"수정이니?"

수화기 속에서 수정의 목소리가 물방울처럼 굴러왔다.

"엄마?"

"수정아, 오늘 저녁에 우리집에서 저녁을 먹자. 내가 최고로 맛있는 요리를 준비할게."

"정말?"

"그럼, 정말이지. 강 서방 데리고 시간에 늦지 않도록 와."

"몇 시까지?"

"7시까지."

"알았어. 엄마, 7시까지 꼭 도착할게. 아냐. 일곱 시 전에 엄마한테 먼저 가서 일 도와야지. 고마워 엄마."

"에그, 고맙긴 이 녀석아. 고맙긴 내가 고맙지."

수화기를 내려놓자마자 그녀는 또다른 다이알을 두드리기 시작했다. 차 박사가 그런 아내를 슬쩍 건드렸다.

"또 어디다 걸려구? 너무 수선 피우지 말어."

"아니에요. 인천댁 불러서 함께 시장보러 갈려구."

차 박사도 마음이 여간 흐뭇한 것이 아니었다. 그는 창 밖의 단풍나무에 주렁주렁 매달린 채 재잘거리는 참새 떼들을 바라보며 이렇게 중얼거렸다.

"이보게 친구야. 자네 아들이 꿈의 꽃몽오리를 터뜨렸네. 오늘이야말로 그 많은 세월 동안 입이 근질거렸을 만큼 감추어 두었던 이야기들을 자네 아들에게 들려줄 작정이야. 허허허……."

주방에서 음식준비를 하는 엄마와 인천댁을 거들면서 수정이는 호두를 안은 채 힐끔 엄마의 옆 얼굴을 훔쳐보았다. 수정은 오늘처럼 저토록 행복해하는 엄마의 얼굴을 본 적이 없다고 생각하면서 가슴이 뭉클해지는 느낌이었다. 그리고 바로 이 순간이야말로 엄마를 설득시킬 수 있는 절호의 기회라고 생각하며 입술을 열었다.

"엄마."
"왜?"
"엄마는 내 말 이해하기 힘들겠지만 우리 뚱 말이야."
"뚱? 또 그 괴물 같은 녀석 말이니?"
"응, 뚱 때문에 민혁 오빠와 나 사이의 사랑의 끈이 더욱 단단해졌다는 걸 찐하게 느껴요."
"뚱이 그런 역할을 했단말야? 어째서? 뚱이 뭐 말을 할 줄 아는 짐승도 아닌데."
"민혁오빠도 나도 뚱을 너무도 좋아하다보니까 뚱으로 인해서 생겼던 여러 가지 크고작은 사건사고들을 함께 의논했지. 또 뚱 때문에 함께 가슴아파하면서 밤을 태워가며 머리를 맞대고 고민했던 일들이 참 많았거든. 서로를 향한 마음이 더욱 애틋해지고 불쌍해보이고, 둘 중 누구 하나가 뚱 때문에 즐거워하면 덩달아 기쁘고, 슬퍼하면 덩달아 슬프고."
"그랬었니?"
"뚱은 이제 우리 부부에겐 없어서는 안될 분신 같은 존재야 엄마."
"글쎄, 생긴 것만 좀 온순하게 생겼어도 좀 봐 주겠구먼, 세상에 일부러 만들려고 해도 그렇겐 못 만들겠더라. 대체 그 녀석이 왜 그렇게 형편없게 생겼다든?"

"호호호, 엄마, 똥이 그렇게 생겨서 우린 좋은 건데? 똥이 뚱한 표정으로 쳐다볼 땐 아무리 화가 나 있을 때라도 절로 웃음이 터진다니깐? 그리고 엄만 똥을 미워하기만 해서 그렇지, 똥의 눈을 한참 들여다보고 있노라면 그 흑진주 같은 눈동자 속에 얼마나 많은 이야기가 담겨져 있다구. 똥의 눈을 들여다보고 있노라면 얼마나 마음이 평안해지는지 엄마는 몰라. 호두와는 또 다른 매력이 가득한 녀석이야."

"몸집이 웬만해야 말이지. 먹는 것도 양동이로 먹구, 똥두 양동이로 치울 만큼 많이 싸구. 기르기 힘들지 않어?"

"사료만 주로 먹이고 가끔씩 돼지뼈다귀를 구해 먹이니까 똥두 예쁘게 싸서 괜찮아. 엄마, 우리집에 오면 옛날마음 버리고 한번 똥의 눈을 자세히 들여다 봐. 오직 주인을 사랑하고 믿는 순수한 눈빛밖에 없거든. 배가 고파도 주인만 쳐다보고, 목이 말라도 주인만 쳐다보고, 아프면 그냥 아무소리 않고 제 혼자 엎드려 꼼짝도 않고. 사람한텐 얼마나 순하다구."

"어쨌거나 요즘 젊은 여자들은 그런 개를 힘들어서 못 기를텐데 넌 유별나."

"엄마 옛날에 내가 초등학교 3학년 때 아빠가 시골 고등학교에서 잠시 교편을 잡았을 때 말야."

"응."

"그때 우리 세 식구가 산 밑에 외따로 떨어진 조그만 토담집에 살았던 적 있잖아. 그때 생각 안 나?"

"왜 안 나겠니. 요즘도 가끔 그 시절을 떠올리곤 하는데 힘들긴 했어도 그때가 참 그리워질 때가 있지. 네가 엄지손가락만큼이나 굵은 오디를 얼마나 많이 따 먹었는지 입 언저리가 온통 새카맸었어. 가을엔 주먹만한 알밤이 집 주위에 빨갛게 떨어졌었구."

"밤이면 무서운 생각이 들어 문을 꼭꼭 잠그고 잤었는데 어느 날 아빠가 강아지를 암수 한 쌍 사 갖고 오셨잖아."

"그랬지."

"강아지가 무럭무럭 잘 자라서 얼마나 좋았는지 몰라. 학교 갈 때도 그 녀석들이 꼭 따라다녔구. 아빠 엄마가 새벽기도 갈 때면 꼭 따라갔었잖아."

"그럼, 우리가 새벽기도를 마치고 교회 문을 나설 때까지 녀석들이 교회 문 앞에 엎드려 있다가 우리가 나오면 벌떡 일어나 집까지 따라오곤 했지."

"봄날에 엄마랑 들에 나가 냉이를 캘 때도 녀석들이 졸졸 따라다녔고, 여름날 아이들이랑 냇가에서 물장구치고 놀 때도 함께 뛰어다니며 즐거워했었지. 어느 가을날엔가 알밤을 줍던 새벽에 수놈녀석이 발가락을 다쳐서 많이 아파 했었잖아. 그래서 엄마가 대구시에 있는 동물병원까지 이장님네 경운기에 태우고 가서 치료해 주었잖아."

"그랬지."

"어느 겨울엔가 눈이 엄청많이 왔을 때, 아빠랑 눈길을 치울 때였는데 녀석들이 먹을 것을 찾아 집 근처에 내려온 토끼를 잡아온 적도 있구."

"그뿐아니라 쥐구멍을 용케도 알아내고는 몇 시간이고 쥐구멍 앞에 숨을 죽이고 기다리고 있다가 끝내 쥐를 잡아내고 말았어. 그놈들 참 영리했는데."

"그런데 어느 날 그 두 마리의 개가 감쪽같이 사라졌을 때 얼마나 많이 울었던지."

그 말을 하며 수정의 눈두덩이 빨갛게 물들었다.

"나쁜 사람들이 개를 훔쳐간 거야."
"우리나라 사람들은 왜 그토록 개고기를 좋아할까?"
"그러게 말이다."
"그때 시골에 살았을 때의 추억이 너무도 꿈처럼 아름다워서 지금도 뚱을 데리고 그런 시골에 가서 뚱을 장가들여 새끼를 낳게 하구… 벼슬이 빨간 닭이랑 돼지도 두 마리쯤 키우고 싶고, 나도 애기를 낳아서 마음껏 땅 냄새를 맡으며 뛰어놀게 하고픈 생각이 불쑥불쑥 가슴속에서 치솟을 때가 있어."
"그렇잖아도 언젠가 잠자리에서 아빠가 잠깐 말씀하시는 걸 귀담아 들은 적이 있단다."
"그래? 뭐라 하셨는데?"
"수정이가 시골에 가서 살고 싶어하더라고 말이다."
"그러셨어, 아빠가?"
"그래. 그리고 너희 부부를 공기좋고 경치좋은 시골에서 살게 해 주고 싶다고 하셨어."

그때 초인종 소리가 들렸다.
"강 서방 왔나보다. 아줌마 문 좀 열어 줄래요?"
"네, 사모님."
민혁이 과일을 한 바구니 사 들고 응접실을 들어서고 있었다. 수정엄마가 종종걸음으로 달려가 사위를 끌어 안았다.
호두가 수정의 품을 벗어나 깡총깡총 뛰며 반갑게 민혁을 맞아들였다.
수정 엄마가 민혁의 등을 연신 두드리며 말했다.
"참 수고가 많았네. 참 수고했어."

"고맙습니다. 어머님. 그 동안 아버님 어머님에게 마음고생을 너무 많이 끼쳐드려서 정말 죄송했습니다."

"그런 것들은 이제 눈 녹듯 다 사라졌네. 시장하지?"

"예, 많이요."

"저녁준비 다 됐어. 서재에 가서 아버님 모시고 내려오게."

"네, 어머님."

민혁이 서재가 있는 이층으로 올라가며 고개를 돌려 흘끔 수정을 보았다. 수정이 한쪽 눈을 찡긋하며 윙크를 보내왔다.

민혁이 서재의 문을 조그맣게 노크했다.

"아버님, 강 서방입니다. 어머님이 곧 내려오셔서 식사하시랍니다."

서재 안에서 차 박사의 굵직한 목소리가 들렸다.

"그래? 알았어. 내 곧 내려갈게."

"예, 아버님."

모처럼의 화기애애한 저녁식사가 끝난 뒤 차 박사는 커피를 마신 뒤 민혁을 불렀다.

"강군."

"예, 아버님."

"내 서재로 좀 올라가세. 할 말이 있네."

민혁과 수정의 눈길이 공중에서 딱 마주쳤다. 수정의 엄마는 남편이 지금까지 일체 비밀로 했던 이야기 보따리를 풀어놓을 모양이라고 직감했다. 그녀 또한 딸 앞에서는 사위를 몹시 홀대하는 척 했으나 민혁이 여러 번 시험에 낙방하는 것이 얼마나 속상했는지 모른다.

그녀는 민혁의 아버지가 죽어가는 자신과 딸의 목숨을 건져준 은인이란 사실을 한시도 잊은 적이 없었다. 그래서 더더욱 민혁의 장래를 위해 끊임없이 기도했고 가슴을 태워왔다. 이제는 민혁도 자기 아버지에 대한 이야기를 자세하게 전해들을 만큼 여건이 갖추어졌다고 만족해했다.

남편의 서재로 들어간 민혁은 한 시간이나 지나도록 모습을 나타내지 않았다. 수정은 아빠에게 남편의 옛 이야기를 진즉 들어 잘 알고 있으면서도 아무것도 모르는 척 말했다.

"아빠와 민혁오빠는 무슨 얘기가 저리도 길까요, 엄마?"

"할 말이 많은가보지 뭐. 얘, 강군이 사온 과일이나 좀 깎아놔라."

차 박사의 기나긴 이야기를 다 듣고 난 민혁의 눈가에 이슬이 촉촉이 배어나오고 있었다.

"전 제 부모님의 삶이 어려서부터 그토록 힘난한 고난과 역경의 세월이었는 줄 미처 깨닫지 못하고 지냈습니다. 아버지가 돌아가셨을 때도 단순히 군사훈련 도중 사고로 돌아가신 줄만 알았습니다. 5.18 민주화운동에 투입되어 그렇게 풀잎처럼 허무하게 돌아가신 줄은……."

차 박사가 자리에서 일어나 서랍을 열고 누렇게 빛바랜 서류봉투를 민혁 앞에 내어놓았다.

"꺼내보게."

"이게 무엇입니까, 아버님."

"자네 어머니가 돌아가시기 전에 내게 맡겨놓으신 거야. 그리고 이제사 털어놓네만 자네가 살고 있는 집도 우리가 마련해 준 것이 아니야. 그것도 속요량이 깊은 자네 부모님이 물려주신 걸 내가 보관하고 있다가 법적인 과정을 밟아서 자네 이름으로 명의를 바꾸어 준 것이야. 세상물정에 어두운 나이에 부모에게 많은 재산을 한꺼번에 물려받으면 자칫 교만해져서 꿈을 버리고 잘못될까봐 염려했던 터라서."

민혁은 봉투 속에서 또 다른 서류를 꺼내 조심스럽게 살펴 읽었다.

"아버님, 이건 땅문선데요."

"그래 일만 이천 평인데 그중 천 오백 평은 농지로 되어 있고 나머지는 임야로 되어 있지. 그 땅을 묵혀두기 아깝기에 그 동네 이장님에게 부탁해서 땅을 관리하며 농사를 지어 먹을 사람을 구해 달라고 했지. 옛날에 그 땅에서 농사를 지으며 노부부가 살고 있던 낡은 기와집이 한 채 있는데, 그래도 방은 다섯 칸이나 있어. 모두 군불을 때어 방을 데워야 겨울을 따뜻하게 날 수 있지만, 언젠가 한번 흙냄새 매케한 그 황토방에서 하룻밤 자고 났더니 온몸이 개운해지는 느낌이었어.

하지만 시대가 이만큼 변했는데 군불을 때고 살기엔 너무 불편하겠지. 그래도 그 집은 무허가 건물이 아니고 건축물 대장에 등재된 건물이라서 헐어 버리고 새로 지어도 건축법에 별로 저촉되지 않는 잇점이 있지."

"그런데 아버님, 이 서류를 제가 어떡하란 말씀이신지······."

"어떡하긴? 자네 부모님께서 고생고생해서 모은 돈으로 산 땅을 자네에게 돌려주는 것이지. 그 쪽으로도 오래지 않아 개발붐이 일 것이니 땅값이 많이 오르겠지만, 자네 부모님이 그 땅을 살 때는 평당 몇 천 원 밖에 안 나갔었지."

"아버님."

"왜 그러나?"

"이걸 제게 주실 것이 아니라, 아버님께서 보관하고 계시는 게 좋을 것 같습니다. 제가 이 땅문서를 갖고 있다고해서 제가 무엇이 달라질

게 있습니까. 아버님께서 갖고 계십시오. 아버님은 저를 낳아주신 친부모님과 조금도 다를 바 없습니다. 전 이 땅문서를 제가 갖고 있기를 사양하겠습니다."

"허! 그래? 그런가?"

"예, 아버님. 부탁드립니다."

"그래. 그렇다면 내가 보관하고 있겠네만, 자네 소유의 땅인 것을 명심하게."

"어쨌던 아버님."

"알겠네. 그런데 얼마 전에 수정이가 내게 이런 부탁을 했네."

"수정이가요? 어떤 부탁을 했습니까?"

"어디 서울에서 그닥 멀지 않은 조용한 시골에 가서 살았으면 좋겠다고… 수정이는 어렸을 적부터 강아지나 닭 등을 키우면서 시골에 사는 걸 무척 좋아했어."

"예, 저도 수정이가 시골에 가서 살고 싶어하는 소원을 여러 번 들어왔습니다."

"자넨 어떤가?"

"저도 어렸을 때는 시골에서 자랐지 않았습니까. 그래서 그런지 시골 생활에 대한 향수가 아련히 떠오를 때가 많긴 합니다. 이 문제는 수정이와 자세히 의논해 봐야겠습니다."

"더우기 그 땅 뒤에 있는 산이 국유지라서 여건이 참 좋은 땅이야. 어쨌든 잘 생각해서 결정하게. 허긴 아이를 키우는 것도 흙 냄새만큼 좋은 교육이 없지. 흙은 인간의 영혼에 자양분을 공급하는 훌륭한 밑거름이지. 자네 모친께서는 그 땅에 의지할 곳 없는 노인들을 불러모아 노후를 편하게 보살펴드릴 수 있는 양로원을 지었으면 했는데."

"어머니는 참 훌륭한 꿈을 갖고 계셨군요. 아버님."

"그렇고말고. 자네 부모님은 참 훌륭한 인품의 소유자였지.

그런데 말야. 자네 집에 그 얼굴이 아주 험상궂게 생긴 개가 한 마리 있지? 그 개가 얼마 전에 큰 사고를 치는 바람에 어려움을 겪었다며?"

"예."

"그 개 이름이……."

"뚱이라고 합니다."

"뚱뚱해서 뚱이라고 지었나?"

"아닙니다. 사람을 쳐다보는 모습이 하도 뚱해서 뚱이라 이름지었습니다. 돌아가신 아버님의 옛 친구가 선교활동하신다며 캄보디아로 출국하시기 전에 친구의 아들인 저에게 선물해 주신 강아지인데, 생긴 게 묘하게 생겨서 그렇지 참 재미있는 녀석입니다."

"그래? 자네 아버지의 친구가 준 개였어? 수정엄마 말을 들어보면 수정이는 그 뚱이라는 개 때문에 더더욱 시골에 가서 살고 싶어하는 모양이던데, 그 뚱이란 개가 자네 부부에게 그토록 소중한 무슨 특별한 이유라도 있나?"

"글쎄요… 어쨌든 아버님. 무슨 일로 기분이 언짢다든가, 화가 났다든가, 좀 쓸쓸한 마음이 든다던가 또는 기쁜 일이 있을 때도 뚱을 쳐다보고 있노라면 이상하게 마음이 평안해지는 것은 참 신기한 일입니다. 저도 수정이도 뚱에게서 많은 것을 얻으면서 살고 있습니다. 뚱의 수컷 조상은 '티베탄 마스티프'라는 혈통인데 그 조상의 이름이 아란랏드가 출연했던 영화의 주인공 '셰인'이라 했습니다. 뚱은 수컷이 아닌 암컷 조상을 닮아 털이 짧고 반들반들하다고 했습니다."

"그래? 그런데 요즘은 기르던 개를 차에 태우고 가서 아무데나 버리는 사람들이 많다는군. 어떤 사람들은 기르던 개도 잡아먹는다니 이해하기 힘들어."

"아버님. 그래서 저희도 유기견 몇 마리 더 입양할 계획입니다."

"시골에 가 살면 그래도 되겠지. 나도 강아지를 참 좋아해. 수정이가 데려다 준 푸들강아지가 어찌나 귀여운지."

"우리나라도 반려동물들을 키우는 인구가 천만 명이 넘는답니다."

"하여간에 앞으로 법관이 될테니 법 앞엔 만인이 평등한 것이고 법의 집행자가 권력의 시녀라는 통념을 하루빨리 깨뜨려야 이 나라가 제대로 갈 길을 갈 것이야. 그 사명을 잘 감당해야 해. 특히 법의 정신을 잘 준수해야 할 사람은 머나먼 인생행로를 걸어가면서 부딪히는 고난과 역경의 의미를 잘 터득해야 해. 인생을 모르면서 정의로운 법집행을 한다는 것은 수박 겉핥기만큼이나 정의와 진실의 겉만 핥는 것과 다름없어."

"예, 아버님."

"법은 하나님의 영감으로 인간이 만든 것이고, 그래서 법이 잘 지켜지는 나라에 사는 국민이 참 행복한 것이지. 하긴 법보다는 법이 없이도 정직하게 자유를 누리며 사는 사회보다 아름다운 사회는 없겠지만 말이야."

"예, 아버님."

"그래서 비록 문명의 혜택은 누리지 못하고 가난하게 살긴 해도 행복지수가 높은 민족을 여럿 찾아볼 수 있어. 어쨌든 남들이 모두 싫어하는 사납고 험상궂게 생긴 개에게도 사랑과 의리를 지키는 두 사람의 순수한 모습이 너무도 흐뭇하고 아름답다고 느꼈지. 그런 자네를 볼 때마다 자네 아버지 강경찬의 얼굴이 자꾸 떠올라서 감회가 깊어."

"여러모로 사랑해 주셔서 정말 고맙습니다. 아버님."

"이젠 나도 자네 집에 들르게 되면 제일 먼저 뚱의 머리를 쓰다듬어 주고 싶군."

"예, 아버님. 뚱이 무척 좋아할 겁니다. 뚱은 사람에겐 너무도 온순해요."

응접실에 다시 내려오자 그제서야 수정의 엄마가 모든 사실을 다 알고 있는 듯 자연스런 어조로 물었다.

"아버지가 뭘 줬지?"

"예, 땅문서를요. 그냥 아버님께 맡겼습니다."

"그래? 아무러면 어때. 과일 먹어."

수정은 엄마와 민혁의 이야기를 못 들은 척 아빠 몫으로 따로 담아놓은 과일접시를 들고 아빠의 서재를 향해 이층으로 올라갔다. 어느 새 호두가 깡총깡총 뛰며 수정의 뒤를 따라 나섰다. 순간 수정은 갑자기 가슴이 뜨거워지며 눈물이 와락 솟구치는 것을 참을 수 없었다.

집으로 돌아오는 길에 민혁은 시장어귀에 있는 음식점에 들어가서 주인 아줌마가 따로 모아놓은 돼지뼈다귀 등을 들고 나오며 환하게 웃었다.

"많아?"

"응, 수정아, 우리 뚱좀 놀래켜 줄까?"

"어떻게?"

"살금살금 담벼락에 접근해서 말야. 뼈다귀를 갖고 쿨쿨 코를 골면서 자고 있는 뚱 녀석 머리를 냅다 후려치는 거지."

"아잇, 오빠는? 아플텐데"

"아파? 뚱의 사자머리 같은 대갈통이 이깟 돼지뼈다귀 하나땜에?"

수정이 쿡 웃으며 민혁의 팔을 잡고 한번 해 보자는 듯 고개를 끄덕였다.

민혁과 수정이 살금살금 대문으로 접근했다. 똥의 코고는 소리가 대문 밖까지 구르렁 구르렁 들려왔다. 민혁이 비닐봉지에서 커다란 뼈다귀를 살며시 꺼내들고 담벼락 너머로 똥이 엎드려 있는 곳을 어림잡아 냅다 던졌다.

뼈다귀는 계획대로 똥의 머리통을 정통으로 맞혔다. 똥이 벼락치듯 벌떡 일어섰다. 그리고 마치 로보캅처럼 커다란 머릿통을 이리저리 휘두르며 뼈다귀를 던진 주인공을 찾는 모양이었다. 하지만 똥은 이미 뼈다귀를 던진 주인공이 민혁라는 걸 알아차린 모양이었다.

똥이 쇠줄이 끊어져라 길길이 날뛰었다. 수정이 대문을 열고 똥에게로 달려가 목을 껴안았다. 겨우 똥이 침착해졌다. 민혁이 똥의 뺨을 고무줄처럼 양손으로 잡아당겼다. 똥이 끙하며 아픈 시늉을 했.

수정이 민혁의 손을 꼬집었다. 민혁이 똥의 뺨을 놓자 똥은 또다시 길길이 뛰며 두 사람이 반가워 죽을지경인 모양이었다. 민혁이 낮게 소리쳤다.

"똥! 조용해."

그러자 똥이 땅바닥에 납작 엎드렸다. 수정이 돼지뼈다귀를 입에 물려주자 금새 뼈다귀 부서지는 소리가 와드득 했다. 민혁이 감탄했다.

"아휴! 저 굵은 뼈다귀를 한입에 작살내는 것좀 봐. 대단하다. 대단해."

그날 밤 민혁과 수정은 거의 항상 그랬지만 이날 밤만큼은 그 어느 날 밤보다 더 행복한 밤을 보냈다. 똥의 코고는 소리가 우렁차게 현관문 틈새로 비집고 들어왔다.

"드르렁… 드르렁……."

똥은 잠꾸러기였고 잠에 취했을 때에는 어김없이 코를 골았다. 수정이 뭔가를 생각하더니 민혁의 얼굴을 쳐다보며 환하게 웃으며 말했다.

"그렇게 좋아, 시골에 가서 사는 게?"

"말해 뭐해. 오빠, 나 시골에 가서 살면 꼭 뭔가를 사고 싶다고 한 말 기억나?"

민혁이 시침 뚝 떼고 물었다.

"뭔데?"

"송아지."

"뭐, 송아지? 송아지를 키워서 잡아먹게?"

"아니!"

"그럼?"

"소를 타고 다닐 거야."

민혁이 너털웃음을 떠뜨렸다.

"하하하, 소를 타고 다니겠다고?"

"불가능하다고 생각해?"

"글쎄. 소를 어떻게 훈련시켜서 타고 다닌다는 건지 쉽게 이해가 안되는데?"

"어렸을 적에 시골 이장님이 소를 길들이는 모습이 눈에 선해."

"어떻게?"

"사랑이야. 어렸을 때부터 소를 사랑하고 친구가 되어 주면 내가 송아지 등에 올라타도 송아지는 썩 좋아할 걸?"

"글쎄. 원!"

"두고봐. 내가 소를 타고 5일장에 가서 시장을 보는 모습을 보고 사람들이 얼마나 재미있어 할까를."

"허허허 … 그래봐, 그럼."

디먼의 소원

 어느 날부터 매스컴은 연이은 의혹의 실종사건들을 심도있게 다루기 시작했다. 그리고 그 의혹의 실종사건에 대한 왁짜지껄한 소문의 중심에는 늑대의 부활이란 주먹만한 활자가 신문의 표지에 다투어 들어서기 시작했다.
 실종된 사람들의 대부분이 산을 좋아하는 등산객이나 산삼을 캐러 다니는 사람들이었고, 구하기 힘든 산더덕, 송이버섯, 석청 등을 캐기 위해 깊은 산 속을 뒤지던 사람들의 시체가 또 다른 등산객에 의해 발견되었다. 발견된 실종자들의 시체는 하나같이 날카로운 동물의 이빨자국으로 걸레처럼 뜯겨진 채로 너무나도 처참했다.
 일부 동물학자들은 그것이 수십 년 전에 이 땅에서 사라졌던 늑대들의 부활이라고 내세우기도 했고 일각에서는 그럴 리가 없다고 맞서기도 했다.
 지구 온난화로 인해 발생하는 종의 이동이 지구촌 곳곳에서 서서히 지각변동을 일으키기 시작했다는 증거라고 주장하는 학자들도 있었다.
 다른 한 쪽에서는 지나친 동물보호 운동으로 언젠가부터 멧돼지, 노루, 고라니 등 먹이사슬이 풍부해진 이 땅으로 표범이나 늑대, 호랑이 등 맹수들의 이동이 시작된 것이라고 주장하는 일부 학자들도 있었다.
 뿐만 아니라 일부에서는 지구종말의 시작이라고 섣부른 판단을 내리는 사람들도 있었다.

 잇따른 실종사태가 자꾸 발생하자 여론의 반발이 폭발적으로 거세어졌다. 급기야 당황해진 정부가 군병력을 동원해 하늘과 산에서 숲을 뒤지기 시작했으나, 원낙 숲이 우거져서 늑대이든 호랑이든 표범이든 도대체 흔적도 발견할 수 없었다.
 여론은 요원의 불길처럼 정치쪽으로 옮겨붙기 시작했다. 하지만 허구한날 국회에서는 갑론을박 벌집을 건드린 듯 시끄럽기만 했다. 도대체 해결의 끄나풀을 잡기는커녕 경찰과 검찰은 애꿎은 담배연기만 곰잡을 듯 내뿜을 뿐 가슴만 새카맣게 타들어가는 형세였다.
 "대체 사람이 저지른 짓이래야 수사를 하지, 백두대간을 타고 떼로 몰려다니며 서에 번쩍 동에 번쩍하는 짐승들을 무슨 수로 잡느냐 이거야 진짜……."
 별수 없이 정부에서는 짐승들이 일망타진 될 때까지 사람들의 산행을 자제해 주기를 호소하기 시작했다. 모든 농민들은 해가 지기 전에 미리미리 문단속을 철저히 하고, 밤에는 절대로 문 밖 출입을 삼가해 줄 것을 신신당부했다.
 그런 어느 날, 부슬비가 부슬부슬 내리는 밤이었다. 경기도 포천 땅에 인삼을 대량 재배하고 있는 농촌 마을을 순찰하고 있던 경찰관 두 명이 임무를 마치고 파출소로 돌아오고 있었다. 그때 개천을 가로지르고 있는 다리 한가운데 우뚝 서 있는 수상한 사나이를 보고 순찰차에서 내린 경관이 허리에 찬 권총 쪽에 손을 대고 그에게로 다가갔다.

"누구시죠? 이 마을에 사십니까?"

그래도 사나이는 아무런 대답이 없었다. 낌새가 수상하다고 느꼈던지 순찰차 안에 있던 또 다른 경관도 차에서 내리며 큰 소리로 말했다.

뭐야? 왜그래?"

앞선 경찰이 재차 물었다.

"말하지 않으면 연행해야겠소. 누구시죠?"

그래도 수상한 사나이는 침묵일관이었다. 순간 경관은 온몸이 오싹해지는 전율을 느끼며 재빨리 허리에서 권총을 빼어들었다. 본능적으로 사방에서 소리없이 다가서는 살기를 느꼈기 때문이었다.

"수상한 놈, 손들엇! 순순히 말을 듣지 않으면 발포하겠다!"

그때였다. 후라쉬 불빛 속에서 수십 개의 파란 눈동자들이 조금씩 조금씩 다가서고 있는 것을 본 경찰이 황망하게 소리쳤다.

"김 선배님, 빨리 차에 타세욧! 뭔가 다가오고 있습니닷!"

"뭐라구?"

"뭔가 다가서고 있어요. 빨리욧!"

"빨리 차에 타랏!"

두 사람이 순찰차의 문을 열고 마악 몸을 들여놓을 찰라 시커먼 짐승 하나가 바람처럼 날아와서 경관의 목을 물고 늘어졌다.

"으으악!"

"앗, 김 선배님! 으으 아아악!"

그리고 곧 밤비가 억수처럼 쏟아지는 잡초 속에서 늑대개들의 피의 잔치가 참혹하게 벌어지기 시작했다. 오랜시간 먹을 것을 못 먹어서 그런지 비리비리 갈비뼈가 앙상하게 드러난 늑대개들이었다. 하지만 늑대개들은 사람고기를 먹지는 않았다.

그 모습을 물끄러미 바라보고 있던 사나이의 입가에 한 줄기 냉소가 보일 듯 말 듯 피어나고 있었다. 사나이가 부두목격인 칸에게 똑부러지게 명령했다.

"칸, 절대로 사람고기를 먹지는 마라. 더러우니까!"

이튿날 세상이 발칵 뒤집혔다. 일반인도 아닌 경찰이, 그것도 권총으로 무장까지 한 경찰관 두 명이 처참하게 죽어 있는 모습이 온나라 사람들을 경악케 했다. 그 참혹한 모습이란 전문가들조차 차마 눈뜨고 볼 수 없을 정도였다.

농촌 사람들은 공포에 질려 해가 지기 전부터 서둘러 안으로 문을 꼭꼭 걸어 잠근 채 두문불출 했다. 경찰은 늑대개들과의 전면전을 선포해 놓은 지 오래지만 이렇다 할 단서하나 잡지 못한 채로 답답하고 지루한 시간만 흘러가고 있었다.

엽사들에게 보상금을 지불하면서 늑대개들을 잡아달라고 부탁했지만 근래에는 엽사들조차 고개를 저었다. 그들도 늑대개들이 두려웠기 때문이었다. 실제로 늑대개들을 잡기 위해 숲을 뒤지던 엽사들이 늑대개에게 물려 처참하게 죽은 시체가 발견된 후로 엽사들은 산에 들어가기를 몹시 꺼렸다.

그런데 참 이해할 수 없는 것은 민간인의 발길이 닿지 않는 산골에 위치한 군부대 장병들이 늑대개들에게 공격 받았다는 보도는 단 한 건도 없었다. 그런 소문이 사람들의 입에서 입으로 은연 중에 전해지기 시작했는데, 그래서 그런지 언제부턴가 등산객들은 울긋불긋 화려한 등산복 대신에 얼룩무늬의 군복차림이 유행할 정도였다.

"뭐, 우연의 일치겠지. 군복을 입었다해서 늑대개들이 공격을 안한다 니, 말이 되는 소리를 해야지."

하지만 디먼의 생각은 달랐다. 디먼의 머릿속에는 그 옛날 군견 훈련소에서 백산이 형과 함께 뛰어놀며 행복했던 기억이 뇌리 속에 여전히 지워지지 않고 있었다. 디먼은 군복을 입은 병사들만 보면 백산이 형이 그리워 가슴이 불에 데인 듯 쓰리고 아렸다.

"그 시절이 참 좋았는데 내가 어쩌다 이지경이 되고 말았을까… 백산이 형이 너무 보고싶다… 백산이 형이 보고싶다……."

사람을 물어 죽이는데 대한 죄의식이 늑대개들에게 있을 리 없었다. 디먼과 그 일당들에게 있어서 사람은 해치지 않으면 내가 죽을 수밖에 없다는 본능적 피해의식만 있을 뿐이었다. 사람들은 자신들의 아내와 남편 또는 자식들을 잡아다가 무자비하게 학살했다. 그리고 자신의 동족을 토막처리해서 솥에다 끓여서 입으로 가져가는 모습만이 증오스러웠을 뿐이었다.

"인간들이 우리를 꼬여서 잡아 먹을려는 거야……."

이 밤에도 디먼은 억새 풀밭을 내려다보며 학수와 함께 동굴 속에서 잠을 청했다. 녀석은 오늘도 꿈속에서 또 행복했던 군부대시절의 백산이 형과 병사들을 그리워하고 있었다.

철조망으로 둘러싸인 지뢰지역 쪽으로는 사람들이 얼씬도 않기에 동굴은 늑대개들에겐 천혜의 피난처였다.

군부대에서 디먼은 정말 사람보다 더 좋은 대우를 받았었다. 항상 맛있는 식사가 준비되어 있었고, 늘 건강에 이상이 있는지 없는지 자신을 살펴보는 병사들의 손길과 눈길이 여간 따뜻하지 않았었다. 여름에는 시원한 집에서, 겨울에는 따뜻한 집에서 추위를 모르고 살았다. 시키는 대로 폭발물을 잘 찾아내고 말만 잘 들으면 병사들은 잘했다며 가슴에 꼭 껴안아 주곤 했었다. 뭘 좀 잘못했어도 때리거나 학대하는 일이 절대 없었다. 기껏해야 큰소리로 야단 좀 맞을 정도가 고작이었다.

그때 학수가 침낭의 자크를 열고 얼굴을 내밀었다. 오늘따라 나뭇잎 사이로 떨어진 달빛 때문인지 디먼의 눈빛이 유난히 해말끔했다.

"디먼 안 자? 왜 눈을 멀뚱히 뜨고 있지?"

"........."

"디먼, 잠을 충분히 자 두어야 사냥할 힘이 축적되는 거야."

"........."

학수가 그렇게 말하면서 디먼의 머리를 톡톡 두들겨주자 겨우 디먼이 눈을 감고 잠을 청했다. 디먼은 잠결에 학수 자신도 사람이면서 자신에게 사람을 공격하는 훈련을 왜 끊이지 않고 반복하는지 이해할 수 없었다. 숲 속에서 미풍에 실려오는 풀잎 스치는 소리가 끊이지 않고 바스대고 있었다. 학수도 배가 고팠다.

'내일은 마을에 내려가서 먹을 것을 좀 사와야겠군.'

디먼의 배에서도 꼬르륵 소리가 들렸다.

"배가 고프다……."

요즘은 학수가 먹을 것을 준비해 갖고 오지 않는 것이 섭섭했지만 늘 학수와 함께 있어서 좋았다. 그래도 세상에서 자신을 알아주는 인간이란 학수밖에 없다는 위로감이 디먼을 그나마 살맛나게 하는 모양이었다.

'인간들이 모두 다 힘을 합쳐 우리를 잡아 죽이려고 눈이 빨갛게 되어 있지만 학수만큼만은 아니야… 나는 학수를 믿는다. 하지만 자기도 인간이면서 왜 우리에게 사람을 물어뜯는 훈련을 시키는 것일까. 아무리

인간이 싫어도 백산이 형을 닮은 군인 형들은 절대로 건드리지 않을 테야…….'

숲 속의 밤은 풀벌레들의 합창소리로 시끄러웠지만 모처럼 디먼은 학수의 침낭에 턱을 얹어 놓은 채 편안한 기분으로 잠에 떨어졌다. 하지만 꿈 속에서는 여지없이 백산이 형과 함께 마음껏 뛰놀던 억새풀밭이 그림처럼 펼쳐지는 것이었다.

어느 날 경상북도 영주 소백산 기슭에서 송이버섯을 따러갔던 30대 청년의 시체가 처참한 모습으로 발견되었다. 세상은 또 한 번 발칵 뒤집혔다. 하지만 그 청년의 시체에서 늑대개들의 이빨 자욱은 발견할 수 없었다. 전문가들은 그 청년이 멧돼지에게 공격당했다고 잠정 결론지었다. 멧돼지마저 사람을 죽인다는 사실에 사람들은 또 한 번 치를 떨었다.

그렇다고 산을 좋아하는 사람들이 산을 마다할 만큼 짐승을 무서워하지는 않는 모양이었다. 요즘 연일 매스컴을 떠들썩하게 만드는 뉴스는 산을 좋아하는 사람들에게 공포심을 조장하기는 했으나, 그렇다고 경찰조차도 죽으면 죽으리라 식으로 등산을 좋아하는 사람들을 일일이 막을 수는 없는 일이었다.

게다가 산삼을 캐는 심마니나 약초를 캐어 먹고사는 사람들은 산을 오르지 않을 수 없는 일이었다. 입산이 시작되는 초입에서부터, 스피커에서 울려나오는 호소어린 경찰관의 목소리가, 끊임없이 등산객들을 긴장시키고 있었다.

"절대로 해 지기 전에는 하산해야 합니다. 개인행동은 삼가시고 반드시 몽둥이 등을 갖추고 대여섯 명씩 함께 무리를 지어 다니시기 바랍니다. 하지만 늑대개들을 만나면 먼저 공격태세를 취하지 말고 먹을 것을 던져주세요. 그리고 조용한 자세로 하산하시기 바랍니다. 수상한 낌새가 보이면 즉시 휴대폰으로 경찰에 연락해 주시기 바랍니다. 등산객 여러분… 늑대개들은 진짜 늑대가 되었습니다. 시민 여러분, 들개들이 늑대가 되었습니다."

조폭들, 비극의 수렁으로

잡목으로 우거진 훈련장 주변으로 울긋불긋 원색의 단풍이 물들었던 숲이, 늦가을 바람으로 하얗게 빛바래지고 있었다. 쉴새없이 흘러 내리던 물살이 한줄기 옆으로 빠져 조그만 웅덩이에 머문 채로 조는 듯이 쉬고 있었다. 수면 위로 단풍 몇 잎이 떠 있었고 엄지손가락만한 가재 한 마리가 엉금엉금 기어 다니고 있었다.

초여름부터 느닷없이 쳐들어온 늑대개들의 공격으로 혼쭐이 빠졌던 조폭들은 결국 산에서 잘라온 잣나무나 낙엽송을 잘라서 통나무 울타리를 성채처럼 든든하게 둘러치고 살았지만, 그 해 여름을 보내느라 죽을 똥을 쌌다.

전기도 들어오지 않아서 TV는커녕 냉장고도 틀 수도 없고 에어컨은 꿈도 못 꾸었다. 라디오라도 들었으면 세상 돌아가는 실정을 알텐데 그나마 회장님의 명령으로 어림도 없었다.

천연냉장고라고는 해도 계곡물에 담가놓은 부식을 며칠 뒤에 꺼내면 쉬척지근한 냄새가 나서 땅을 파고 묻어버리기 일쑤였다. 여름 내내 온

몸에 돋은 땀띠는 가을이 서늘해지는 데도 가라앉을 줄을 몰랐다. 돌아가는 상황과 맞물린 현실은 실로 답답하기 짝이 없었다.

"아아 쓰으펄!"
"조금만 참자. 이제 곧 날씨가 추원지면 살만할겨."
조폭들은 주먹이 근질근질해서 죽을지경이었다. 어디가서 한바탕 죽기 살기로 붙어보았으면 스트레스가 확 달아날 것 같은데, 훈련기간은 아직도 서너 달 남았으므로 그때까지는 산골짜기에서 꼼짝도 할 수 없는 상황이었다. 그날 밤, 대장은 회장으로부터 전화를 받았다. 몹시 긴장되어 있는 목소리였다.

"예, 통나무로 텐트 주변을 둘러치고 나서는 늑대들의 공격을 쭉 받지 않았습니다."
"세상이 발칵 뒤집혔다."
"예? 무슨 일로 말입니까?"
"여기저기서 늑대들에게 물려 죽은 시체가 발견되고 실종자 수가 자꾸 늘어가고 있다는 거야."
"옛? 그럼 우리를 공격했던 그 늑대들의 짓인가요?"
"틀림없이 그놈들일 것이다."
"하지만 늑대들이 공격해온다 해도 끄떡없을 만큼 튼튼하게 울타리를 쳤습니다."
"지금 늑대들이 문제가 아니고."
"예?'
"군경합동 수색팀이 전국의 숲을 뒤지기 시작했어. 백두대간을 쉴새 없이 오르내리면서 헬기가 숲 속을 샅샅이 뒤지고 있다. 먼 소린지 모르겠냐?"

"........."

"아무래도 안되겠다. 이거여어!'

"그럼……."

"철수해야 겠어."

"옛? 철수요? 훈련이 채 끝나기도 전에 말입니까?"

수화기 속에서 연신 터져나오는 회장의 목소리가 여간 모지락스러운 게 아니었다.

"쌍! 훈련이 문제가 아냣! 경찰에 꼬리가 잡히면 우리 조직은 물론 우리와 의형제를 맺은 일본의 야마구찌 파와 진첸 회장에게도 막대한 피해를 끼치게 된다곳!. 우리에게 돈을 먹은 국회의원 새끼들도 더 이상 우리뒤를 봐줄 수 없게 되었고, 씨발!"

"그렇군요, 회장님."

"철수해!"

"어, 언제 말입니까?"

"내일 당장 철수하라고!"

"울타리 친 통나무는 어떻게 할까요?"

"완전 분해해서 나무는 나무대로 한쪽에 쌓아놓고, 내일 아침 일찍 트럭을 몇 대 보낼테니 트럭에다 나무와 짐을 실어 보내. 그리고 애덜은 조별로 분산시켜서 따로따로 버스나 기차를 타고 서울로 올려보내. 알아 들었냐?"

"알겠습니다."

내일 이곳을 철수한다는 회장님의 명령이 떨어졌다는 말에 조폭들은 일제히 환성을 내질렀다.

"자, 그 동안 고생들 많았다. 오늘밤이 지긋지긋한 산 속을 작별하는 마지막 밤이다."
"대장님, 마지막 밤의 축제를 올려야죠."
"좋았어. 캠프 화이어를 하자. 장작불을 여기저기 지펴 놓으면 짐승들이 덤벼들지 못한다. 실컷 마셔라."
그들은 훈련장 한가운데에 장작더미를 쌓아놓고 불을 지폈다. 불꽃이 하늘 끝으로 빨려 올라가는 듯 했다. 그들은 밤이 깊어가는 줄도 모르고 먹고 마시고 고함지르며 떠들어댔다.

그들이 광흥에 젖어 노는 모습이 어지간히도 부러웠던가, 숲 속에서 그림자처럼 모습을 나타낸 낯선 사나이 하나가 사다리를 타고 통나무 벽을 넘어섰다. 그리고 조그만 쪽문을 살짝 열어 놓은 뒤, 슬며시 그들 사이에 끼어들었다. 하지만 그들은 그 낯선 사나이를 별로 대수롭게 여기지 않는 듯 했다. 이미 술이 머리 꼭지까지 취하도록 인사불성으로 달아오른 탓이었다. 누군가 소주를 식기에 그득하게 부어 그 낯선 사나이에게 내어 밀었다.
"자, 마셔 임마. 이 지긋지긋한 지옥생활도 오늘로 끝이야."
"........."
조폭이 눈을 게슴츠레 뜨고 사나이를 쳐다보며 말했다.
"어? 처음보는 얼굴인데? 누구지?"
사나이는 조폭이 따라준 술잔을 단숨에 비워버렸다. 그리고 말없이 빈그릇을 다시 조폭에게 내어밀고 소주를 따르었다.
조폭이 하회탈처럼 얼굴을 허물어 뜨리며 떠들었다.
"흐흐흐! 아무려면 어떠냐. 오늘밤이 마지막인데, 좋았어. 자빠지게 마시는 거야 크하하핫!"

".........."

그러나 비록 취중이긴 했지만 역시 대장의 눈빛은 다른 조폭들과는 달랐다. 무심코 낯선 사나이쪽을 쳐다본 대장이 술잔을 들다말고 미간을 잔뜩 찌푸린 채로 사나이에게로 비틀거리며 다가섰다.

".........."

"넌… 누, 누구지? 몇 조냐?"

".........."

대장도 오늘은 술이 많이 취해 있는 터라 사나이를 쉽게 식별하기가 힘들었던 모양이었다.

"누… 누구냐고 묻지 않어 임마, 아, 이름이 뭐냐구."

사나이가 그런 대장의 얼굴을 똑바로 쳐다보며 씨익 웃었다.

"술이나 마시지 이름은 왜 자꾸 묻습니까?"

"……!"

대장이 사나이의 얼굴을 뚫어지듯 쏘아보았다. 순간 그는 머리에 찬물을 끼 얹은 듯 정신이 번쩍 드는 모양이었다.

"이, 이 새끼가 못 보던 놈잇!"

".........."

누군가 그런 대장이 수상한 듯 물었다.

"대, 대장님 왜 그러시죠? 취했습니까?"

대장이 사나이의 멱살을 와락 끌어잡았다.

"수상한 놈이닷! 이 새끼가 수, 수상한 놈이얏!"

"옛? 뭐, 뭐라구요?"

"이 새끼를 잡아랏!"

또 누군가가 불만을 터뜨렸다.

"쓰펄, 모처럼 기분좀 푸는데 대장이 꼭지가 확 돌아부렀네 쓰펄!"

그때였다. 시커먼 물체가 쏜살같이 날아오더니 사나이의 멱살을 잡은 대장의 목덜미를 물고 늘어졌다. 그 모습은 지옥의 악귀들조차 소름끼칠 만큼 잔혹하고 처참했다.

"아아악!"

대장의 목살이 쫙 찢겨졌다. 살집이 피를 뚝뚝 떨어뜨리며 검은 짐승의 이빨에 매달려 있었다. 그러자 수를 헤아릴 수 없을 만큼 피에 굶주린 늑대개들이 조폭들에게 벌떼처럼 달려들기 시작했다. 술취한 조폭들이 처참한 모습으로 죽어갔다.

순식간에 아비규환의 생지옥이 연출되었고, 캠프 파이어 주변에 핏물이 흥건하게 고이기 시작했다. 모처럼 늑대개들은 조폭들이 먹다남은 고기로 배를 불렸다. 얼마쯤 뒤에 주위가 잠잠해지자 사나이가 나지막한 목소리로 말했다.

"디먼! 그만 가자. 모두들 배가 불룩하도록 먹은 모양이다."

곧 사나이는 늑대개들과 함께 컴컴한 숲 속으로 바람처럼 사라졌다.

그날 밤 읍내 파출소에서 야간근무를 하고 있던 장민철은 누군가 피투성이로 파출소 문을 밀치고 쏟아지듯 들이닥치는 바람에 심장이 멈추어 버리는 느낌이었다. 사나이는 파출소 바닥에 벌렁 자빠진 채로 금방이라도 숨이 넘어갈 듯 헐떡거렸다.

"사, 살려줘요……."

"이봐욧! 어떻게 된 거욧!"

혈투

이튿날, 세상은 또 발칵 뒤집혔다. 조폭들이 아무도 발견할 수 없는 비밀스런 산 속 깊은 곳에서 지옥훈련을 받고 있었다는 사실에 사람들은 경악했다. 뿐만아니라 늑대개 무리들에게 처참하게 물어뜯긴 시체들이 널부러져 있는 모습에 사람들은 벌어진 입을 다물지 못했다.

걸레처럼 너덜너덜한 모습으로 응급실에 실려온 조폭들 중 살아남은 사람은 너댓 명에 불과했지만 그 너댓 명마저도 끝까지 살아날 수 있을지 의문이었다. 그들이 살아나야 사건의 실마리가 잡힐지 모르지만, 그렇더라도 살인과 폭력이 전문인 조폭들마저, 늑대개 떼들에게 속수무책으로 당했다는 사실에 사람들은 공포에 떨었다.

민혁은 밤이 늦어서야 외출에서 돌아오며 혼자 중얼거렸다.
"대체 어떻게 이런 일이 일어 날 수 있단말인가… 인류 역사를 통틀어 봐도 짐승의 떼가 이렇게 몰려다니며 집단으로 사람을 목표로 공격한 예가 있기나 한 걸까……."

군경수사관을 총 동원해 산 속을 뒤집어 봤자 별수 없는 일이었다. 전쟁보다 무서운 재앙이 시작되었다고 국민들은 치를 떨었다.

"산꼭대기까지라도 뒤져서 일일이 사살하는 수밖에 방법이 없다니… 개 사육장을 도망쳐 나온 개들이 갈 곳은 인적이 없는 숲 속이 최고의 피난처일테니 산에 가기가 무섭다……."

이윽고 뜨문뜨문 엎드려 있는 민가의 불빛이 보였고, 민혁이네 집으로 들어가는 도로에 접어들자 저만치서 후레쉬 불빛이 빙글빙글 원을 그리고 있었다. 수정이 마중 나와 있는 모양이었다. 곧 자동차의 불빛 속에서 수정이 뚱과 함께 서서 활짝 웃고 있었다. 어느 새 수정의 배가 눈에 띄게 불러 있었다. 임신하고부터 수정은 잡지사에 아예 사직서를 내고 집에서 살림만 하고 있는 중이었다.

수정이 승용차 속으로 쏙 들어오자 뚱이 밖에서 길길이 뛰며 승용차를 발로 마구 밀쳐댔다. 덩치답지 않게 별 오두방정을 다 떨면서 난리법석을 쳤다. 덩치가 어찌나 크고 힘이 센지 자동차가 흔들거릴 지경이었다.

마당에 차를 세워놓고 차에서 내리자마자 민혁이 뚱의 목을 껴안고 잔디밭에서 한바탕 뒹굴었다. 뚱은 민혁이 다치지 않도록 조심하며 민혁의 등을 안마하듯 마구 짓밟았다. 그리고 커다란 혓바닥으로 민혁의 얼굴을 마구 핥아대었지만 민혁은 조금도 싫은 기색없이 뚱의 목을 껴안고 또 한바탕 씨름을 벌였다. 민혁의 힘으로는 도저히 뚱을 당해 낼 수 없자 수정이 뚱을 향해 소리쳤다.

"뚱아, 그만햇!"

그러자 뚱이 수정에게로 뛰어와 수정이 들고 있는 후레쉬를 빼앗아 뼈다귀를 부숴뜨리듯 한 입에 박살을 내고 말았다.

"앗! 뚱, 안돼!"

하지만 이미 후레쉬는 뚱의 입에서 산산히 부서지고 난 뒤였다.

"앗, 저런!"

화가난 수정이 창고 벽에 기대어 놓은 싸리 빗자루를 들고 뚱의 궁둥이를 힘껏 때렸다. 그러자 뚱이 놀란 듯 후다닥 제 집으로 뛰어들어가더니 넙죽이 엎드린 채 수정의 눈치만 살폈다.

"너 후라쉬 망가뜨렸으니까 아침밥 없어. 안 줄 거야?"

뚱은 그렇게 윽박지르듯 말하는 수정의 말에 금새 얌전해졌다. 시골로 이사 오고 난 뒤부터 제일 제 세상 만난 듯 좋아하는 것은 역시 뚱이었다. 서울서처럼 좁아터진 곳이 아니라 마음껏 뛰어놀 수 있는 자연이 있어 뚱은 너무도 행복했다.

"와! 너무도 넓고 공기도 좋고 자유롭다. 역시 우리 민혁형이랑 수정누나가 최고야."

하지만 하루종일 밤낮으로 언제나 자유로운 것만은 아니었다. 민혁이 출근하고 나서 가끔씩 수정이 집을 비울 때는 어김없이 자동차 체인으로 커다란 참나무 기둥에 매어놓고는 머리통만한 자물쇠까지 채워놓고 나갔다. 그것이 조금 불만이긴 했지만 뚱은 그래도 옛날에 비하면 비교도 안될 만큼 자유롭게 살고 있는 셈이었다.

민혁 부부가 시골에 이사와서 제일 먼저 공들였던 것은, 뚱에 대한 훈련이었다. 서점에서 개 훈련 참고서를 사다가 틈나는 대로 열심히 개에 대해 연구하고, 또 일주일에 두 번씩 강습비를 지불하고 여러 날 동안 전문가를 불러다 뚱을 훈련시키며 노력한 끝에, 뚱은 절대로 남이 던져주는 음식은 입에대지 않았다.

낯선 사람이 가까이 다가왔을 때 자신의 몸에 위해를 가하지 않는 한, 절대로 사람을 위협하지 못하도록 하는 훈련도 했고, 그 훈련은 성공적이었다. 뚱은 훈련시킨 대로 아무리 배가 고파도 낯선 사람이 던져주는 먹이는 절대로 입에 대지를 않았다. 또 절대로 사람을 물거나 위협하지 않았다.

산 밑에 외따로 뚝 떨어져 있는 집이라 사람의 발길이 뜸한 곳이었지만 혹 나쁜 의도를 가지고 접근하는 사람을 예방하기 위한 훈련에도 민혁은 많은 노력을 기울였다.

요즘 부쩍 늘어난 멧돼지들의 공격을 막아내기 위한 싸움실력을 익히는 데에도 많은 노력을 귀울였다. 가장 집중적으로 시킨 훈련은 뚱이 잽싸게 몸을 놀려 멧돼지의 불알이나 멱통을 물고 늘어지는 훈련이었다. 이 훈련 역시 특수교육을 받은 전문가를 특별히 초대해서 훈련시키기도 했다.

사실인지는 몰라도 개장수한테는 어떤 개도 쪽을 못 쓴다는 말을 익히 들어왔기 때문에 개도둑을 식별하는 훈련에도 게을리하지 않았다.

실제로 한때 보신탕 집을 운영했던 개장수에게 특별히 부탁해서 개도둑들이 흔히 쓰는 수법으로 뚱에게 접근시켜 보았다. 물론 뚱을 굵은 체인으로 묶어놓은 상태에서 해본 실험이었다. 그때 개장수는 얼굴이 하얗게 질린 채로 도망쳐 나오며 머리를 절래절래 흔들었다.

"개장수 10년에 벼라별 개 다 다루어 보았지만 저렇게 무서운 개는 처음이에요. 아무리 훈련을 시켰다고는 해도 큰일나겠어, 섣불리 다가갔다가는 아휴! 송곳니가 마치 호랑이 이빨 같아요. 저런 개는 절대로 사람들이 다니는 곳엔 데려가면 안됩니다. 대체 어쩔려고 저런 맹수 같은 개를 키우시죠? 조심하셔야 합니다. 저런 놈 한테 물리면 한입에 작 살나요. 아무리 주인이지만 조심하십쇼. 거듭 말하지만 저 놈은 개가 아니라 맹수에 가깝소. 어휴 십년 감수했네."

민혁은 시골로 이사오기로 수정이와 마음을 합한 뒤 곧바로 압구정동에 있는 집을 전세 놓았다. 그 전세금으로 옛날부터 터줏대감처럼 자리를 차지하고 있는 기와집을 현대식으로 재건축해서 쓸 만한 집으로 완전 바꾸어 놓았다. 뿐만아니라 농사짓는 데 필요한 농기구 등을 골고루 구입했다.

그리고 목재소에서 통나무를 직접 사다가 목수와 일꾼들을 붙여 원두막도 지었다. 민혁 부부는 통나무를 예쁘게 잘라 풍의 집을 다섯 평은 족히 될 만큼 예쁘고 넓게 지어서 안에다 볏짚을 푹신하게 깔아 주었다. 풍이 그 안에서 마음껏 뒹굴어도 좁지가 않았다. 민혁과 수정이 둘 다 외출할 때는 풍의 집 옆에 서 있는 굵은 참나무에 묶어놓아야 했다.

철물점에서 파는 쇠줄은 마땅한 것이 없어, 자동차 체인을 구해다가 머리통만한 미제 자물쇠로 채워놓았다. 묶어 놓았을 때 만큼 풍은 주인이 돌아올 때까지 제 집 안에 점잖게 엎드려 하루종일 코를 골며 잠을 잤다.

언젠가 트럭에다 생선 등을 싣고 다니며 파는 아저씨가, 수정에게 은갈치 몇 마리를 팔고나서 구경좀 한다면서 집 주위를 둘러 보았었다.

"참 경치 좋고 조용한 곳에 사시네요."

그때 그 생선장수 아저씨가 무심코 풍의 집을 들여다보다가 그만 기절초풍해서 뒤로 벌렁 나자빠졌었다. 얼굴이 하얗게 질린 채로였다.

"하아니. 사, 사모님. 저, 저게 뭡니까?"

"호호호, 뭐긴요. 강아지죠. 우리 반려견이에요."
"저 개가 귀여워요? 저게 애완견입니까? 하이고오!"
"그런 셈이죠. 남들에겐 무섭게 보일지 모르지만 우리에겐 너무너무 귀여운 강아지에요. 그리고 절대로 사람을 물지 않아요. 게다가 어린아이들을 얼마나 좋아한다구요."

또 언젠가는 동네 이장님이 찾아 왔을 때였다. 수정이네 집에 괴물이 산다는 소문이 먼 동네까지 파다하게 퍼진 터라 이장님이 넌지시 수정에게 말했다.
"어디, 구경좀 할 수 있습니까?"
"얼마든지요."
수정은 이장에게 뚱이 있는 집을 손가락으로 가르켰다. 이장이 뚱의 집으로 가까이 다가갔다. 뚱이 집에서 엉금엉금 기어나와 이장 앞으로 다가서서 이장의 얼굴을 멀뚱한 눈으로 쳐다보고 있었다. 순간 이장이 그 자리에 자석처럼 붙어 선 채로 꼼짝도 않았다. 얼굴이 하얗게 창백해진 채로 다리를 후들후들 떨고 있었다.
"아… 아주머니."
수정이가 달려갔을 때 뚱이 이장의 코앞에 얼굴을 바짝 들이댄 채, 예의 뚱한 표정으로 그를 물끄러미 쳐다보고 있었다. 아마도 그는 뚱이 자신의 머리를 한 입에 박살낼 줄 안 모양이었다. 인상이 하도 험상궂게 생겼으니 그럴 만도 했다.
"사, 사람 살려……."
수정이 뚱의 머리를 툭툭 때리며 집으로 들어가라고 손짓을 하자 뚱이 느릿느릿 제 집으로 들어가 너부죽이 엎드렸다. 사람이 집에 있을 때는 묶어 놓지 않기 때문에 풍은 너무도 자유로웠다.
 그 이후로 이장은 볼일이 있으면 꼭 전화통화로 미리 알려주고 웬만해서는 수정이네 집에 오지를 않았다. 하여튼 수정이네 집에 그런 무서운 괴물이 있다는 소문이 나서 그런지 수정이네 집에는 사람들의 발걸음이 뜸했다. 수정은 그것이 조금은 섭섭하기도 했지만 한편으론 다행스럽기도 했다.
 "공연히 풍을 보고 심장마비라도 일으키면……."

 샤워를 마치고 응접실로 나온 민혁에게 수정이 캔맥주 두 개를 쟁반에 담아 들고 마주 앉았다.
 "오빠, 오늘 유보성 씨한테 전화왔어. 아주 품종이 우수한 풍산개랑 진돗개를 수놈으로만 두 마리 구해놨다구."
 "그래? 데리러 간다고 하지."
 "그랬지. 그리고 이 참에 풍녀석 장가 한번 보내자나?"
 "어디다?"
 "풍만큼은 아니지만 아주 힘상궂게 생긴 암놈을 찾았는데 풍이 좋아할거라면서."
 "하하하, 그래? 풍 장가보낼까? 그런데 암놈도 그렇게 힘상궂게 생겼으면 새끼들은 어떨까?"
 "예쁜 암놈을 구해 달라 했는데 그럼 새끼들이 못생겨서 안된데. 새끼들도 풍을 닮아야 예쁘데. 풍 녀석이 글쎄 요즘도 나한테 대들어서 껍쩍댄다니까?"
 "허어! 그놈 안되겠는데? 그래 장가 한번 보내주자"
 "그리고 유보성 씨가 그러는데 앞으로도 풍을 꼭 묶어놔야 할거래."

"왜?"

"어데선가 암내가 날아오면 뚱이 그 암내를 찾아 집을 나갈 수도 있대나?"

"그럼 뚱의 집 주위로 튼튼한 철망을 높이 쳐놔야겠군."

그리고 민혁은 불룩해진 수정의 배를 손바닥으로 조심스럽게 쓰다듬었다.

"아들일까, 딸일까, 참 궁금하다."

"그리도 궁금해? 병원에 가서 CT 촬영해 볼까?"

"아냐. 그만둬. 아들임 어떻구 딸이면 어때?"

"근데 오빠, 오늘 뉴스에 정말 장난 아니데?"

"응, 늑대개들 얘기?"

"대체 왜 그런 늑대개들이 갑자기 온 나라에 숫자가 그렇게 많이 늘어났을까?"

"글세 말야, 놈들 때문에 우리도 비상이 걸렸어. 그런데 도대체 방법이 없잖아. 전국의 산이란 산은 이 잡듯 뒤져야 할 판이니, 그 노릇을 어떻게 하냐 말이지. 군인은 나라를 지켜야지, 허구한날 늑대개들을 잡는 데만 총동원 시킬 수도 없잖아.

그런데 군 수사기관을 통해서 주목할 만한 정보가 입수되었는데, 경기도 철원에 있는 군부대에서 뚜껑을 열어놓은 잔반통을 뒤져 음식물을 훔쳐먹는 개들을 보았다는 병사들의 말을 믿고, 그 쪽을 물샘틈없이 수색했지만 늑대개들의 흔적도 찾을 수 없었다는군. 나날이 늘어나는 흉악범 때문에 경찰 인력도 부족한데 경찰을 총동원해 시도때도 없이 산 속을 뒤지기도 그렇고 참 난감한 노릇이야."

"요즘들어 농촌에 멧돼지 떼가 나타나서 농작물이나 사람을 해치기도 한담서?"

"멧돼지 천지야. 웬만한 산엔 멧돼지가 다 설치고 다니면서 산소도 파헤치고 농작물을 죄 못 쓰게 만들고……."

"어떡해"

"엊그젠 골프장에 멧돼지가 나타나서 결국 사살되었지. 우리집 뒷산에도 멧돼지가 많아."

"무섭다, 오빠."

"머잖아 이 일대가 온통 아파트들이 우후죽순처럼 들어설텐데 뭘. 하긴 요즘엔 서울 시내에도 멧돼지가 나타나서 사람들이 공포에 떨고 있지."

"우리 땅에도 아파트가 들어온다구? 모처럼 공기 좋은 곳에서 살려고 왔는데."

"다행히 우리 땅을 포함해서 동북쪽으로는 모두 개발대상에서 제외되었어. 걱정마 우리 땅은 녹지지역이야. 게다가 우린 이 땅을 팔 일이 없잖아."

"정말 그래야지. 우리 아이들은 강아지랑 닭들과 함께 흙냄새를 맡으며 키워야지. 오빠, 뚱한테 마차를 끌게 해서 우리 애기 태우고 다니자. 아빠가 그러셨어. 아이들은 흙냄새를 맡고 자연과 더불어 자라야 건강하고 세상을 보는 눈이 착하고 긍적적이 된데."

그런 며칠 뒤었다. 새벽 2시쯤이나 되었을 때, 말로만 듣던 한 마리의 멧돼지가 민혁이네 집 뒷산에서 우드득 우드득 잡목가지를 부러뜨리며 나타났다. 엄청나게 큰 수놈 멧돼지였다. 놈은 어슬렁거리며 집근처로 다가왔다. 그리고 잠시 주위를 살핀 뒤 안심한 듯 닭장 옆에 있는 조그만 창고에 쌓아둔 닭사료 푸대를 주둥이로 툭 터뜨리고는 사료를 맛있게 먹어치우기 시작했다.

어느 순간, 놈은 낌새가 수상하다 싶었던지 휙 몸을 돌렸다. 거기에 뚱이 이빨을 하얗게 까뒤집은 채로 무서운 눈빛으로 자신을 노려보고 있는 것을 발견했다. 멧돼지는 펄쩍 뛸듯이 놀랐다.

곧이어 멧돼지는 뚱을 단숨에 받아칠 자세로 앞발로 땅을 몇 번 긁어댔다. 멧돼지가 뚱을 향해 폭풍처럼 돌진했다. 순간 뚱의 몸이 멧돼지의 머리 위로 비상했다. 성질이 난폭한 멧돼지가 머리끝까지 화가 난 듯, 다시 몸을 돌려 탱크처럼 뚱에게로 돌진했다.

또 한 번 뚱의 몸이 멧돼지의 머리 위로 날았다. 그리고 땅에 떨어지자마자 몸을 휙 돌리면서 몸을 바짝 낮추었다. 그리고 재빨리 옆으로 몸을 피하며 커다란 송곳니로 멧돼지의 허벅지를 쫙 찢어버렸다. 굉장한 입심이었다. 멧돼지가 비명을 지르며 다시 몸을 돌려 뚱을 향해 쳐들어갔다.

뚱이 이번에는 멧돼지의 등에 찰싹 떨어지자마자 뒷덜미에 이빨을 꽂았다. 멧돼지가 몸부림치자 뚱이 저만치 나가 떨어졌으나 금방 몸을 돌려 멧돼지의 다른 쪽 허벅지를 또 한 번 쫙 찢어버렸다. 멧돼지가 죽을 듯이 비명을 지르며 몸을 휙 비틀어 뚱의 배를 냅다 들이받았다. 뚱이 저만치 날아가더니 닭장이 왕창 박살이 나버렸다. 놀란 닭들이 꼬꼬댁대며 사방으로 흩어졌다.

"오빠! 무슨 소리야?"
"뭐? 뭐가?"
"밖에서 무슨 난리가 났어."

수정은 처녀적에는 한번 잠들면 웬만해선 잠에서 깨는 일이 없는 잠꾸러기였다. 하지만 차츰 세상살이에 몰두하다보니 잠귀가 밝은 건 민혁보다 나았다.

"뭐라구?"

"오빠, 어서 외등을 켜봐!"

민혁이 그러는 수정의 팔목을 꽉 붙잡았다.

"수정아! 가만 있어! 뚱이 누군가와 싸우고 있다. 외등을 켤게, 하지만 절대 나가면 안돼!"

두 사람이 재빨리 창문 쪽으로 달려갔다. 아! 놀라운 장면을 목격하고 두 사람은 벌어진 입을 다물 줄을 몰랐다. 뚱이 멧돼지와 처절한 사투를 벌이고 있었다. 하지만 밖으로 뚱을 응원하러 뛰어 나간다는 것은 이만저만 위험한 것이 아니었다. 성난 멧돼지한테 들이받히기라도 하면 목숨도 장담할 수 없기 때문이었다. 수정이 비명을 지르며 창 밖으로 목을 내밀고 뚱을 응원했다.

"뚱아! 뚱아! 조심해, 힘내서 이겨!"

민혁도 목청을 있는 대로 높여 뚱을 응원했다. 뚱이 민혁과 수정의 목소리를 들었는지 다시 날렵하게 몸을 날려 멧돼지의 등에 올라탔다. 그리고 또다시 멧돼지의 귓볼에 이빨을 꽂고 맹렬하게 흔들어 대었다.

멧돼지의 비명소리가 밤의 정적을 송두리째 찢어 놓고 있었다. 멧돼지가 또다시 힘껏 뚱을 뿌리쳤다. 뚱이 또 저만치 나가 떨어졌다.

"앗! 뚱앗! 일어낫! 뚱앗!"

뚱과 멧돼지의 싸움은 꽤 오랫동안 처절하게 이어졌다.

뚱이 이번엔 저돌적으로 멧돼지를 향해 정면으로 돌진했다. 멧돼지도 정면으로 똥을 향해 돌진했다. 순간 똥이 재빨리 옆으로 몸을 눕히면서 날쌔게 멧돼지의 불알을 물고 매달렸다.

저런 싸움 수법은 아프리카 밀림에서 사자나 표범 따위의 동물들이 사냥할 때 써 먹는 기술이었다. 멧돼지의 불알을 물고 있는 똥의 악력이 엄청났다. 멧돼지의 비명이 너무도 처절했다. 드디어 힘이 빠진 듯 멧돼지가 비틀거리기 시작했다. 수정이 소리쳤다.

"똥아! 조금만 더 힘내. 쓰러진다 쓰러진다. 똥아 힘냇!"

멧돼지의 육중한 몸뚱이가 땅바닥에 쿵하고 나자빠졌다. 그제서야 민혁과 수정이 현관문을 박차고 마당으로 달려나갔다. 똥의 입에서 핏물이 비누거품처럼 풀석이고 있었다. 이윽고 멧돼지의 숨이 끊어진 듯 조용해졌다. 똥의 입 언저리는 멧돼지의 피로 낭자했다. 수정이 눈물을 글썽이며 똥의 목을 껴안았다.

"똥아! 잘했어. 어디 다친 데 없니?"

똥이 멧돼지와의 싸움으로 몹시 더웠던지 혀를 길게 빼물고 숨을 헐떡이고 있었다. 큰 싸움이 벌어진 후인데도 똥의 모습은 자약하기만 했다. 똥은 곧 아무일도 없었다는 듯이 땅에 엉덩이를 털썩 붙이고 앉아 연신 몸에 묻은 멧돼지의 피를 핥고 있었다.

그 모습을 보고 있던 민혁의 입에서 자신도 모르게 탄성이 터져 나왔다.

"아! 똥아……."

늑대개들 중에 사람이

그 밤을 꼬박 새우고 나서, 날이 밝자마자 민혁부부가 뛰다시피 마당으로 나갔다. 엄청나게 큰 멧돼지가 부서진 닭장 앞에 꼼짝도 않고 죽어 넘어져 있었다. 닭들이 난데없이 나타난 멧돼지의 죽은 모습이 몹시 수상했던지 주위를 빙글빙글 돌면서 의아해 하고 있었다.

뚱의 이빨에 찢겨진 멧돼지의 상처가 처참했다. 목덜미에 뚫린 뚱의 이빨 자국에 어른 엄지손가락도 쑥쑥 들어갈까 싶었다. 두 사람은 재빨리 뚱의 집으로 달려가 보았다.

"드르렁… 드르렁……."
"………."

뚱은 몹시 피곤한 듯 잠에 떨어져 코를 골고 있었다. 민혁은 속으로 감탄했다.

'엊그제 뉴스에 호랑이 사냥을 한다는 러시아 산 라이카 사냥개 대여섯 마리가 대들었어도 멧돼지 한 마리를 당하지 못했는데… 게다가 한 마리는 멧돼지에게 받혀 죽고 말았는데…….'

민혁은 갑자기 뚱이 얼마나 자랑스러운지 몰랐다. 수정이 코를 골고 있는 뚱의 머리를 쓰다듬었다. 뚱이 잠깐 눈을 떴지만 귀찮은 듯 이내 다시 코를 골기 시작했다.

얼마 후 민혁의 전화를 받은 이장이 동네사람 몇 명을 태우고 민혁네 마당으로 들어섰다. 사람들이 죽어 넘어져 있는 멧돼지를 보고 벌어진 입을 쉬 다물지 못했다. 이장이 말했다.

"아니, 이 멧돼지가 저 개한테 물려죽은 게 맞아요? 어쨌거나 동네사람 다 모아 멧돼지 바베큐를 하게 됐네. 야. 대제 어찌 이런 일이……."

그날 수정은 하루종일 흥분을 감추지 못하고 친구들과 잡지사에 전화를 해서 뚱자랑을 늘어 놓았고, 엄마에게도 입에 침이 마르도록 뚱의 자랑을 늘어 놓았다. 하지만 엄마는 아무래도 마음이 놓이지 않는 모양이었다.

"수정아, 멧돼지가 다 내려오다니. 불안하네. 서울로 다시 와야 할 것 같다. 게다가 요즘 산에서 늑대개들이 나타나 사람들을 마구 물어 죽인다는데……."

"엄마, 여긴 서울이나 별다름없어… 곧 우리집 주위로 아파트 단지가 들어선다는데 뭐. 여기가 사통팔달로 길이 뚫리고 신도시가 들어선데. 다행히 우리 땅은 수용이 안되고 녹지로 묶이게 되었다니 얼마나 좋아요. 뚱에게 마차를 끌도록 훈련시켜서 아빠엄마 태우고 돌아다니게 해 줄 게 엄마."

"뭐라구? 뚱에게 마차를 끌게 한다고? 차아암. 별일을 다하는구만, 이젠."

"엄마, 이장님한테 부탁했어."

"뭘?"

"내년엔 내가 직접 농사를 짓게끔 트랙터로 밭을 갈아달라구. 그래서 상추랑, 고추랑, 도마토랑, 가지랑 채소들을 다 심을 거야. 돼지도 한 마리 기를 거야. 새끼 돼지가 너무도 보고싶어."

"뭐? 돼지를? 네가 어떻게 돼지를 길러?"

"엄마, 옛날 일 생각 안 나? 우리가 시골에 살았었잖아. 아빠가 시골 고등학교에 교사로 다니실 때, 그때 엄마가 돼지도 키우고, 개도 키우고, 텃밭에다 갖가지 채소를 심었잖아. 뒤곁에는 조그맣게 닭장을 짓고 닭도 길렀구."

"그랬었지."

"그때 툇마루에 앉아 아빠랑 함께 옥수수랑 감자를 삶아 먹던 추억이 지금 너무도 생생해. 암탉들은 또 어쩜 그리 알을 잘 낳던지, 숲 속 이 곳 저곳에다 알을 낳으면 그 알을 찾는 재미가 또 얼마나 재미있던지… 그리고 서울서 모처럼 손님이 오시면 씨암탉을 잡았었는데, 지금 곰곰이 생각해보니 그분이 바로 민혁오빠 아버님였어. 그쵸?"

"그래, 강군 아버지였지."

"그때 나도 그 닭 먹었었는데 어찌나 맛있었던지. 지금은 그런 닭 먹기 힘들어. 그래서 나도 여기에 닭을 몇 마리 기르고 있거든? 아빠 엄마 오시면 잡아드릴 거야."

"몇 마리나 키우니?"

"한 30마리쯤. 게다가 엄마가 까만 돼지를 한 마리 키웠는데 그 돼지가 새끼를 열 마리나 낳았는데 얼마나 귀엽던지."

"돼지 기르긴 정말 힘들었어. 요즘처럼 사료를 먹여 키우는 게 아니고 쌀뜨물에다 이것저것 음식 찌꺼기 등을 섞어 먹였지. 그 돼지가 낳은 새끼를 팔아서 너 중학교 들어갔을 때 교복이랑 책 등 심지어는 네 용돈까지도 주었었잖아."

"그래서 말인데, 난 시골이 너무 좋아 엄마. 게다가 이렇게 좋은 땅을 물려주신 민혁오빠 부모님이 너무도 고맙잖아."

"강 서방도 좋대, 시골생활이?"

"그럼. 오빤 나보다 더 좋아하지. 그리고 앞으로 어찌될는지는 모르지만 의정부지청에 발령나면 승용차로 30분 거리잖아. 엄마, 나 민혁오빠랑 시골에 사는 게 너무 행복해."

"좋은 대학까지 나와서 유명 잡지사에서 기자 생활하던 그 좋은 실력은 다 묻어버리구?"

"엄마, 작가가 되기로 마음 먹었거든. 나 작품 쓸 거야. 작가가 되겠단 말이지. 애기 길러가면서 틈나는 대로 글을 쓰겠다, 이 말씀이유, 엄마."

"뭐, 먹고 싶은 것은 없니? 병원에 자주 들러서 진찰 받아봐, 애기가 탈없이 잘 크나."

"아주 건강하게 잘 크고 있으니까 염려 말아요."

"애기가 뱃속에서 건강하게 자라도록 좋은 음악을 항상 들려줘. 은혜스러운 찬송가 같은 음악 말이다. 그나저나 너희들 시골로 이사한 뒤로 교회에 나가는 거야? 사람의 영혼은 엄마의 뱃속에서부터 성숙되는 거야."

"엄마 요오기, 우리 집에서 조금 떨어진 시골마을 언덕에 조그만 교회가 하나 있는데 너무 예뻐. 민혁오빠랑 다음 주일부터 그 교회 나가기로 했어. 숲 속에 지은 조그만 시골교흰데 너무 좋아 보여. 그 교회 나가기로 했으니 이제 염려마사이다. 민혁오빠도 이젠 하나님 은혜를 깨달은 것 같은 느낌이 들어."

"그것참 듣던 중 반가운 소리네."

"그리고 엄마, 우리 곧 풍산개 강아지랑, 진돗개 강아지도 데려다 놓을거야. 얼마나 예쁠까. 돼지도 한 마리 사서 옛날에 엄마가 기르던 식으로 기를테야."

"아이구우! 글쎄, 돼지는 힘들어 안돼."

"할 수 있구, 하고 싶어서 그래. 나 동물 이야기도 쓰고 싶거든. 거위도 사 놓고, 오리도 사 놓을건데? 순한 동물은 모두 모두 구해다 기를테야. 나아가서 송아지도 한 마리 사서 길러야겠어. 언젠가 한참 센세이션 크게 일으켰던 워낭소리 영화보고 나도 이 다음에 저런 소를 한 마리 꼭 키워야겠다고 생각했어."

"아예 동물원을 만들지 그래?"

"그리고 엄마 이 땅에 대한 민혁오빠의 꿈이 있어."

"뭔데?"

"언젠가 마음이 맞는 사람들과 힘을 모아 탈북청소년들의 보금자리를 짓고 장애인들이랑, 가족을 잃고 외롭게 사는 여인들, 독거노인들 그리고 고아들도 데려다가 함께 어울려 사는 종합복지원을 짓고 싶어해. 그리고 그런 힘없는 사람들 편에 서서 싸우는 법조인이 되고 싶어해. 탈북청소년들을 훌륭하게 키워서 통일대한민국이 꼭 필요로 하는 훌륭한 인재를 많이 양성하겠다네."

"그래? 강군이 그런 꿈을 꿔?"

"사실은 엄마, 민혁오빠가 근래에는 말을 아껴서 그렇지 몇 해 전부터 땅만 있으면 그런 일을 하고 싶다고 노래를 부르다시피 했거든."

"아무튼 강군이 박애정신이 많은 청년이라고 아빠가 늘 기대를 하고 있었긴 했지."

수정이와의 전화를 끊고난 수정엄마는 과일을 소반에 담아 2층 서재로 향했다.
　"들어가도 돼요?"
　"응, 들어와. 다 끝났어."
　아내가 갖고온 과일을 포크로 찍어 입으로 가져가며 차 박사가 물었다.
　"수정이랑 무슨 얘기 했어?"
　"어떻게 알았어요. 보지도 않구서."
　"잠깐 응접실에 내려 갈까 하고 문을 열자마자 자네가 심각한 얼굴로 전화하는 걸 보고 도로 들어왔지. 그래 수정이랑 무슨 얘길했어?"
　"아니, 글쎄, 수정이네 집에 커다란 멧돼지가 내려왔대요."
　차 박사가 과일을 입에 가져가다 말고 눈이 휘둥그레졌다.
　"뭐? 멧돼지가? 그래서 별일 없었대?"
　"수정이네 집에 있는 그 괴물 같은 개 말이에요. 똥말이에요."
　"그래, 똥이 어찌 됐는데? 멧돼지한테 받혀 다쳤대?"
　"그게 아니라, 되레 똥이 멧돼지랑 싸워서 멧돼지가 죽었대요."
　"뭐야? 야! 그놈 얼굴값 하는구만. 그래 똥은 다친 데 없대?"
　"똥은 멀쩡하대요."
　"야! 기자들이 알면 특종감이네."
　"그렇잖아도 다니던 잡지사에 똥 얘기를 했더니, 사진 찍어서 기사화 한다고 내일 일찍 기자들이 들이닥치겠다는 걸 강 서방이 극구 반대한대요. 똥이 세상에 알려지면 허구한날 똥을 보겠다고 밀려드는 사람을 무슨 수로 감당하겠느냐는 거죠. 그래서 사정사정해서 기자들을 만류했대요."
　"허긴 강 서방 말이 일리가 있군. 야! 똥, 그놈 참 대단한 놈이네!"

"뚱도 덩치가 큰 송아지만 하잖우. 그런데 그 뚱보다 훨씬 큰 멧돼지래요. 그것도 수놈이니 얼마나 사납겠어요."

"야! 정말 대단하군. 그놈. 믿어지지가 않네. 이담에 갈 때 쇠고기 몇 근 사다줘야겠어."

"수정인 아예 시골에 틀어박혀 살 작정이에요. 작가가 되겠다네요?"

"그래? 괜찮지, 수정인 작가가 될 소질이 충분히 있으니까."

"개도 몇 마리 더 사고, 거위도 사고, 돼지도 기르고, 소도 기르고, 오리도 사고 농사도 짓겠다네요?"

"조오치! 하지만 동물들 기르고 농사짓는 게 어디 쉬워?"

"그건 그렇고, 요즘 항간에 떠들썩한 늑대개들이 수정이네 마을을 덮칠까봐 걱정이에요. 시도때도 없이 아무곳에나 나타나서 사람을 물어 죽인대잖아요."

"도시가 바로 눈앞인데 늑대개들이 거기까지야 오겠어? 하지만 정말 큰일이네. 그 놈들을 하루빨리 잡아야 하는데. 대체 어디에 숨어 있는지 잡을 도리가 없잖아. 게다가 시간이 지날수록 숫자도 점점 늘어날텐데 말이지."

그런 일이 있은 며칠 뒤 사람들은 TV를 틀어놓고 뉴스에 눈과 귀를 집중했다. 뉴스의 초점은 간신히 살아남은 조폭에게 집중되어 있었다. 기자들이 조폭의 입에 마이크를 갖다대고 따지듯 물었다.

"거기서 뭐하고들 있었습니까?"

"........."

"늑대들이 분명합니까?"

"아닙니다. 분명 생김생김과 색깔이 모두 틀리는 개떼들이었습니다."

"몇 마리나 됩니까?"

"얼핏 백여 마리쯤 되어 보였습니다."

"사람을 뜯어먹습니까?"

"뜯어먹지는 않습니다. 사람을 물어 죽이는 게 목적인 것 같았어요. 벌써 여러 번째 당했고, 전번에도 공격을 받아서 여러 명 죽었습니다."

"대체 거기서 여러 사람이 모여서 무슨 일을 한 겁니까?"

"………"

"대답 못할 사연이라도 있습니까?"

"………"

"들개인지 늑대인지 잡을 방법은 없을까요?"

인터뷰를 하던 조폭이 겁에 질린 얼굴로 고개를 설레설레 흔들었다. "불가능해요. 못 잡아요. 바람처럼 나타났다가 바람처럼 사라졌어요. 무조건 산에 들어가지 않는 게 그나마 살아남는 최상의 길입니다. 그런데……."

"예? 그런데 뭡니까?"

"사… 사람이 있었어요"

"에? 사람이 있었다뇨? 당신들 아닌 또 다른 사람이 있었단 말입니까?"

"우리는 그때 모두 술에 취해 있었는데 처음 본 얼굴이 우리 중에 끼어 있었어요."

기자들의 눈빛이 예민하게 반짝이기 시작했다.

"그 사람의 인상착의를 기억할 수 있습니까?"

조폭이 이맛살을 찌푸리며 절래절래 고개를 저었다.

"밤이었고… 캠프화이어 불빛에 비춰진 얼굴이라… 잘 기억이 안나요. 그 이상은 모르겠어요."

"분명 당신들 동료가 아니었습니까?"

"대장이 그 사람의 멱살을 움켜쥐고 뭐라고 소리를 지르는 순간 개들이 한꺼번에 달려들었어요."

"그 사람은 물리지 않았나요?"

"내가 알기로 그 낯선 사람은 멀쩡했어요. 늑대개들이 그 사람을 물기는커녕 그 사람 옆에서 떠나질 않았어요."

늑대개들의 무리 속에 사람이 있었다는 조폭의 이야기는 너무도 충격적이었다. 그렇다면 늑대개들을 몰고 다니는 늑대 인간이 따로 있다는 얘기 아닌가. 펜터지 영화에서나 있음직한 일이 현실에 나타났다는 얘긴데, 그것은 더더욱 사람들을 혼미의 안개 속으로 몰아넣기에 충분했다.

농촌에 사는 사람들은 더더욱 공포의 밤을 숨죽여 보낼 수밖에 없었다. 밤마다 이웃에 마실 가는 발걸음도 뚝 끊겼다. 창문에는 쇠창살이나 튼튼한 덧문을 해 달았고, 현관도 두꺼운 송판으로 튼튼하게 해 달았다.

엽사들은 산을 수색하기엔 힘이 달리는지 굵은 쇠창살로 특수하게 제작된 공간 속에 몸을 숨기고 늑대개들을 유혹했지만 조폭사건 이후로 놈들은 사람들에게 일절 나타나지 않았다. 그리고 답답하고 초초한 시간이 일 년 가까이 지났다. 그 동안 어느 곳에서도 늑대개들에게 공격을 당했다는 사건은 일어나지 않았다.

가끔씩 멧돼지가 내려와 농작물을 해치고 사람을 공격했다는 소식은 있었지만 늑대개들에게 사람이 물려죽는 일은 더 이상 일어나지 않았다. 아마도 늑대개들은 교묘하게 지뢰망을 뚫고 북쪽으로 넘어간 모양이라고 사람들은 추측하기 시작했지만, 그것이야말로 거의 불가능에 가까운 추측이었다.

늑대개들의 출몰이 고자누룩해지자 사람들은 다시 느슨해지기 시작했고, 막혔던 등산로가 조심스럽게 입을 열었다. 농촌 사람들도 겨우 긴장을 늦추고 예전처럼 밤 마실을 가기도 했고, 여전히 두려움은 있었으나 산에 약초를 캐러 간다던가 버섯을 따러 숲을 뒤지기 시작했다. 하지만 멧돼지의 극성에 못 이겨 농사짓는 일을 포기하는 사람들이 많았다.

"멧돼지 등쌀에 농사 못 지어 먹어. 도대체 어떻게 살아야 할지 앞이 캄캄해."

"늑대개들은 다른 나라로 자리를 옮겼나봐, 북쪽으로 넘어간 것이 틀림없겠지?"

"아, 철책선이 38선을 딱 가로막고 군인들이 물샐틈없이 지키는데 이북엘 어떻게 가. 그리고 비무장 지대엔 온통 지뢰밭인데."

"그러게 말이야. 사람도 아닌 짐승들이 지뢰밭을 무슨 수로 피해 갈 수 있겠어."

"놈들이 대체 어디로 사라졌을까. 벌써 늑대개들이 사라진지가 일 년이 가까워 오잖어."

늑대개들 무리 속에 사람이 있었다는 조폭의 증언도 흐지부지 사람들의 기억 속에서 희미해져갔다. 인사불성일 만큼 술에 취한 조폭이 뭘 제대로 보았겠느냐는 것이 일반적인 결론이었다.

그 사건이 터지자마자 조폭두목은 핵심부하 몇 명을 데리고 재빨리 중국의 뒷골목으로 몸을 숨겨버렸다. 그것도 조폭두목에게 돈을 받아 챙긴 유명 정치인들의 비호 아래서였다. 살아남은 조폭 다섯 명 중에 한 명만 남고 모두 죽고 말았다. 늑대개들에게 물어 박질린 상처가 워낙 깊은데다 정신적인 충격또한 측량할 수 없을 만큼 컸기 때문인 듯했다.
 사람은 망각의 동물이라 했던가. 늑대개들에 대한 사람들의 기억이 차츰 빛을 잃어가고 있었다. 하지만 늑대개인지 늑대인지 실체를 보지 않아서 모르겠지만, 살인 짐승들에게 억울하게 목숨을 빼앗긴 희생자들의 한을 풀어주기 위해서라도 짐승들의 실체를 기어이 알아내고야 말겠다고 경찰은 나름대로 여전히 수사의 끈을 늦추고 있지 않았다.
 군부대에서는 취사장 주변에 잔반통을 내다놓고 일부러 뚜껑을 열어 놓아 보았다. 하지만 파리만 들끓었지. 늑대개들은 얼씬도 않았다. 별 수 없이 위생상의 문제로 잔반통 뚜껑을 닫을 수밖에 없었다. 대체 늑대개들은 어디로 잠적한 것일까.
 사람들은 대수롭게 생각지 않았으나 짐승들의 무리 중에 사람이 있었다는 조폭의 증언을 수사기관에서는 결코 허술하게 흘려보내지 않았다.

 그 세월 중에 수정은 아들을 순산했다. 민혁의 기쁨은 말할 것도 없고 차 박사 내외의 기쁨은 더할 나위가 없었다.
 그런 가운데서도 민혁의 머릿속은 늑대개들과 함께 있었다는 남자 생각으로 비몽사몽 중에도 쉴새 없이 머리가 복잡했다. 장차 대한민국의 법질서를 책임져야할 사명감 때문에라도 민혁은 늑대개들 중에 사람이 있었다는 조폭의 증언을 도저히 흘려보낼 수 없는 입장이었다.
 '늑대개들과 함께 있었다는 남자. 그 놈을 반드시 찾아내어야 한다. 일 년이 가깝도록 늑대개들이 사람이나 가축을 해코지 하지 않았다면 놈들은 무엇을 먹고 살까? 고라니나 멧돼지 등을 공격해서 잡아 먹는 것도 한계가 있다. 멧돼지인들 늑대개들에게 호락호락 당하지만은 않을 것이다. 놈들이 먹고살 방법이 달리 없다면 늑대개들에게 먹이를 공급해 주는 자가 반드시 있을 것이다.

  늑대개들이 이 땅을 벗어나 다른 곳으로 이동해 버렸다면 어디로 갔을까? 수십 마리, 어쩌면 백여 마리가 넘을지도 모르는 늑대개들이 지뢰밭을 피해 북쪽으로 넘어갔으리라는 추측은 결코 맞지 않는다.

  철책선을 빈틈없이 지키고 있는 병사들 눈에 띄지 않을 리 만무하고, 온통 지뢰밭인 비무장지대를 단 한 마리의 실수도 없이 무사히 넘어갔을 리도 없다. 늑대이건 늑대개들이건 놈들은 어딘가에서 새로운 범죄를 계획하고 있음에 틀림없다…….'

  민혁은 늑대개들을 조종하는 인간이 반드시 있고, 그가 놈들에게 먹이를 공급해 주고 있다고 굳게 믿었다.

  '전국의 양계장이나 양돈장 등을 일일이 찾아내어 누군가 죽은 닭이나 돼지 등을 수거해 간 흔적을 조사해 봐야겠어… 반드시 늑대개들에게 먹이를 공급해 주는 인간이 있다. 개사료를 대량으로 판매한 경력이 있는 사료집을 철저히 뒤져서라도 반드시 그 살인귀를 잡아내야 해… 늑대개들 중에 사람이 있었다…….'

비극이 벌어진 도시의 밤

　서울의 밤은 돈이 남아돌아 어디에다 써야할지 모를 만큼 흥청망청, 쾌락에 젖어사는 젊은이들로 술집마다 인산인해를 이루고 있었다. 나이트 클럽을 나온 네 명의 남녀는 대기 중인 택시를 잡아타고 어딘가로 향했다. 조금 뒤 그들이 택시를 내린 곳은 단골로 다니던 M모텔 앞이었다. 강남에서는 가장 잘 알려진 최고급 모텔이었다.
　제일 나중에 내린 청년이 청바지 주머니에서 잡히는 대로 돈을 끄집어 내어 택시 기사의 손에 쥐어 주었다. 하지만 그 시간, 한 대의 정체 모를 탑트럭이 모텔에서 조금 떨어진 골목 어귀에 미끄러지듯 멈추어 서는것을 그들은 전혀 눈치채지 못하고 있었다. 청년이 술취한 목소리로 말했다.
　"됐습니까?"
　"아, 예 감사합니다. 앞으로도 계속 이용해 주십시오. 어디든 편하고 안전하게 모셔다 드리겠습니다."
　나이가 50은 훌쩍 넘었을 대머리 택시기사가 명함을 꺼내어 정중하게 아들또래의 청년에게 건네주며 허리를 굽혔다. 청년이 청바지 주머니에 명함을 꾸겨 넣으며 말했다.

"알았어. 알았어. 내 또 부를게."

네 명의 남녀는 비틀거리며 모텔을 들어섰다. 말하자면 네 명의 남녀들은 같은 방에서 즐기려는 모양이었다. 어쨌든 모텔 종업원은 이미 그들과 선약이 되어 있었던 모양 연신 굽신거리며 그들만이 즐겨쓰는 비밀스런 방으로 그들을 안내했다. 순간 시커먼 그림자 둘이 재빨리 현관을 들어와 복도 끝으로 사라지는 것을 종업원은 까맣게 모르고 있었다.

역시 남녀는 각방을 쓰는 게 아니라 두 개의 침대가 나란히 있는 방에서 함께 자기로 뜻을 모은 모양이었다. 방에 들어서자마자 그들은 누가 먼저랄 것도없이 옷을 벗어버리고 침대 속으로 몸을 던졌다.

금새 거친 숨소리가 방 안에 가득히 울려퍼졌다. 방음장치가 워낙 잘 되어 있어서 무슨 짓을 벌여도 외부에 소리가 새어나갈 염려가 없는 완벽한 건물이었다. 순간 출입문을 두드리는 노크 소리에 한 청년이 신경질적으로 소리쳤다.

"아이씨, 뭐야 이거 김새게!"

밖에서 화급한 남자의 목소리가 들렸다.

"큰일났습니다. 빨리 피하셔야겠습니다. 아래 층에서 불이 났어요."

"뭐? 불?"

불이 났다는 소리에 그들은 깨어질 듯 놀라서 침대에서 용수철처럼 뛰어 일어났다. 그리고 옷을 입는둥 마는둥 출입문을 벌컥 열었다. 순간 문을 연 청년이 외마디 비명을 내어 질렀다.

"억!"

출입문 앞에 얼굴에 검은 두건을 쓴 남자가 가죽 장갑을 낀 채, 몸통이 새까만 짐승과 함께, 목석 같은 모습으로 서 있었다. 그가 신고 있는 구둣발에는 비닐 주머니가 질끈 동여 매어져 있었다.

"뭐, 뭐야?"

사나이가 아무런 대답도 없이 방 안으로 성큼 들어서자마자 문을 잠그는 금속성의 소리가 들렸다.

"찰칵!"

순간 네 명의 남녀가 얼어붙은 얼굴로 사나이와 개를 번갈아 쳐다보았다.

얼굴이 희멀끔한 청년이 이빨이 딱딱 마주치는 말투로 말했다.

"왜, 왜 그러는거죠? 돈, 돈이 필요하시면 말씀하세요. 우리가 갖고 있는 현금이랑 신용카드 모두 드릴게요. 절대로 경찰에 알리지 않을께요."

"........."

개는 디먼 다음으로 서열 2위인 '칸'이란 이름으로 무리 중에서 악명 높은 개였다. 칸이 서서히 이빨을 드러내며 낮게 으르렁거리기 시작했다. 한 여자가 털썩 무릎을 꿇고 애걸하기 시작했다.

"앗! 아저씨, 살려 주세요. 살려만 주시면 천만 원, 아니 일억이라도 드릴게요. 우리집 금고에 돈이 엄청 많아요. 절대로 경찰에 알리지 않을게요."

"........."

그때였다. 청년 중 하나가 죽기 아니면 살기라는 듯 의자를 집어 사나이를 향해 던질 태세를 취했다. 순간 '칸'이 총알처럼 날아가 청년의 목에 이빨을 깊숙이 찔렀다. 사람의 목을 공격하는 기술은 디먼에게서 배운 모양이었다.

"으아악!"

청년이 눈을 허옇게 까뒤집고 금새 숨이 끊어졌다. 이미 피맛을 본 칸은 눈이 뒤집힌 모양 에일리언처럼 침을 질질 흘리며 남은 세 명의 얼굴과 목 등을 마구 물어뜯고 있었다. 모텔 방에서 아비규환의 생지옥이 벌어지고 있었다.

오래지 않아 네 명의 남녀는 처참한 모습으로 숨이 끊어져 버렸다. 방 안은 순식간에 네 사람의 시체에서 흘러나온 핏물로 피의 홍수를 이루고 있었다. 사나이가 낮고 음산한 목소리로 말했다.

"칸, 디먼에게 교육을 잘 받았군. 잘했어. 가자 그만."

그리고 사나이는 개를 데리고 비상구를 통해 유유히 사라졌다. 사나이는 이런 구조의 건물에 아주 익숙한 모양이었다. 그도 그럴 것이 사나이는 서울지검 강력계에서 근무했을 당시 불법영업을 일삼는 강남의 비밀술집이나 범인이 숨어 지내는 모텔들을 급습했던 경험이 풍부한 수사관이었다.

일 년여의 침묵을 깨고 세상은 또 한 번 발칵 뒤집히고 말았다. 죽은 네 명의 남녀들은 모두 유명 정치인의 아들이거나 재벌들의 자녀였기 때문에 그 사회적 파장은 더욱 엄청났다. 순식간에 아들과 딸을 잃어버린 그들은 눈이 발칵 뒤집힐 지경이었다. 농촌이나 산에서만 나타났던 늑대가 도심 한가운데 버젓이 나타나서 사람을 물어 죽였으니 기가 막힐 일이었다.

사회지도층 자녀들이 그렇게 흔전만전 돈을 물쓰듯 하면서 난잡하게 굴다가 비명에 죽었다는 사실도, 사람들의 입에서 끊이지 않고 말거리가 되는 모양이었다. 일각에서는 도에 지나치긴 해도 이렇게 무작스레 재깔이는 사람들도 적지 않았다.

"미국 유학에서 잠시 다니러 왔다 그렇게 됐다누만… 정치 재벌들의 자식들이 참 잘 나가긴 잘 나가네!"

"애비들은 국회에서 개판치구, 쫄부놈덜 새끼덜은 끼리끼리 몰려 다니면서 그냥 하루저녁에 천만 원씩 술값으로 날리고, 참 나라가 어찌 될라고 요모양이 되어 가능겨 증말………."

"아니, 국회의원들은 돈이 어디서 그렇게 많이 생겨서 자식들이 돈을 그렇게 물 쓰듯이 펑펑 써?"

막노동판에서 몸동발이 신세가 되어 하루벌어 하루 입에 풀칠하고 사는 사람들 중에는 이렇게 입에 거품을 물고 말하는 이도 있었다.

"잘 죽었어 쓰벌, 잘 나가는 세상이여, 애비 국회의원 놈들은 우리같이 가난한 서민들 주머니 톡톡 긁어갖고, 돈을 물 쓰듯 펑펑 써 대고, 허라는 정치는 안하고 … 국회에서 쌈만 하고 뻑하면 골프채 싸 들고 다른 나라에 가서 달러 마구 퍼 주고……. "

"그 늑대 눔덜이 우리같이 가난하고 빽 없는 사람들은 제발 건드리지 말았으면 쓰겠네."

말이 슬며시 정치쪽으로 꼬리를 틀자 소줏잔을 기울이던 좌석이 금새 난장판이 되기 시작했다.

술집주인 아줌마가 버럭 소리를 내어 질렀다.

"아 그만들 해요! 얼렁 술값들 내구 가요 가! 술 마시러 왔으면 술이나 마실 것이지, 뭔 쓰잘데 없는 소리들 허구 쌈들 허구 난리야, 아 누구장사 망칠라구 작정했어? 가뜩이나 요새 불경기가 밀어닥쳐 갖고 장사가 안되서 죽을 지경인데, 그리고 오늘은 절대 외상 안돼. 현찰 내, 현찰!"

"………"

현찰 내고 술 마시라는 주인 아줌마의 엄포 한마디로 갑자기 홀 안엔 무거운 침묵으로 터질 듯이 답답해졌다. 주인 아줌마가 현찰 내고 술 마시라는 말이 그들에겐 좀쳇일이 아닌 모양이었다.

누군가가 술병을 들어 잔에다 술을 채우고 있었다. 그는 잠깐 창 밖을 향해 초점흐린 눈빛으로 얼굴을 향하고 있더니 금방 소줏잔을 목구멍 속으로 탁 털어 넣는 모습이었다.

돌아선 채 칼도마질을 하는 주인여자의 어깨가 푸르스름한 형광불빛 아래서 초라하게 흔들리고 있었다.

우울증

 이듬해 6월. 민혁이네 집 뒷산에 초록 물감을 쏟아부은 듯 잡목숲이 짙푸르게 무성했다. 그 동안 유보성을 통해서 구입한 혈통이 좋은 풍돌이와 진돌이가 털 색깔이 이드르르한 것이 어느 새 성견이 다 되어 있었다.
 뚱이 첫 장가를 들었던 암놈이 낳은 뚱의 아들 한 마리를 교미값으로 데려왔는데, 며칠 후 민혁이 암놈의 주인을 찾아가 돈을 주고 수놈 한 마리를 더 데려다 놓았다.
 그러니까 뚱을 비롯해서 민혁이네 집에 사는 반려견들은 모두 수놈들뿐이었다. 암놈을 데려다 놓으면 암놈이 발정할 때마다 뚱은 물론이고 다른 녀석들이 서로 제 마누라 삼으려고 머리악을 쓸 것이 염려스러워서였다. 민혁과 수정은 그래서 모두 수놈으로만 키우고 장가를 보낼 때쯤 적당한 암놈을 택해 짝짓기만 시켜주기로 마음을 합한 것이었다. 녀석들이 요즘은 꽤 의젓한 모습으로 뚱과 함께 잔디밭을 뒹굴고 있었다.

 그날 수정이는 신이 났다. 원두막에 모기장을 둘러쳐 놓고 아빠와 엄마를 모셔다 온가족이 모여 바비큐 파티를 열고 있는 중이었다. 날씨가 옛날같지 않아서 숲이 무성한 근방에는 낮에도 날벌레와 모기가 극성이었다. 민혁이 모기향을 피우는 것도 부족하다 싶어 마른 나뭇가지를 한아름 줏어왔다. 그리고 쑥이랑 잡초를 낫으로 베어다 모깃불을 놓았다. 쑥타는 냄새가 매캐한 것이 코끝이 매우 상쾌했다.

집에서 멀찌감치 떨어진 숲 속에 조그맣게 돼지막을 한 칸 지어 놓고 이장한테 부탁해서 점박이 돼지새끼를 한 마리 사다 키웠는데 녀석이 어느 새 임신이 되어 배가 남산만한 채로, 벚나무 아래 누워서 낮잠에 떨어져 있었다. 점박이는 밤에만 스스로 제 집에 들어가 잠을 잤고, 아침부터 해질녘까지 종일토록 산 속을 뒤지고 다녔다.

민혁 부부는 점박이가 새끼를 낳으면 키워서 탈북청소년 단체에 선물할 계산이 서 있었다. 하지만 며칠 전 저녁식사를 마친 민혁부부는 이장한테 부탁해서 점박이가 새끼를 낳으면 모두 팔아달라고 부탁하는 데에 의견을 모았다. 아무래도 요셉이 동생도 곧 세상에 나올텐데 돼지를 여러 마리 키우기에는 너무 힘에 벅찰 것이기 때문이었다.

뚱은 그런 점박이가 처음엔 몹시 야마리없다고 내심 미웠지만 요즘엔 사이가 꽤 가까워졌다. 점박이의 코와 주둥이는 항상 황토 흙으로 범벅이 되어 있었다.

요셉이는 유모차에 누워 새근새근 잠이 들어 있었다. 지난 달 시장에서 사온 고추모와 상추랑 쑥갓, 토마토와 가짓모 등이 텃밭에서 예쁘게 자라고 있었다.

차 박사가 수정이 날라 온 바비큐 갈비를 맛있게 뜯으며 말했다.

"수정이가 이젠 농사꾼 다 된 모양이다, 그래 시골에 사는 게 그리 좋으냐? 힘들다고 생각지 않아?"

"네, 아빠. 전 여기서 사는 게 너무도 행복하고 좋아요. 아빠도 엄마랑 이제 그만 여기 내려오셔서 사는 게 어때요? 공기좋고 지하수가 얼마나 깨끗하고 좋은지 몰라요. 아빠 엄마 건강한 노후를 보내기엔 딱 안성맞춤이에요."

엄마는 사위가 따라주는 술을 한 모금 베어물고 난뒤 말했다.

"아이구, 이 술 어디서 샀어? 무척 맛있구나."

"우리 과에 함께 근무하는 친구 중에 경상도 안동이 고향인 친구가 있는데요. 그 친구가 무형문화재이신 어머니에게 특별히 부탁해서 올려보낸 술인데요, 진짜 약술이에요."

"어쩜 이렇게 술맛이 좋다니? 내가 술을 마실 줄은 몰라도 맛을 볼 줄은 알지."

"3대째 전수받은 기술이랍니다. 술을 빚는 과정이 아주 독특하고 또 남들이 안 쓰는 재료와 노력이 많이 들어간답니다. 그래서 대량 생산이 안 된데요. 절대로 아무나 안 준답니다."

"호오! 그렇게 귀한 술을 우리가 맛보다니, 운좋게 말이지."

"그렇게 맛이 좋다니. 어디 나도 맛좀 볼까?"'

"예, 아버님."

민혁이 항아리에서 조그만 쪽박으로 술을 떠서 차 박사의 잔에 부었다. 차 박사가 한입 맛을 보더니 이내 잔을 비웠다.

"야! 정말 술맛 하나 신선이 마시고도 감탄하겠군."

"아버님, 그 친구에게 부탁해서 한 항아리 보내드릴까요?"

차 박사가 민혁의 말에 손사래를 치며 말했다.

"아냐 됐어. 술이란 아무리 맛이 좋아도 자주 마시면 중독이 되는 거야. 아무리 좋은 술도 사람의 영혼을 맑게 하는 데는 결코 도움이 되지 못하는 거야."

"예, 아버님."

"한잔 두잔 재미로, 심심풀이 삼아 시작된 술이었는데, 어느 새 하마처럼 마시게 된 친구를 본 적이 있었지. 그 친구 결국 술로 일찍 죽었어. 그 친구는 좋은 술이라면 사족을 못쓰고 덤벼들었지. 산삼주에다 사주에다, 무슨 곰쓸개 술에다 좌우지간 몸에 좋다는 술을 다 찾아다니며 마셨지. 요셉이 아빠는 아무리 좋은 술이라도 집에 저장해 두지는 말게."

"예, 아버님. 전 술을 즐기는 편이 아닙니다."

그때 뚱이 식구들을 데리고 원두막 옆으로 다가와 멀뚱한 눈으로 차 박사를 쳐다보고 있었다. 녀석들의 입에서 군침이 뚝뚝 흐르고 있었다. 차 박사가 그 모습을 보고 껄껄 웃으며 말했다.

"허허허, 이 녀석들이 돼지갈비 익는 냄새에 환장들을 한 모양이네."

"하지만 아빠, 지금 아무것도 주면 안되요. 버릇이 나빠지거든요."

"그러냐? 하지만 이 녀석들 표정이 너무 불쌍하지 않니?"

"아빠, 그래도 안돼요. 식사가 다 끝난 뒤에 주기로 준비가 되어 있어요, 아빠."

"그래?"

민혁이 뚱을 향해 낮게 꾸짖었다.

"뚱! 저리 가서 친구들이랑 놀아!"

그러자 뚱이 곧 되돌아서 놀던 자리로 가더니 털썩 배를 깔고 땅에 엎드렸다. 그래도 눈동자는 수정의 손끝을 연신 뱅글뱅글 따라 다니고 있었다. 뚱은 민혁의 말이라면 죽는 시늉도 할 정도였다. 평소엔 민혁보다도 수정을 더 따르는 편이지만 때로는 민혁이 더 좋았다.

수정이는 돼지뼈다귀를 가느다란 것만 골라서 주었지만 가끔씩 민혁이 어른 팔뚝만한 통뼈를 통크게 던져주는 데는 고만 눈물이 팍 쏟아질 지경이었다. 수정이 던져주는 돼지뼈다귀로는 간에 기별도 안 가는 느낌이었다.

"역시 남자가 통이 크단 말이지… 뼈다귀는 역시 씹는 맛이 최고야."

하지만 뚱은 민혁이 던져주는 통뼈를 씹을 때마다 수정이가 참견하는 것이 원망스러웠다.

"민혁오빠, 그렇게 큰 걸 먹다가 뚱 이빨이라도 부러지면 어쩔려구."

그러면서 수정이 물고 있는 통뼈를 빼앗을 낌새라도 보이면 뚱은 어김없이 뼈다귀를 입에 문 채로 제 집 속으로 후다닥 뛰어 들어가 안쪽으로 숨어버렸다. 그리고 통뼈를 어금니 사이에 물고 와락 깨물었다.

"와자작!"

"……!!"

수정은 불안한 얼굴로 뚱의 집 안을 들여다 보며, 말을 듣지 않는 뚱이 염려스러웠다. 하지만 그것도 잠시, 금새 뚱의 집 안은 잠잠해졌.

"그 큰 통뼈를 벌써 다 먹었어?"

"………"

그럴 때마다 민혁이 그녀의 옆에 다가와 씩 웃곤 했다.

"오빠, 그렇게 큰 뼈다귀 자꾸 주지마. 뚱 이빨 망가지면 어떡해… 호랑이도 이빨이 망가지면 똥개만도 못하다는데."

"알았어, 다음부터는 큰뼈다귀를 안 줄께. 걱정마."

풍돌이와 진돌이가 수정이 던져준 돼지뼈다귀를 놓고 머리가 터져라 투구리다가 민혁에게 된통 혼이 난 뒤로부터 엉겨붙어 싸우지는 않았지만, 행여나 자기 뼈다귀를 상대편이 넘보는 낌새라도 보이면 여지없이 으르렁댔다. 그래서 뼈다귀를 줄 때면 공평하게 나누어 주어야 했다.

차 박사는 배가 어지간히 불러왔던지 커피를 마시면서 무언가 깊이 생각에 잠긴 모습이었다. 요즘은 옛날 같지 않아서 5월만 되어도 한 여름처럼 더웠지만 원두막 위를 시커멓게 덮고 있는 밤나무 숲 때문에 민혁이네 원두막은 더할나위 없이 시원했다.
"그런데, 요셉이 아빠."
"예, 아버님."
"그때 그 친군 어떻게 됐지? 학수 말이야."
"예, 학수 말씀이군요."
"요즘도 연락을 주고받긴 해?"
"아닙니다. 아버님, 학수와 연락이 딱 두절된 지 1년도 훨씬 넘었습니다."
"그래? 그때 그 아가씬 어찌됐나 결혼했어?"
"그 아가씨도 통 모릅니다. 그때 그녀의 오빠 유보성 씨가 아버님께 혼쭐이 난 뒤부터는 전혀 소식이 없습니다. 그렇지만 유보성 씨와는 가끔 만납니다."
"그 유보성이라는 친구는 참 사람 됨됨이가 괜찮아 보이던데."
"예, 아버님."
"참 모를 일이야."
"예?"
"학수 말이야. 대체 남들이 그토록 되고 싶어하는 검사 자리를 미련없이 팽개치고 대체 어디로 잠적한 것일까."

"글쎄요, 동문들도 모임이 있을 때마다 학수 얘기로 시끄러울 정도입니다. 학수의 소식을 알아볼 겸 언젠가 학수와 한 방에서 일하던 직원들과 차를 마시면서 자세히 들은 얘긴데, 그들의 말을 들어보면 학수는 범죄수사에는 매우 예리한 관찰력과 두뇌회전이 타를 불허할 만큼 빠르고, 언제나 초정밀의 과학수사를 원칙으로 했는데… 그래서 성과도 많았다고 합니다.

그런데 무슨 이유인지는 몰라도 어느 날부터 우울증이 눈에 띄게 도졌다고 합니다. 통 말이 없고, 직원들과 어울리지도 않았고, 가끔씩 홀로 사무실에 남아서 안주도 없이 깡소주를 몇 병씩이나 마시고 있었다는데요, 그럴 때마다 학수의 책상에는 연필로 그린 개의 그림이 수북했다고 합니다."

"뭐? 개?"

"예, 아버님."

"직원들의 말로는 실종된 등산객들의 시체가 온 몸이 뜯겨진 채로 산에서 발견된 뒤부터 사람을 물어죽이는 짐승들의 정체를 알 길이 없어 몹시 고민하는 것 같았다는……."

"그랬을지도 모르지. 강력계 검사의 입장에서는 살인범이 늑대라는데 몹시 황당하기도 했을 거야."

"예, 아버님. 그리고 친구들의 말에 의하면 학수는 성불구자라는 말도 있었습니다."

"성불구자?"

"예, 성생활 자체가 불가능한… 그 이야기도 직원들의 귀띔으로 이미 동료들 사이에 알려질대로 알려진 모양입니다."

"허어! 이래저래 학수는 결국 사표를 내고 잠적해버린 것인지도 모르겠군."

"뿐만아니라, 친구들의 말에 의하면 학수가 우울증에 더욱 깊이 빠진 것은 무당이었던 그의 어머니의 옛 애인이 매일 찾아와 집에서 살다시피 하는 데에 고민이 많았던 모양입니다. 어머니의 옛 애인은 전직 국회의원 신동일이라는 사람이었습니다."

"응? 신동일? 그 유명했던 정치인이 학수어머니와 그런 사이였나?"

"예, 옛날엔 잘 나가던 국회의원이었는데 기업과 짜고 거액의 정치자금을 엉뚱한 데로 빼어돌린 게 들통나는 바람에 매장 되었지요."

"그래… 그랬었지. 정치판이 매우 시끄러웠지 그 사건 때문에……."

"감옥에서 몇 년 살고 나왔으나 아내는 모 나이트 클럽 지배인과 불륜에 빠져 있었고, 자녀들은 모두 뿔뿔이 흩어져 제 갈길로 가고 소식도 끊겼답니다."

"허어! 늙어서 풍찬노숙할려니 기가 막혔을 테고, 세상 어디에다 의지할 곳 없으니 옛 애인의 집을 찾아왔군… 쯔쯔쯔……."

"학수와 함께 일했던 동료들의 얘기를 들어보면 학수가 우울증의 극에 달했을 때는 어느 누구도 그의 옆에 가려고 하질 않았다고 합니다. 가끔씩 이런 말을 혼자 중얼거렸답니다."

"어떤 말을 말인가."

"인류종말의 징조가 코앞에 다가왔다느니, 하나님의 권위를 빼앗을 강력한 힘이 새로이 나타날 것이라는 둥……."

"허어! 그것 참 이만저만 심각한 과대망상이 아니구만. 그래서?"

"가끔씩 입가에 보일 듯 말 듯 웃음기가 스치고 지나갈 땐 보는 사람들이 온몸에 소름이 끼칠 정도라고 했습니다. 하여튼 학수는 어느 날 갑자기 사표를 제출하고 바람처럼 사라져버렸답니다."

"내 생각인데 아무래도 학수는 뇌과학 치료를 받아야 할 것 같구만. 얼마 전 한국과학기술연구원인 신 박사팀이, 타인의 고통과 공포를 공유하는 능력이 없는 사이코 패스를, 뇌과학으로 치료할 수 있는 방법을 제시했는데, 곧 실용화 될 모양이야. 학수 군은 뇌과학치료를 받아야 해."

음녀의 끝

 어느 날 보영의 까페에 느닷없이 학수가 나타났다. 창백하고 초췌한 얼굴이었다. 보영이 깜짝 놀라며 그를 맞았다
 "야, 학수야. 너 대체 어떻게 된 거야. 그 동안 어디 갔었니? 전번에 내가 했던 말 때문에 섭섭했어? 이 더운 날에 손에 가죽장갑은 왜 들고 다녀?"
 "장사 잘 돼?"
 "응, 그럭저럭."
 "발렌타인 한 잔 줘."
 "어디 갔었어? 말좀 해봐. 속시원히. 그 좋은 직장 팽개치구 대체 어딜 가서 뭘하고 사는 거야?"
 "………"
 보영이 미간을 잔뜩 찡그리며 학수에게 불평을 늘어놓았다.
 "목욕 안해? 네 몸에서 웬 비린내가 지독하게 나니? 생선 비린내는 아닌데."
 "………"

"검사는 진짜 때려친 거야? 그토록 많은 사람들이 부러워하는 검사자격을… 설마 내가 전번 날 했던 말 때문에 충격받아서 검사직 내려 놓은건 아니지? 그냥 홧김에 불쑥 내뱉은 말이었는데 지나쳤다면 사과할께."

"………"

"아예 벙어리 되버리기로 작정했어?"

그제서야 학수가 고개를 들고 보영의 눈을 똑바로 쳐다보았다.

"부탁이 있어."

"부탁? 무슨 부탁? 설마 돈 꿔 달라는 부탁은 아니겠지? 난 절대로 남에게 돈을 빌리지 않기로 결심했고, 또 빌려 주지도 않겠다고 단단히 결심하고 살기로 했어. 돈 문제라면 아예 입도 뻥긋 마."

"오늘밤 나랑 잘 수 없어?"

"뭐, 뭐? 뭐라구 했어. 지금, 너랑 자자구? 호호호…."

"………"

"너 미쳤어? 한 일 년 어디 산 속에라도 틀어박혀 도라도 닦고 나타난 줄 알았더니, 오자마자 대뜸 나랑 자자구? 참 기가막혀!"

"………"

"기분 잡치는 소리 집어치우고 얼른 마시구 술값내구 없어져줘라."

"………"

"왜 그런 눈으로 쳐다보는 거야? 기분 나빠!"

학수가 보영의 눈을 찌르듯이 쏘아보며 물었다.

"왜 나랑 잘 수 없니? 다른 남자들이랑은 잘 자면서."

보영이 그런 학수를 참 한심스럽다는 얼굴로 쳐다보면서 말했다.

"얘, 학수야. 남자도 남자나름 아냐? 아무 남자하고 자는 줄 알았니,

내가?"

"………"

그때 키가 훤칠하게 크고 덩치도 아주 당당하게 생긴 남자가, 잇살을 훤히 드러내 보이면서 학수의 옆자리에 와 앉았다. 그를 보자 보영의 안색이 달을 본 듯 환해졌다.

그는 강남에서 가장 장사가 잘 되는 술집을 여러 곳 운영하고 있을 뿐 아니라 황제나이트클럽의 사장 박한수라는 사람이었다. 일대에서는 가장 주먹이 세다고 소문난 건달이었다.

"어머, 박 사장님. 자기 어쩐 일로 이렇게 일찍 왔어?"

"흐흥! 그대 얼굴 보고 싶어서 하루종일 몸살이 날 지경이더군."

"술?"

"물론이지."

"뭘루 줄까?"

남자가 옆자리의 학수를 힐끗 쳐다보며 말했다.

"난 언제나 위스키지. 몇 시에 문 닫아?"

"오늘 좀 일찍 닫지 뭐."

"호텔로 갈까 그럼?"

"아이. 그냥 우리집으로 가. 난 호텔 별루야. 난 뭐니뭐니해도 우리집 침실이 제일 좋더라. 누가 듣는 것도 아니구."

"상관없어 난, 그대와 함께라면 어디든지."

보영이 학수를 향해 낮은 목소리로 소근대듯 말했다.

"인사시켜 줘?"

"………"

그녀가 수상해하는 박 사장의 눈길을 애써 피하면서 말했다.

"박 사장님. 학수라고 내 고교 동창생인데 오랜만에 놀러왔어요."

하지만 학수는 술잔에 시선을 떨어뜨린 채 아무런 표정의 변화도 없었다. 보영이 다시 재촉했다.

"학수야, 인사해. 내가 제일 좋아하는 남자."

"………"

불쾌한 냄새 때문인 듯 잔뜩 미간을 찌푸린 채 박한수가 너부시 인사를 했다.

"박한숩니다."

학수가 얼떨결에 대답했다.

"아, 예… 학수라고 합니다. 김학수."

"혼자 외롭게 술을 드시네. 같이 한잔씩 할까요?"

"아뇨… 돼, 됐습니다"

보영이 서방맞이가 급한 듯 학수를 채촉했다.

"학수야, 다 마셨음 어서 일어나든지. 그리고 어서 집에 가서 목욕 좀 해. 네 몸에서 나는 냄새 땜에 홀 안이 온통 머리가 지끈거릴 지경이야."

"………"

보영이 또 짜증섞인 목소리로 말했다.

"말을 왜 그리 않는 거야. 진짜? 답답하게스리. 얘, 얼른 일어나. 나 문 닫을 거야."

학수가 암말도 없이 의자에서 일어나 수표 한 장을 꺼내 보영의 앞에 내어 밀었다. 그리고 뚜벅뚜벅 술집을 걸어 나가고 있었다. 그 뒷모습을 바라보는 보영의 눈살이 싸늘하게 비웃고 있었다.

"참… 한심한 친구… 전엔 안 그랬는데 귀신이 들렸나봐."
"그대에게 저런 친구도 있었어?"
"그냥 고교 동창생이라니깐요."

보영의 집은 까페에서 그리 멀지 않는 주택가 막다른 골목 끝에 있었다. 미국에서 엄마가 보내준 돈으로 마련한 전셋집인데 작지만 조용한 단독주택이었다.

두 사람은 대문을 닫고 잠그는 것조차 잊은 채, 곧바로 침실로 달려들어갔다. 금새 거친 남녀의 숨소리가 침실 분위기를 뜨겁게 달구어 놓기 시작했다. 보영은 조금 전 까페에서 만났던 학수의 얼굴을 지워버리기라도 할 듯 온힘을 다해 몸부림치듯 박한수를 마음껏 탐닉했다.

일순 두 사람의 몸짓이 거의 동시에 주춤했다.

"뭐지?"
"………"
"무슨 소리가 들렸는데?"
"그러게요. 뭘까?"

그러나 다시금 집 안에 흐르는 바위 같은 침묵에 어이없다는 듯 두 사람은 마주보며 씨익 웃었다. 그리고 또 다시 용광로처럼 달아오른 두 사람은 육체의 향연에 정신없이 빠져들었다. 일순 보영은 튕기듯 남자의 몸에서 재빨리 일어났다.

"누, 누구얏!"
"뭐, 뭐야 왜그래? 헉! 뭐야 저게?"

벌거벗은 두 사람은 본능적으로 이불을 당겨 몸을 가렸다. 활짝 열린 침실 문 앞에 복면을 한 괴한이 바위처럼 무거운 모습으로 서 있었다.

순간 보영은 가슴이 찢어질 만큼 후회했다. 워낙 육체의 욕망이 폭발직전이라 대문이랑 현관문 잠그는 것을 소홀히 한 것이 커다란 실수였지만 이제와 후회한들 소용없는 일이었다.

괴한의 옆에 몸통이 새까맣고 덩치가 커다란 개가 눈을 번뜩이며 두 사람을 노려보고 있었다. 보영은 온몸의 살갗이 뜯겨져 나가는 듯이 전율했다. 서릿발처럼 불어닥친 소름으로 그녀는 온몸을 파르르 떨었다.

"누, 누구에요!"

"………"

박한수가 그래도 남자라고 급한 동작으로 팬티를 주워 입자마자 침대에서 성큼 내려섰다. 그는 왕년의 아시아 최고의 레슬링 선수였고, 유도와 권투로 무쇠처럼 단련된 근육을 자랑하고 있었다. 그가 문 쪽을 향해 성큼성큼 몇 걸음 다가섰다. 믿는 구석이 있어 자신에 차 있는 모습이었다. 보영은 바들바들 떨리는 목소리로 말했다.

"박 사장님… 조심해요."

박한수가 침실 문 앞에 떡 버티고 섰는 괴한에게 물었다.

"뭐하는 놈이냐? 좀도둑이야? 좋아. 넓은 아량으로 이해해 주마. 얼마나 먹고살기가 힘들었으면 개 한 마리 데리고 좀도둑질로 목구멍에 풀칠하겠냐."

그리고 박한수는 아무렇게나 방바닥에 벗어던진 자신의 윗도리에서 지갑을 꺼냈다. 그리고 손에 잡히는 대로 지폐를 몇 장 꺼내어 괴한에게 내어 밀었다.

"………"

"왜? 작아 보이냐? 이쯤에서 사라져야지. 너 나한테 맞아 죽을 수 있어!"

"………"

박한수가 답답해 못견디겠다는 듯이 소리를 버럭 질렀다.

"이 새끼! 죽여버리기 전에 빨리 안 꺼져?!"

그제서야 괴한이 입을 열었다.

"네가 오늘이 네 인생의 종점인줄 모르겠지. 안됐지만 너 이쯤에서 네 삶의 커튼을 내려야 할 것 같다."

"뭐, 뭐라구? 이 새끼갓!"

몸을 날려 덤벼들 태세를 취하는 박한수를 향해 괴한이 황급히 손바닥을 내어 밀었다.

"잠깐!"

"……!"

"너를 죽이기 전에 저 여자에게 꼭 해두어야 할 말이 있다. 잠깐만 참아줄 수 없겠어?"

"………"

괴한이 보영이 앞으로 뚜벅뚜벅 다가섰다. 보영이 공포에 질린 얼굴로 말했다.

"뭐, 뭐예요?"

"내 목소리를 기억 못해?"

"하 … 학수?"

"………"

"네가 왜 이런 짓을 해야지? 너처럼 숫접은 친구가 어떻게 이렇게 엉뚱한 짓을 할 수 있어?"

"………"

"학수야… 너 정말 왜 이렇게 되어버렸어?"

"나에게 최고로 서비스해 줄 수 없어? 그럼 한 시간은 더 살려 줄 수 있지. 한 시간이라도 더 살아야 할거 아냐."

"학수야, 이러지마. 넌… 박 사장님, 안되겠어요. 이 정신병자를 두들겨 패서라도 막아야지. 그리고 경찰에 신고해요."

박한수가 무엇에 찔린 듯 말했다.

"신고는 안돼. 잠깐 기다려봐."

박한수가 학수를 향해 몸을 날릴 태세를 취했다. 순간 박한수를 향해 비호처럼 달려드는 물체가 있었다. 디먼이었다. 박한수는 어째볼 틈도 없이 뒤로 벌렁 나자빠졌다. 디먼이 눈깜짝할 사이에 박한수의 목에 이빨을 꽂았다.

"으… 으아악!"

이미 박한수의 목과 얼굴의 절반은 무참하게 디먼의 입 속에서 짓이겨지고 있었다. 비로소 보영은 요즘 매스컴을 떠들썩하게 하고 있는 살인 늑대개의 주범이 바로 눈앞에 있다는 사실에 몸서리쳤다. 박한수는 디먼의 공격에 자랑하던 주먹한번 제대로 써 보지도 못하고 목숨이 끊어지고 말았다. 순간 보영은 심장이 뚝 멈추어버린 느낌이었다.

그 개와 함께 자신을 비웃고 있는 존재가 학수라는 사실에 보영은 오금이 내려앉는 느낌이었다. 이미 숨이 끊어져버린 박한수의 시신 앞에서, 디먼은 다음 차례가 보영이라는 듯 무시무시한 눈빛으로 피가 뚝뚝 흐르는 혓바닥을 한 자나 빼어 물고 있었다. 보영은 학수 앞에 털썩 꿇어앉아 애걸하기 시작했다.

"하… 학수야. 살려줘. 네가 해 달라는 대로 다 해줄게. 응?"

"………"

"학수야 내가 잘못했어. 이리와. 너를 황홀하게 해줄게."

"………"

"네가 원한다면 난 영원한 너의 여종이 될 수 있어. 학수야, 네가 하라는 대로 할게. 그러니까 그만 그 개를 밖으로 내어보내고 이리와. 어서 침대로 올라가자."

하지만 학수의 눈빛은 복면 속에서 싸늘하게 그늘지고 있었다. 그가 음산한 목소리로 말했다.

보영이 듣기에 그의 목소리에서 절망의 타액이 뚝뚝 떨어지는 느낌이었다.

"이미 늦었어."

"아냐. 늦다니 무슨 소리야. 내가 이렇게 온몸으로 너를 맞을 준비가 되어 있잖아."

학수가 담배를 한 대 피워 물고 연기를 깊숙이 들이마신 뒤, 긴 한숨과 함께 허공 속으로 내어 뱉었다. 그가 뿜어낸 담배연기 때문에 천정이 희뿌옇게 흐려지고 있었다.

"디먼!"

그러자 디먼이 쏜살같이 몸을 날려 보영을 향해 돌진했다.

"으으으아악!"

"………"

학수는 언제나 그랬듯이 담배꽁초를 절대로 현장에다 버리지 않고 조심스럽게 주머니에 간직했다. 그리고 구둣발을 감싸고 있는 비닐주머니를 그대로 신은 채로 보영의 집 대문을 나와 천천히 골목 밖으로 사라졌다.

이튿날, 가게에 출근할 시간이 훨씬 지났는데도, 나타나지 않는 보영이 궁금하여 보영의 집으로 찾아갔던 여종업원은, 처참하게 찢겨진 두 사람의 시체를 보자마자 죽을 똥 살똥 모르고 경찰서로 내달았다.

　세상은 또 한 번 발칵 뒤집혔다. 살인 늑대개가 연거푸 도심 복판까지 침범해서 또 두 명의 남녀를 참혹하게 물어 죽였다는 보도가 사람들의 가슴을 얼어붙게 했다.

　수사관들이 아무리 머리악을 써봤자 사건현장에는 짐승의 발자국밖에는 아무것도 발견할 수 없었고, 살집이 뜯겨나간 시체는 짐승의 이빨자국 외에는 아무것도 흔적을 남겨두지 않았다. 짐승의 발자국과 이빨자국, 그것만이 단서였다.

　하지만 사건현장에 담뱃재가 미세하게 흩어져 있는 것을 보면 사람도 함께 있었음에 틀림없었다. 그 담뱃재가 죽은 박 사장의 것이었다면 담배꽁초가 발견되지 않을 리 없었다. 게다가 박한수의 나이트클럽 종원들의 말을 빌리면 박한수는 절대로 담배를 피우지 않는다고 했다.

　1년 전, 짐승에게 물려 죽을뻔 했다가 간신히 목숨을 건졌던 조폭의 말에 의하면 그때 짐승들 사이에 사람이 있다고 했다. 하지만 일 년이 넘도록 늑대개들의 출몰이 없자 그것은 믿을 수 없는 환영에 지나지 않는다고 사람들은 자위적으로 결론지어 버렸었다. 그것도 술에 취해 사물을 구별할 능력도 상실한 상태라면서…….

　"사람을 공격하는 짐승들 중에 사람이 섞여 있다는 게 어디 말이 되는 소린가. 게다가 짐승이 감성이 있어서 특별히 원한을 산 사람만 공격한다는 것도 말이 안된다. 더욱이 때와 장소도 구분없이 무차별로 사람을 공격하는데야…"

　그러나 민혁은 그때 조폭이 말했던 그 짧은 부분을 아직도 섣불리 취급하지 않았다.

 '짐승들 중에 사람이 있었다… 그럴 수도 있다. 아무렴 그럴 수 있고 말고. 재앙을 몰고 다니는 인간, 비과학적이긴 하지만 충분히 참고해 볼 만한 사안이야… 어쩌면 아직 초보 단계이긴 하지만 그때 조폭이 늑대개들 중에 보았다는 인간이 AI 로봇은 아닐까…….'

 그러나 이내 민혁은 머리를 저었다. 창세 때부터 짐승을 다루는 것은 인간이었다. 아무리 흉악한 맹수라 할지라도 인간의 지혜 앞에는 무릎을 꿇는다. 그리고 예외가 전혀 없는 것은 아니지만 일단 인간에게 정복당하면 짐승은 자신을 다루는 주인에게 죽도록 충성을 다한다는 것이다.

 '확실히 누군가 짐승에게 인간을 죽이도록 훈련을 시키고 있는 게 틀림없어. 일단 인간도 보이지 않는 악령의 올가미에 빠지면, 그 손끝에서 놀아나기 십상이니까. 인간들의 삶에 있어서 그런 예는 얼마든지 있지. 역사 이래로 악령의 종이된 인간들이 저질러온 참혹한 살인은 헤아릴 수 없이 많다…….'

 민혁은 짐승의 공격을 받아 실종 되었을지도 모르는 최초의 실종사건이 보고 되었던 월정리란 마을에서부터 차근차근 사건을 추적해 볼 결심을 했다. 민혁이 어떻게 거기까지 생각을 끌고갈 수 있었을까. 신의 한수라 할까. 민혁의 추리력이 월정리 마을에 미친 것은 가히 기적이라 할 수 있었다.

 '전국의 양계장, 양돈장은 물론 사료상회도 꼼꼼히 조사하고 있는 중이지만, 그래, 심마니 실종사건이 있었던 산골 마을에도 사람을 보내봐야겠군… 사막에서 샘을 찾는 기분이지만… 그리고 실종된 사람을 찾는 게 소중하기도 하지만, 실종된 사람이 어떤 모양의 시체로 발견되었

느냐가 사건 해결의 열쇠가 아닐까…….'

민혁은 퇴근준비를 마치고 지하식당으로 내려갔다. 개들에게 돼지뼈다귀를 너무 자주 주지 말라는 유보성의 충고를 들은 뒤로부터 민혁은 일주일에 꼭 한 번씩만 구내식당에서 돼지뼈다귀를 얻어다 주곤 했다.

"아주머니, 돼지뼈다귀."

"아, 예. 강 검사님도 참 개한테 정성이 대단해요. 여기 잘 모아서 비닐주머니에 꼭꼭 쌌어요."

"고맙습니다. 아주머니."

민혁은 가슴으로 굳게 마음 먹었다.

'이 문제가 해결되지 않으므로 정부에 대한 국민들의 불신이 산더미처럼 커지고 있다. 조폭이 보았다는 사람… 늑대개들 중에 사람이 있었다는 말이 사건을 해결하는데 중요한 단서가 된다. 수많은 밤을 고민해 왔지만 다시 한 번 작심하고 그 사람을 찾으면 된다. 늑대개들 중에 있었다는 사람을…….'

경찰은 이번 압구정에서 발생한 살인사건에서도 이전의 늑대개 살인사건에서 했던 대로 혹 사람의 DNA를 발견할 수 없을까 싶은 실낱 같은 희망으로, 루미놀 용액을 과산화수소수와 섞어서, 핏자국을 찾아 분무기로 뿌려가며 사람의 흔적을 찾아내려 애썼으나 역시 허사였다.

복수

보름달이 무위자연의 산야를 대낮처럼 밝히고 있었다. 디먼은 친구들과 함께 칡넝쿨과 다래넝쿨로 가려진 동굴에 모여서 동굴입구로 스며드는 달빛을 하염없이 바라보고 있었다. 6.25 전쟁 이후 사람의 발길을 거부해 온 숲 속에서 들려오는 풀벌레 소리들은 언제부턴가 디먼과 친구들에겐 너무도 음악처럼 따사롭게 들리는 위로였다.

디먼의 친구들은 배가 몹시 고팠다. 그 모습이 자닝스럽기 짝이 없었다. 벌써 일주일째 아무것도 못 먹고 있는 중이었다. 멧돼지도 고라니도, 산토끼도 사라진 지 오래였다. 요즘엔 더덕을 캐는 사람도, 산나물이나 버섯을 채취하러오는 사람도, 늑대개들의 공격이 두려워 자취를 감추었다.

먹을 것이라곤 나무껍질과 풀잎이 전부였다. 배고픔에 지친 늑대개들은 온몸에 힘이 쑥 빠진 채 옴나위도 할 수 없을 지경이었다. 하지만 디먼 일당들은 학수가 먹을 것을 짊어지고 올 때까지 배고픔은 당연하다는 듯 습관처럼 자약하기만 했다.

디먼의 머릿속은 다시 백산이와 함께 즐겁게 달리던 억새풀밭으로 가득해졌다.

'백산이 형이 보고 싶다. 대체 백산이 형은 어디에서 살고 있는 것일까 … 그런데 학수대장은 왜 며칠째 얼굴도 비치지 않은 것일까. 이러다 우리도 굶어 죽는 것은 아닐까. 아니지, 오래잖아 학수가 먹을 것을 잔뜩지고 나타날꺼야. 난 학수를 믿는다…….'

문득 디먼은 옛날 백산이 형과 함께 지뢰탐지 작업을 마치고 들렀던 주점집을 뇌리에 떠올렸다. 드디어 디먼이 작심한 듯 마음을 독하게 먹었다. 그곳은 디먼에겐 기억하기 싫은 지옥이었지만 디먼은 점차로 자신의 운명을 참혹하게 만들었던 그때의 개장수가 너무도 미워지기 시작했다.

'그때 백산이 형이 다른 형들과 함께 막걸리를 마시려고 나를 나무기둥에 묶어놓지만 않았어도… 내 입에 재갈을 물리지만 않았어도, 오늘의 내가 이토록 참혹한 신세가 되진 않았을텐데… 그때 그 나쁜 개장수가 우연히 그 집 앞을 지나치다가 날 보더니 눈깜짝할 사이에 목줄을 끊고는 철망 속에 밀어 넣고 어디론가 쏜살같이 도망쳤지. 그것이 백산이 형과 작별하는 마지막 순간이었어…….'

디먼은 눈을 감았다. 배가 고플 때는 어떡해서든 잠을 청해야 했다. 그나마 잠자는 시간만큼은 배고픔을 이길 수 있었다. 디먼은 겉잠을 자면서도 자신을 훔쳐싣고 달아났던 그때의 개장수를 떠올리고 어금니를 질끈 깨물었다.

'찾아가서 복수할 테야…….'

디먼이 몸을 일으켰다. 디먼의 움직임을 눈치챈 동료들이 따라나설 듯 모두 몸을 꿈틀했다. 그러자 디먼이 낮게 으르렁대며 가만 엎드려 있으라고 명령했다.

"내가 꼭 다녀올 곳이 있어. 그때까지 절대로 동굴에서 벗어나지마."

디먼은 옛날 자신을 잡아 가두었던 천기덕의 집을 찾아 길을 나설 참이었다.

'백산이 형과 헤어지게 만든 나쁜 개장수놈의 집이 있는 곳을 알고있지. 임신 중인 내 아내를 사정없이 두들겨 패고 보신탕용 고기로 만들어 버린 나쁜 놈, 복수하고 말 거야.'

디먼은 달빛 속에서 한데 엉클어진 칡넝쿨과 다래넝쿨을 헤치고 지뢰숲을 벗어나 길을 나섰다. 오늘따라 디먼의 눈빛이 유난히 물기에 촉촉이 젖은 것도 유별났다.

'그때 그 나쁜 개장수만 아니었으면, 백산이 형이랑 군견 훈련소 형들과 행복하게 살고 있을텐데… 이렇게 배고픔이 쓰리도록 창자를 아프게 하지도 않을테고, 사람들을 공격하지 않아도 됐을텐데. 그 나쁜 개장수놈 때문에 내 삶이 이렇게 비참해진 거야.'

디먼이 천기덕이 살고 있는 집 근처에 가까이 다가갔을 때 천기덕의 외챗집이 빗 속에서 잔뜩 웅크리고 있었다. 천기덕은 다른 곳으로 막사를 옮길 생각이 없이 노박이로 이곳에서만 개를 잡아다 보신탕 집에 대주고 있었다.

아직도 굵은 철망으로 높이 둘러쳐진 막사 안에는 고달픈 하루하루를 죽지못해 억지로 목숨이 붙어 있는 개들이 백여 마리도 넘게 갇혀 있었다. 개들이 하나같이 몸이 말라 있었다. 막사 주변은 개를 죽일 때 사용하는 각종 도구들이 흉물스런 모습으로 지저분하기 짝이 없었다.

순간 개들이 한꺼번에 계곡이 떠나가라 짖어대기 시작했다. 천기덕 부부가 눈을 비비며 잠자리를 박차고 일어나 앉았다. 어느 새 저승꽃이 얼굴에 가득히 피어 있는 천기덕이 투덜대며 방문을 열었다.

'아이고오! 웬 비가 이렇게 쏟아진다냐, 개들이 왜 저렇콤 짖어쌌는겨?'

천기덕의 마누라도 한마디 보탰다.

"근디 개들이 워째 저렇키 죽어라 짖어대능겨."

천기덕이 우산을 쓰고 개막사 쪽으로 뛰어갔다. 마누라가 벽에 기대 놓은 지게고다리에서 후래쉬를 집어들고 천기덕의 뒤를 쫓아오며 소리 쳤다.

"여보, 개들이 우째 저렇콤 죽어싸게 짖어대냐? 또 멧돼지가 나타난거 아녀?"

'글씨 말이여, 사료창고는 꼭 닫아 걸었는디, 먼 일이여?'

그때였다. 천기덕이 우산을 고쳐쓰면서 어둠 속을 뚫어져라 쏘아보았다.

"뭐여, 저것이?"

"뭐가 나타났어? 짐승이여? 조심혀!"

"얼릉가서 전기 올려봐, 뭐가 있는 것 같으네."

천기덕의 마누라가 집쪽으로 뛰어가더니 전기스위치를 올렸다. 금새 빗속에서도 집주위가 대낮처럼 환해졌다. 천기덕이 바지랑대를 집어들 고는 개들이 갇혀 있는 막사철망을 냅다 후려쳤다.

"시끄럿 새끼들아앗!"

일순 개들의 짖는 소리가 뚝 멈추었다. 순간 천기덕의 눈이 화등잔만 해졌다.

"뭐, 뭐여 저것이 개, 개 아녀?"

천기덕의 마누라도 한마디 거들었다.

"개가 맞는디… 저눔이 대체 어디서 나타난 놈이여?"

천기덕이 더듬거리며 말했다.

"여보, 저 놈이 그놈 아녀?"

"무슨 놈?"

"우리집에서 도망친 놈 아녀? 기복이네 개를 물어줘인 놈말여. 그 개가 투견대회에서 일등헌 놈인디, 그 개를 저눔이 물어 죽였잖아."

천기덕이 눈에 불을 켜고 자신들을 쏘아보고 있는 짐승을 뚫어져라 살펴보았다. 천기덕의 입에서 탄성이 터져나왔다.

"맞어! 저눔이 어딜 쏘다니다가 배가 고프잉께 제가 살던 곳으로 다시 왔구먼. 맞어, 그놈이! 저눔이 사고 뭉치긴 했어도 임자를 제대로 만나면 큰 돈 받을 놈이었제. 여보, 얼렁 부엌에 들어가서 밥이랑 고깃국물 퍼와봐."

천기덕 부부를 노려보는 디먼의 눈에는 천기덕 부부의 모습이 여전히 지더리기 짝이 없어 보였지만, 천기덕의 마누라가 되레 신이 난 듯 부엌을 향해 뛰어갔다.

"생선국에 밥 말아갖고 올테니께, 저 눔 잘 달래서 잡아놔둬봐. 횡재했네. 아닌 밤중에 웬 떡이여."

막사 안의 개들이 다시 요란하게 짖어대기 시작했다. 천기덕이 짐승 앞으로 더디더디 발걸음을 옮겼다.

"그 동안 어딜 싸돌아 다녔냐아. 잘 왔다. 이리와. 맛있는 걸 줄껴."

천기덕의 마누라가 커단 냄비에 생선 국물에 만 밥을 갖고와서 디먼을 향해 손짓을 했다.

"이리와, 이거 먹어라."

그때였다. 디먼의 이빨이 불빛에 하얗게 드러났다. 천기덕이 낌새를 채고 움찔하며 몸을 뒤로 뺐다.

"여보, 안되겠어. 저 놈이 우릴 해칠 작정이여. 얼렁 방에 들어가자고."

"그려? 아이고, 저 놈 이빨 좀 봐, 여보, 빨리 집으로 들어가자고오!"

개들이 짖는 소리는 더욱 요란해졌다. 천기덕은 마누라도 아랑곳 않고 설래발치며 방문 쪽으로 내달았다. 순간 천기덕은 목이 끊어지는 듯한 고통으로 몸부림쳤다.

"으으으아아아아악!"

천기덕은 숨이 끊어지는 순간에야 깨달았다.

"이눔이… 내 헌티 복수허는구나 …….."

그 모습에 정신이 빠진 천기덕의 아내는 남편이 디먼에게 물려죽는 꼴을 보고는 선 채로 오줌을 좔좔 싸고 말았다. 천기덕의 목에서 이빨을 뽑은 눈빛이 그녀를 향해 쏘는 듯이 독기를 내뿜고 있었다. 순간 그녀가 털썩 꿇어앉았다.

"부처님요, 저 눔이 날 죽일라고 혀요오! 날 살려주요.!"

순간 디먼의 이빨이 그녀의 목뼈를 한입에 으스러뜨리고 말았다. 디먼은 여자의 옷자락조차 사정없이 물어뜯었다. 여자의 숨은 이미 멈추었는데도 그랬다.

"........."

빗소리는 더욱 거세게 천기덕 부부의 시체 위에 쏟아지고 있었다. 핏물이 빗물에 섞여 계곡 속으로 콸콸 흘러내리고 있었다. 개들의 울부짖음도 조용해졌다. 디먼은 숲 속으로 몸을 숨기며 마음을 독하게 먹었다.

"저놈 동생을 기다릴 거야. 내 아내를 무참하게 두들겨 패서 보신탕집으로 날라댄 놈. 학수대장이 말한 대로 세상을 온통 물어 뜯어버릴 꺼야. 어짜피 백산이 형을 만날 희망도 무너진 바에야……."

다음날 아침이었다. 빗방울이 약해졌지만 계곡을 흘려내리는 물은 거센 황톳물로 넘쳐나고 있었다. 여전히 천기덕 부부의 시체 위로 끊임없이 떨어지는 빗방울은 막사 안에서 웅크리고 있는 개들의 눈에는 처량해 보이기 짝이 없어 보였다. 와중에도 흰둥이와 검둥이 두 마리가 밥풀이 몇 알갱이 붙은 그릇을 서로 차지하려고 잔뜩 투구리고 있는 모습이 안쓰럽기 짝이 없었다. 날샐녘에, 빗속을 뚫고 철망을 실은 오토바이 한 대가 흙범벅을 헤치며 들이닥쳤다.

"형님, 형님, 얼렁 개잡아야 허는디, 왜 전활 안 받소?"

아무런 대답도 기척도 없자 그는 개막사 쪽으로 뛰어갔다. 순간 그는 입을 딱 벌린 채 꼼짝을 못했다.

"허억! 저… 저게 뭣이여? 형님이랑 형수가…….”

천기덕의 동생 천기복은 온몸을 와들와들 떨며 주위를 둘러보았다. 날이 점점 밝이오자 그는 보았다. 숲 속에서 자신을 무섭게 노려보는 짐승의 눈을…….

"헉!" 뭐여, 저것이?

곧 짐승이 숲을 헤치고 금새라도 날아오를 듯 몸을 바짝 낮추고 천기복을 향해 한 발짝 한 발짝 다가오고 있었다. 천기복이 눈을 부릅뜨고 중얼거렸다.

"하아니, 저, 저놈은 내 투견을 물어죽인 바로 그놈 아녀… 저, 저놈이 형님과 형수를 죽였구나. 이놈시끼, 내가 누군지 알어? 허구헌날 개만 때려 잡아죽이는 개백정이여어!"

천기복이 재빨리 막사 한쪽 구석에 세워둔 연장을 꺼내려고 막사 쪽으로 뒤뚱대며 달려갔다. 그가 마악 막사문을 연 순간 천기복은 목덜미가 터져 나갈 듯한 통증을 느끼며 진흙바닥에 쳐박혔다. 버둥대는 천기복의 모습이 참혹하기 짝이 없었다. 디먼의 이빨이 천기복의 목을 사정 없이 찢어발기고 있었다.

막사 안에서 그 광경을 바라보던 개들은 상황의 의미를 전혀 이해할 수 없었다. 개들은 오직 이른 새벽시간에 저승사자 같은 천기복이 자신들을 잡아가려고 오토바이를 타고 나타났다는 현실만으로도 온몸을 부들부들 떨며 공포에 떨었다. 천기복이 숨이 끊어지는 듯 마지막 비명을 질렀다.

"아아아아악!"

천기덕의 집주위로 쏟아지는 빗소리가 점점 거세어졌다. 이윽고 천기복의 죽음을 확인한 듯 디먼이 천천히 몸을 돌렸다. 디먼의 입아귀에 낭자하게 묻어 있던 핏물이 빗물에 씻겨내리고 있었다.

막사 안에 갇혀 있던 개들이 주변을 연신 기웃거리며 열려있는 출입구를 통해 걸음아 나 살려라 산으로 내달리기 시작했다.

천기복이 연장을 꺼내려고 막사 출입문을 연 것이 개들에게는 천운이라고 할 만큼, 도망칠 기회를 열어준 것이나 다름 없었다. 막사 안은 금새 병이든 개 몇 마리만 덩그러니 남았다.

그날 복날에 쓸 개고기를 기다리고 있는 거래처 주인이 아무리 천기덕 형제에게 전화를 해도 감감 무소식이었다. 화가 난 보신탕집 주인이 부랴부랴 트럭을 타고 천기덕을 찾았을 때, 그는 참혹하게 죽어 있는 세 사람을 발견하고 그만 기절할 뻔 했다.

이튿날 세상은 또 한 번 발칵 뒤집혔다. 따라서 개막사를 탈출한 개들의 숫자가 엄청나게 늘어날것에 대한 공포심으로, 사람들의 걱정이 산처럼 쌓여갔다.

"세상이 말세가 된 것일까. 온통 예상을 뒤엎는 지구촌의 이상기후와 전쟁의 소문이 날이갈수록 깊어지고, 코로나 등 각종 전염병으로 수백만 명이 목숨을 잃지 않나, 어디 그뿐인가, 자식이 부모를 죽이고 부모가 자식을 참혹하게 죽이는 일이 거의 매일 벌어지고 말야. 하여간에 요즘은 사람 죽이는 것을 파리 목숨 취급도 않네… 말세의 징조가 나타나기 시작한 지 이미 오래야. 엊그제 뉴스에도 나왔네. 종말의 시침이 정점에 거의 다다랐다고 …….."

사람들은 가슴을 조아리며 몹시 궁금해 했다.

"막사를 탈출해서 산으로 줄도망을 친 개들은 또 어떻게 되는 것일까? 놈들도 배가 고파 죽을 지경이 되면 들개들이 되어 인간 세상으로 내려와 마구 세상을 들쑤셔 놓을 것 아니겠어… 애들 학교에 보내기도 무섭고, 아름다운 자연을 벗삼아 등산을 한다는 건 꿈도 못 꾸는 저주스러운 세상이 오는 건 아닐까 ……. "

천기덕 형제에 대한 '디먼'의 복수는 그렇잖아도 먹고살기가 너무 힘들어 걱정과 염려로 밤잠을 못 이루는 국민들에겐 감당키 너무도 힘든 공포였다. 게다가 온갖 정치적 야심으로만 용광로처럼 뜨거운, 못나빠진 정치인들에 대한 국민들의 분노는 시간이 흐를수록 산처럼 쌓여갈 뿐이었다. 언제 어느 곳에서나 모여 앉기만 하면, 분통을 터뜨리는 국민들의 이구동성은 똑같았다.

"정치하는 … 여당이든 야당이든 죄다 주둥이만 살아서 ……."

다시 친구들이 기다리고 있는 동굴로 돌아온 디먼의 가슴엔 정체를 알 수 없는 절망감만 가득할 뿐, 내일이 없었으면 좋겠다는 슬픔으로 애처럽기 짝이 없었다.

뚱과 디먼

오늘밤도 유보성은 유령이라도 출현할 듯 음습한 동생의 가게에 홀로 앉아 독한 술을 마시고 있었다. 대체 어찌하여 동생이 항간을 떠들썩 하게 만든 살인늑대개의 희생물이 되어야 했는지, 가슴이 너무 아프고 화가 나서 만사가 손에 잡히지 않았다. 인간이란 흔히 세월의 뒷북만 치며 후회하는 한심한 존재라 했던가.

'좀더 살갑게 대해 주어야 했었는데… 너무… 너무 기가막힌다. 평생 동생의 죽음이 가슴에 박힌 못이 되어 나를 괴롭히겠구나 … 나도 아직 나이 마흔에 장가도 못 가면서 동생한테 시집이나 가라고 그렇게 윽박질렀으니 얼마나 내가 원망스러웠을까…….'

캄캄한 홀 안에는 빨간 조명등 한 개만 불을 밝히고 있었다. 그는 병정처럼 진열장에 가득하게 도열하고 섰는 양주병들 중에 또 한 병을 꺼내 뚜껑을 땄다. 술집은 이미 폐업조치가 내려 있는 상태였고, 출입문에도 폐업이라고 써 붙여 놓은 지도 여러 날 되었다.

비슷한 영화가 우후죽순처럼 쏟아지고는 있지만 과연, 세기말적인 징조인가, 요즘 같은 시대에 어찌 이렇게 이해할 수 없는 일이 도심 한 복판에서 벌써 두 번씩이나 버젓이 벌어질 수 있는건지, 유보성은 머리를 쥐어뜯으면서 가슴으로 절규했다.

"아! 보영아······."

유보성은 보영의 죽음을 아직도 미국에 계신 어머니에게 감히 알려줄 엄두도 못 내고 있었다. 보영이가 전화도 안 받고 또 전화도 안 한다며 어머니가 화가 나서 여러 차례 안달복달 전화를 했왔다.

보성은 자기도 잘 모르겠다는 식으로 궁색한 변명을 했다. 하지만 그것도 한두 번이지 참으로 난감하기 짝이 없었다. 어머니에게 보영이 죽었다는 사실을 말할 수 없는 자신의 처지가 너무도 가슴 아팠다.

"어찌 해야 하나······."

핸드폰이 시끄럽도록 울어대고 있었다.

"여보세요?"

수화기 속에서 귀에 익은 목소리가 들려왔다.

"유보성 씨 맞습니까?"

"예··· 맞습니다만."

"강민혁입니다. 그 동안 어떻게 지내고 계시는지 궁금하고 몹시 염려스럽기도 해서 전화드렸습니다만."

"아, 강 검사님. 지금 동생의 까페에서 혼자 앉아 술 마시고 있습니다. 오실랍니까?"

수화기 속에서 민혁의 목소리가 조금은 난처해 하는 듯 했다. 근래들어 민혁은 자신에게 아무개 검사라는 호칭을 참 듣기 싫어했다.

"유 원장님, 검사라고 불러 주시는 건 좀 그렇습니다. 그저 옛날처럼 강 선생 정도로 불러 주시면 감사하겠습니다. 제가 지금 양주에 있습니다. 거리도 그렇고 시간도…….”

"아, 그렇습니까. 그럼 강 선생님으로 하겠습니다."

"어쨌거나 기운을 차리셔야 하지 않겠습니까?"

"기운이 잘 안 나네요. 공황상태에 빠졌어요."

"거듭 뭐라고 위로의 말을 드려야 할지… 그저 가슴만 답답할 뿐입니다."

"강 선생님."

"예."

"그 녀석 잘 있습니까?"

"그 녀석이라뇨?"

"그 괴물처럼 생긴… 그렇지, 이름이 똥이라 했던가요?"

"아, 똥 말씀이군요. 잘 있죠. 녀석은 우리집에서 최고로 대접 잘 받는, 팔자가 늘어진 반려견입니다."

"그놈… 물건은 확실히 물건이에요. 왜일까요, 갑자기 그 녀석이 보고 싶은 것이… 어쩌면 그 녀석이 우리의 유일한 희망일지도 모른다는 생각이 들었기 때문인 것 같습니다. 강 선생님, 그 살인 늑대개들을 조종해서 불특정한 다수를 공격하는 것에 희열을 느끼는 싸이코 패스가 분명히 있습니다."

"………"

"강 선생님."

"예, 유 원장님, 말씀하십시오."

"바로 똥입니다."

"옛? 똥요?"

"똥이 우리의 희망입니다."

"………."

민혁과 통화를 끝낸 유보성은 반쯤 남은 술을 목구멍 속으로 털어넣었다. 보영이 그렇게 참혹하게 죽고 난 뒤부터 유보성은 통 잠을 이룰 수 없었다. 눈만 감으면 동생의 얼굴이 나타났다. 그때마다 동생이 비명을 지르며 살려달라고 아우성을 치는 통에 도저히 잠을 이룰 수가 없었다. 그래서 취해야 했다. 취하지 않고서는 견뎌낼 수가 없었다.

'뚱…그렇지 뚱만이 우리의 유일한 희망이다.'

유보성은 문득 자신의 집 비밀스러운 곳에 소중하게 모셔놓은 80년생 산삼뿌리를 생각해 내었다. 보영이 죽기 일주일쯤 전에 어머니에게 보내드리려고 어느 심마니에게서 어렵사리 구한 산삼이었다.

"뚱에게 그 산삼을 먹이자. 뚱의 힘을 키워야해……."

민혁은 유보성과의 통화를 끝내고나서 몹시 곤혹에 찬 얼굴이었다.
'뚱이 우리의 희망이라고…….'
그때 주방에서 수정이 과일을 한 접시 담아들고 소파에 앉으며 말했다.
"오빠, 무슨 생각을 그리 골똘히 해?"
"응? 아냐 아무것도, 요셉이는?"
"콜콜 자고 있지."
"수정아."
"응? 무슨 일인데 또 얼굴이 그리 심각해."
"뚱말야."
"뚱? 뚱은 왜?"
"전번에 뚱이 커다란 수놈 멧돼지랑 싸워서 이겼잖아."
"그랬지. 그런데 왜? 갑자기 멧돼지 고기 먹구싶어?"

"아아냐, 그게 아니구!"
"그럼?"
"뚱이 그 늑대개랑 싸우면 질까 이길까?"
수정이 펄쩍 뛰면서 소리쳤다.
"뭐, 뭐라구? 오빠, 지금 무슨 소릴 하는 거야? 뚱이 늑대개랑 싸우면 어째?"
"그냥 한번 생각해 본 것 뿐야. 허허허."
수정이 공포에 질린 얼굴로 소리쳤다.
"오빳! 그렇게 끔찍한 상상을 뭣하러 해. 뚱이 그 무서운 늑대개랑 싸우는 상상을 하다니. 뚱은 그 늑대개에게 물려 죽고 말거야. 그러니까 그런 말도 안 되는 끔찍한 생각은 아예 말어, 내가 생각하기로 그 늑대개는 틀림없이 지옥에서 탈출한 귀신이 틀림없어. 놈은 짐승이 아닌 악마야."
"그렇게 비약할 것까진 없지. 물론 상상할 수도 없는 일이긴 하지만, 그래도 그렇지, 우리 뚱이 그 늑대개랑 맞짱을 뜨면 물려 죽는다니. 뚱을 너무 과소평가하는 거 아냐?"
"글쎄 오빳! 과소평가구 뭐구 그런 끔찍한 소리 더 이상 하지마. 더군다나 늑대개들은 한두 마리도 아니고, 백여 마리가 몰려다닌다면서? 아유, 안되겠어. 뚱의 집 문을 쇠창살로 튼튼하게 해 달고, 밤에는 자물쇠를 꽉 잠가 놓아야지. 그리고 자물통 열쇠는 내가 꼭 보관할 테야."
"늑대개가 우리집에 나타날까봐서?"
"그럴지도 모르잖아. 아이구, 무서워. 하필이면 동물병원 원장님 동생이 그렇게 참혹하게 죽다니… 불쌍해서 어떡해."
민혁은 조금 전 유보성의 말이 아직도 귓가에 맴도는 듯 했다.

"늑대개들 중에 사람이 있었다는 조폭의 말은 아직도 유효하다… 어떤 놈이 복수심에 불탄 나머지 불특정 다수를 무차별 공격할 수 있다… 그런 참혹한 범죄를 저지르기 위해 늑대개들을 훈련시키고 있는 괴물이 어딘가에 숨어 있다…….”

민혁은 미간을 잔뜩 찌푸리고 창 밖으로 시선을 던져놓은 채 한동안 꼼짝도 않았다.

“인간이 개입된 싸이코 범죄라면 불특정 다수를 무차별 공격할 수도 있고, 때론 특정한 누군가를 목표로 삼을 수도 있다. 만약 보영이 특정한 누군가였다면 보영에게 원한을 가진 사람이 누굴까…….”

“오빳!”

“엉?”

민혁은 눈을 동그랗게 뜨고 의아스레 쳐다보는 수정이 몹시 귀엽다는 느낌이 들었다.

“하하하 신경쓸 것 없어. 수사관이란 항상 사건의 거미줄에 갇혀 사는 것 아니겠는가. 수정 씨?”

재현된 혈투

　이튿날 민혁이 출근한 후 수정은 아침밥을 먹이기 위해 개들이 있는 밤나무 밑으로 다가갔다. 똥은 진돌이와 풍돌이 등과 함께 잔디밭을 뒹굴며 놀고 있었다. 똥의 두 아들도 어느 새 덩치가 우람하게 자라 있었다.
　민혁 부부는 이렇게 넓은 초원이 없었다면 똥의 자식 두 마리도, 풍돌이와 진돌이도 새로 입양하지 않았을 것이다. 민혁이네 소유의 땅이 1만 2천 평이나 되고, 뒷산은 10만 평이 넘는 국유지란 좋은 환경에 있어서 가능한 일이었다.

"얘들아 밥 먹자."
　똥이 벌떡 일어나 성큼성큼 다가와 수정이 들고 있는 양동이에 코를 벌름거리며 냄새를 맡는다. 똥이 돼지뼈 다음으로 좋아하는 닭죽이었다. 수정은 닭뼈다귀를 알뜰히 골라낸 닭죽을 커다란 국자로 떠서 똥의 밥그릇에 옮겨담았다. 세숫대야만한 그릇에 담아 주었는데도 똥은 금새 바닥을 비워버렸다.
　풍돌이와 진돌이는 그보다 훨씬 조그만 그릇에 담아 주었는데도 바닥을 깨끗이 비우지 못했으나 똥과 똥의 두 아들은 언제나 밥그릇이 깨끗했다. 그것도 모자르다 싶으면 다른 녀석들이 먹다남은 밥도 깨끗이 청소해 버렸다.

수정은 뚱이 밥을 먹는 모습이 너무도 재미있어서 쪼그리고 앉아 유심히 녀석의 모습을 들여다보며 얼굴 가득히 미소를 머금었다. 언젠가는 머리통이 밥그릇보다 컸으므로 밥그릇에 머리통이 낄 때도 있었다. 뚱이 밥그릇을 떼어내느라 안간힘을 쓸 때도 있었는데 그 모습이 너무도 재미있었다.

이제 뚱은 클 만큼 다 큰 모양이었다. 뚱은 보기보다는 너무도 영리했고, 주인의 의중을 잘 간파하는 훌륭한 반려견이었다. 뚱은 조련사가 훈련시킨 대로 절대로 주인이 주는 음식 외엔 누가 아무리 맛있는 음식을 던져 주어도 먼산바라기였다.

생긴 것이 괴물같아서 그렇지 절대로 사람을 싫어하지 않았다. 그래서 수정은 외출하지 않을 때는 뚱을 묶어두지 않기로 했다. 뚱은 친구들과 어울려 마음껏 초원에서 뛰어 놀았고 세상에 부러울 게 하나도 없는 개였다. 하지만 풀숲에는 진드기가 많아서 예방접종을 게을리하지 않아야 했다.

뚱에겐 민혁과 수정이 행복의 전부였다. 물론 풍돌이와 진돌이도 있고, 두 아들도 있었지만 그래도 민혁과 수정이만큼 애정이 가는 것은 아니었다.

'난 민혁 형에게 맞아 죽을 뻔했지만 결코 형을 원망하지 않아. 그 뒤로부터 얼마나 날 사랑해 준다구. 수정이 누나야 말해 뭐해. 세상에서 가장 예쁘고 마음이 착한 누나일꺼야… 항상 나를 붙들어 매지 않고 풀어놓아 주는 게 얼마나 고마워…….'

그로부터 열흘쯤 뒤 그날은 주일이었다. 교회 행사에 참여하고 밤늦게 돌아온 민혁부부는 샤워를 끝내자마자 잠에 곯아떨어졌다. 수정은 갑자기 아닥치듯 짖어대는 개들의 소리에 침대에서 벌떡 일어나 창 밖을 내다 보았다.

밖은 언젠가처럼 교교하게 떨어진 달빛탓에 대낮처럼 밝았다. 또 멧돼지 두 마리가 산에서 내려와 수정이가 심어놓은 고구마밭을 주둥이로 마구 파헤치고 있었다. 개들이 철조망 안에서 아무리 짖고 날뛰어도 놈들은 조금도 두려워하지 않고 고구마를 맛있게 깨물어 먹고 있었다.

잠에 취해 있던 풍은 시끄럽다는 듯 잠깐 고개를 쳐 들었다. 그리고는 다시 머리를 땅에다 떨어뜨린 채 만사가 귀찮은 듯 잠을 청했다. 하지만 곧 풍도 이번엔 낌새가 달랐음을 느꼈는지 다시 고개를 번쩍 쳐들고 로보캅처럼 사방을 두리번거리면서 집 밖으로 뛰어나갔다.

풍이 고구마 밭을 난장판으로 만들고 있는 멧돼지를 향해 탱크처럼 돌진해 들어갔다. 순간 덩치가 큰 수놈 멧돼지가 휙 몸을 돌리더니 돌진해 오는 풍을 향해 힘껏 주둥이를 휘둘렀다. 하지만 풍이 재빨리 멧돼지의 주둥이를 피하면서 녀석의 귀를 물고 마구 흔들어댔다. 멧돼지의 귀가 쫙 찢어졌다. 멧돼지가 죽을 듯이 비명을 질렀다.

수정이가 민혁을 마구 두들겨 깨웠다.
"오빳! 큰일났어, 빨리 일어나봐아!"
민혁이 깜짝 놀라 침대에서 튕기듯 일어났다.
"뭐, 뭐얏?"
수정이 민혁의 입을 손바닥으로 막았다. 요셉이가 잠을 깰까봐 염려해서였다.
"멧돼지가 또 나타났어. 이번엔 두 마리야. 아이구, 큰일났네. 풍돌이와 진돌이랑 뚱 새끼들도 다 풀어 놓을 걸 뚱 혼자서 어떡해에!"
 민혁이 작게 소리쳤다.
 "안되겠어. 내가 나가서 애들을 풀어놔야지."
 '수정이 민혁의 팔을 아프도록 움켜 잡았다.
 "안돼! 어딜 나간다구 그래? 멧돼지 한테 받히면 어쩔려구!"
 "뚱이 혼자 싸우잖아!"
 "글쎄 그래두 안돼. 사람이 살아야짓!"
 그때 수정이가 손뼉을 딱 치면서 소리쳤다.
 "오빠, 한 마리는 산으로 도망가잖앗!"
 "그래? 어디? 허엉! 진짜네, 한 놈은 도망갔다. 좋아! 일대일이면 해볼만 하지."
 "이번에도 뚱이 이길까?"
 "가만히 두고보자, 수정아."

 이번에도 뚱은 멧돼지와 맞붙어 싸우는데 그 처절한 싸움이 두 사람의 간을 콩알만하게 했다. 순간 멧돼지가 먼저 도망간 놈의 뒤를 따라 몸을 돌리더니 엉금썰썰 숲 속으로 숨어버릴 모양이었다. 하지만 뚱이 그대로 보내줄 리가 없었다. 재빨리 멧돼지의 허벅지에 이빨을 꽂았다. 멧돼지가 비명을 지르며 몸을 돌렸다. 멧돼지가 다시 뚱을 향해 탱크처럼 돌진했다. 뚱이 멧돼지의 머리 위로 몸을 날렸다.
 개들은 죽어라 짖어댔지만 우리 속에 갇혀 있는 상태여서 뚱을 도울 수가 없어 안타까웠다. 순간 민혁이 방문을 열고 현관문을 박차고 나갔다.
 "앗! 오빠 어쩔려구!"
 "진돌이와 풍돌이를 풀어 줘야겠어."

"조심해 오빠! 똥새끼들도 풀어 줘, 힘을 모아야지."

민혁이 진돌이와 풍돌이를 풀어 주고, 똥의 새끼 두 놈도 풀어 주었다. 풍돌이와 진돌이가 똥의 새끼들과 함께 힘을 모아 멧돼지를 공격하기 시작했다. 그때였다. 조금 전 도망갔던 멧돼지가 또다른 멧돼지 2마리와 함께 나타났다. 아마도 멧돼지 가족인 모양이었다. 수정이 잠이 깨어 울고 있는 요셉을 안은 채 비명을 질렀다.

"오빳! 빨리 돌아와요! 멧돼지가 여러 마리 나타났어."

"수정아, 걱정마. 문 꼭 닫고 나오지 마!"

"오빳!"

민혁이 재빨리 담벼락에 세워둔 쇠몽둥이를 두 손으로 움켜쥐고 몸을 날렸다. 민혁이 쇠몽둥이로 똥과 대치하고 있는 놈의 등줄기를 힘껏 내리쳤다. 멧돼지가 비명을 지르며 허리를 길게 뻗었다. 충격이 몹시 컸던 모양 두 발로 육중한 몸을 끌고 기어가고 있었다. 아마도 놈의 등 뼈가 부러진 듯 했다.

내공의 힘이 한껏 들어간 일격이었으니 그럴 만도 했다. 행여나 이런 일이 벌어질까싶어 적소에 미리 쇠몽둥이를 준비해 둔 것이 여간 다행스럽지 않았다. 민혁의 쇠몽둥이 공격을 받은 멧돼지는 확실히 등뼈가 잘못된 모양이었다.

똥이 재빨리 멧돼지의 목에다 이빨을 꽂았다. 멧돼지가 비명을 질러대며 한참 동안 버둥거리더니 곧 잠잠해졌다. 개들은 또 다른 멧돼지들과 맞서서 물고 쫓기고 대 접전을 벌이고 있었다.

풍돌이가 멧돼지의 귀를 물고 늘어졌으나 놈이 주둥이로 풍돌이를 힘껏 밀어부쳤다. 풍돌이가 공중으로 3미터쯤 날아갔으나 땅에 나뒹굴자마자 또 다시 이빨을 하얗게 까뒤집고 대들었다. 똥의 두 아들도 결사적이었다.

어느 새 진돌이가 또 한 놈의 귀를 꽉 물고 죽자사자 늘어졌다. 놈이 비명을 지르며 머리를 흔들었으나 진돌이는 죽으면 죽었지 놓지 않으려는 모습이었다.

민혁이 또 한 번 땅을 차고 몸을 날렸다. 그의 쇠몽둥이가 또 한 마리의 멧돼지 머리통을 정통으로 내리쳤다. 멧돼지가 비명을 크게 지르더니 잠깐 멍하니 서 있었다. 그리고 곧 쿵하고 옆으로 몸을 쓰러뜨리고 말았다. 민혁의 손에 쥔 쇠몽둥이의 위력은 무시무시했다. 검도 4단의 내공이 움켜쥔 쇠몽둥이었으니 그럴 만도 했다.

이렇게 되자 살아남은 멧돼지 2마리가 전력을 상실한 듯 조금은 저적거리더니 이내 몸을 돌려 숲 속으로 내달리기 시작했다. 하지만 똥은 무서운 기세로 멧돼지들을 추격하기 시작했고, 진돌이와 풍돌이 등도 그 뒤를 맹렬한 기세로 따라갔다. 민혁이 소리쳤다.

"똥아, 진돌아 풍돌아아! 그만 돌아와아!"

그때였다. 어느 새 달려나온 수정이가 요셉이를 안은 채 민혁의 팔을 잡고 현관 안으로 끌어들였다.

대체 개들은 어디까지 멧돼지를 따라간 것일까. 조금 후 멀리 산 속에서 개들이 짖는 소리가 처절하게 들려왔다. 그래도 민혁은 어쩔 도리가 없었다. 대체 산 속 어디쯤까지 녀석들이 기어들어가 사투를 벌이고 있는지 알 수 없는 일이었다. 날이 밝을 때까지 기다리는 수밖에 없었다. 수정이 불안한 얼굴로 민혁을 쳐다보며 말했다.

"어찌된 걸까 오빠, 조용하잖아."

"원래 개들은 일단 싸움이 붙으면 시간이 흐를수록 짖어대지 않아. 죽을 똥 살똥 모르고 싸우기만 하지. 요셉이 자?"

"응. 배가 부른지 금방 잠이 들었네!"

"무사해야 할텐데, 어쩜 좋아 오빠, 대체 우리집 뒷산엔 웬 멧돼지들이 그렇게 많은 거야."

"우리집 뒷산뿐이 아냐. 전국이 멧돼지들 등살에 몸살을 앓고 있어. 농사도 과수도 멧돼지랑 까치 때문에 못해 먹겠다고 농부들이 난리야. 멧돼지뿐이 아냐. 노루나, 고라니 등쌀에 농삿꾼들이 죽을 지경이지."

"총으로 잡으면 안돼?"

"한계가 있지. 전국의 엽사들을 다 동원해도 멧돼지를 소탕할 수 없을거야. 멧돼지를 소탕할 일이면 공포의 살인 늑대개를 먼저 소탕할 일이지."

"어쩜좋아, 뚱이랑 애들 다 어찌 된 걸까"

그러면서 수정은 발을 동동 굴렀다.

"날이 밝아야 산을 뒤져서라도 찾아 볼텐데."

수정은 개들의 안전이 염려가 되어서 가슴이 숯껑처럼 새카맣게 타들어 가는 느낌이었다.

"뚱아……."

이윽고 어슴프레 새벽이 밝아오고 집 주위에 뽀얀 실안개가 자욱할 때쯤, 민혁은 현관문을 나섰다. 멧돼지 두 마리가 참혹한 모습으로 고구마 밭 고랑에 죽어 나자빠져 있었다.

"오빠, 조심해 응?"

"알았어, 염려마. 내가 알아서 할게."

한참 동안 울창한 잡목 숲을 헤치며 올라갔을 때 민혁은 쿵하고 가슴이 내려앉는 느낌이었다. 멧돼지 한 마리가 지쳐빠진 듯 풀숲에 자빠져서 마지막 숨을 헐떡거리며 죽어가고 있었다. 풍돌이와 진돌이가 각각 멧돼지의 목과 허벅지에 이빨을 박은 채로 꼼짝도 않고 있었다.

추측컨대 아마도 풍돌이와 진돌이는 밤새껏 멧돼지를 지치게 해 놓고 결정적인 이빨을 박아놓은 모양이었다. 민혁을 보자 꼬리만 살랑살랑 흔들고 있을뿐 여전히 멧돼지에게서 이빨을 뽑지 않은 채로였다.

민혁은 가슴이 불에 덴 듯 뜨거워졌다. 유보성이 강아지 때 입양해 준 풍돌이와 진돌이가 어느 새 다 커서 저렇게 대견해졌나 싶어서였다. 뚱의 자식 두 마리도 다리를 다친 모양 절뚝거리며 민혁에게 다가섰다.

민혁은 뚱이 보이지 않는 것이 너무도 불안했다.

"어딜 갔지?"

그때까지도 풍돌이와 진돌이는 여전히 멧돼지에게서 이빨을 뽑지 않고 있었다. 멧돼지의 비명소리가 점차 잦아들고 있었다. 민혁은 좀 더 올라가 보기로 결심하고 계속해서 잡목 숲을 헤치고 올라갔다.

바로 그 순간 민혁은 가슴 밑바닥에서 불끈 치솟는 감동으로, 눈시울이 확 뜨거워졌다. 밤새 처절한 혈투가 벌어진 듯 여나므 평쯤 나뭇가지가 부러지고 흙이 마구 파헤쳐져 있었다.

잔솔포기가 짓이겨진 곳에서 뚱이 엄청나게 큰 멧돼지의 목에다 커다란 송곳니를 푹 박아 놓은 채로, 민혁을 보자 눈만 껌뻑껌뻑하고 있었다. 뚱의 얼굴도 상처투성이로 온통 피범벅이었다.

"뚜… 뚱아!"

민혁이 땀에 젖은 런닝을 벗어 뚱의 목덜미와 몸을 조심스럽게 닦아주었다. 그때 불생불사 상태를 오가던 멧돼지가 또 한 번 몸을 꿈틀했다. 뚱이 다시 몸을 바짝 추스르고 이빨에 더욱 힘을 주고 있었다. 멧돼지가 최후의 발악을 하더니 곧 잠잠해졌다.

"아! 뚱아, 너란 개는 대체… 풍돌이도, 진돌이도…….."

전설에 의하면 임진왜란 당시 일본장수 '가토 기요마사'가 우리나라에 쳐들어 왔을 때 호랑이를 한 마리 잡았다고 한다. 그는 전쟁이 끝나면 그 호랑이를 '도요토미 히데요시'에게 선물할 셈으로 우리에 가두어 넣고 먹이로 개 세 마리를 넣어 주었다고 한다.

하지만 이튿날 아침 호랑이는 죽어자빠져 있고 세 마리의 개는 멀쩡했다는 것이다. 그때의 개 세 마리가 진돗개인지 풍산개인지는 모르겠으나 어쨌던 용맹하고 영리하기가 뛰어나기는 풍산개나 진돗개나 우열을 가릴 수 없다고 했다.

민혁은 뚱의 상처를 조심스럽게 닦아 주면서 중얼거렸다.

"뚱은 정말 대단하다. 너도 풍돌이와 진돌이처럼 조상의 피를 물려받았나 보다."

민혁이 뚱과 식구들을 데리고 숲을 빠져 나오고 있을 때 수정은 타는 듯한 가슴을 추스르며 안절부절하고 서 있었다. 뚱의 몸도 상처투성이 었지만 다른 녀석들도 흡사 전쟁터를 빠져나온 병사들처럼 절뚝 거리고 있었다.

"뚱아!! 풍돌아, 진돌아아!"

수정은 상처투성이 뚱의 목을 안고 울음을 터뜨렸다.

"아! 뚱아, 얘들아아……."

민혁이 뚱의 두 아들을 살피면서 말했다.

"수정아, 뚱의 아들들 이름을 지어 주어야지. 여태껏 이름을 안 지어 주다니. 이 녀석들이 섭섭했겠어."

"알았어, 오빠. 그렇잖아도 이름을 생각 중이었어."

학수의 비웃음

　민혁은 죽은 멧돼지들을 처분할 방법이 없어 이장에게 전화를 했다. 밭을 갈다말고 부랴부랴 트랙터를 타고 달려온 이장은 벌어진 입을 다물지 못했다.
　"하아니! 어찌 이런 일이 생길 수가!"
　이장은 곧 인근에 있는 군부대의 협조를 얻어 군용트럭에 죽은 멧돼지들을 싣고 사라졌다. 그러나 이 사실이 군 장병들을 통해서 인터넷으로 온 세상에 알려지고 말았다.
　기자들이 새까맣게 달려왔고, TV와 인터넷에 상처투성이 뚱과 그 식구들의 용맹스러웠던 모습이 크게 실렸다. 뚱의 식구들이 각종 매스컴을 타고 사람들의 가슴을 감동으로 물결치게 했다. 뚱과 그 식구들은 순식간에 영웅이 되어 있었다.

　국회를 거의 빈사상태로까지 몰고가는 정치인들이 서로 상대방을 헐뜯고 깎아내리며, 권력의 키를 돌리려고 혈안이 되어 있는 때였다.
　게다가 날이 갈수록 쪼들리기만 하는 경제. 사회곳곳에 곰팡이처럼 번져 있는 부패의 온상을 바라보며 황폐감에 절어 있던 국민들이었다.

　선거에서 어떻게 하면 내쪽 세력을 키울까에만 혈안이 된 부도덕한 정치인들에게 환멸을 느낀 나머지, 국민들은 뚱과 그 식구들의 활약에 모처럼 살맛을 느낀 모양이었다.

　그날도 유보성은 이른 아침부터 왕진가방을 꼼꼼히 챙기고 민혁네집을 향해 승용차를 몰았다. 유보성은 지금 대단히 흥분하고 있는 중이었다.

　"뚱이… 뚱이 우리의 희망이야……."

　연휴기간이었지만 검찰청의 불빛은 사그라지지 않았다. 상사에게 상황을 설명하고 잠시 시간을 낸 민혁은 오늘도 새벽바람으로 뚱과 그 식구들의 상처를 살펴보느라고 정신이 빠져 있었다.

　유모차에 요셉이를 태워놓은 채로 수정이 닭죽을 숟가락으로 떠서 뚱의 입에 넣어 주었으나 뚱은 성에 차지 않는지 벌떡 일어나서 양동이 속에다 상처투성이 얼굴을 쳐박았다. 양동이가 바닥이 나자 뚱이 얼굴을 쳐들었을 때 수정은 그만 와락 웃음을 터뜨리고 말았다. 뚱의 얼굴이 온통 닭죽으로 엉망이 되어 있었기 때문이었다.

　"뚱! 그 얼굴이 뭐야? 세상 사람들이 알면 챙피하게스리!"

　풍돌이와 진돌이도 원기를 많이 회복했고, 뚱의 자식 두 마리는 아직 상처가 아물지도 않았는데도 잔디밭을 마음껏 딩굴며 놀고 있었다. 그 때 유보성의 승용차가 크락숀을 울리며 마당에 들어서고 있었다.

　민혁이 벌떡 일어서서 그를 반겼다.

　"어이구, 유 선생님 아침 일찍 웬일로? 어서 오세요."

　"개들의 상처가 어떻습니까?"

　"예, 상처가 빨리 아물어갑니다."

"사람들이 여전히 많이 찾아오죠?"‘

"아휴! 말도 마세요. 저 녀석들 완전히 톱스타됐어요. 하도 사람들이 많이 찾아와서 가까이 접근하지 못하도록 저렇게 넓따랗게 굵은 철망을 쳐 놨어요. 아이들이 음식을 던져 넣는 둥 개들이 너무 시달리니까요."

"잘하셨습니다."

유보성은 곧 왕진가방을 열고 뚱과 그 식구들을 일일이 치료하기 시작했다.

"많이 나았습니다. 강 선생님. 저좀 보실까요?"

"예."

유보성은 민혁을 데리고 벤치로 갔다. 그리고 가방에서 보자기에 싼 나무 상자를 꺼내어 뚜껑을 열었다. 민혁이 깜짝 놀라며 물었다.

"앗! 그건… 산삼 아닙니까?"

"맞습니다."

"그건 왜……."

"미국에 계신 어머님께 효도 한번 해 보겠다고, 어렵사리 구한 산삼이에요. 80년생이랍니다."

"예……."

"강 검사님 이걸 뚱에게 먹입시다."

"예? 그 비싼 걸 왜 뚱에게 먹입니까?"

"뚱의 체력을 강하게 키워놔야 합니다."

"……!"

"이걸 대나무 칼로 잘게 썰어서 생으로 닭죽에 섞어 먹이세요."

"유 선생님, 이 비싼 산삼을……."

유보성이 담배를 한 대 꺼내어 입에 물고 라이타를 그었다. 파란 담배 연기가 아침햇살 속으로 머리를 풀어 헤치며 흩어졌다.
"강 선생님. 그 늑대개를 잡을 수 있는 해법을 똥에게서 찾아보는게… 그리고 뭔가 짚히는 데가 없습니까? 늑대개에 대한……."
"고민을 많이 합니다. 그 늑대개를 조종하는 누군가가 분명히 있다면 놈은 요즘 세상을 떠들썩하게 만든 똥의 사진을, 일반인들과는 또다른 시각으로 유심히 살펴볼 것이라고."
"옳거니! 바로 보셨습니다. 똥에게 은밀하게 도전장을 보내지 않을 수 없도록 은연 중에 싸이코패스의 아킬레스건을 건드리는 거죠."
예상하긴 했지만 민혁은 유보성의 말을 듣고 있으면서 가슴 한구석이 쿵 떨어지는 느낌이었다. 그것은 똥이 엉뚱한 사건에 휘말려 엄청난 대가를 치루어야 할 운명에 처할 수도 있다는 염려와 걱정이 앞섰기 때문이었다.
민혁은 그런 생각을 하면서 산삼을 똥에게 먹일 생각이라면 수정이 몰래 민혁이 닭죽에 산삼을 넣어 똥에게 먹여야 한다고 생각했다. 산삼을 똥에게 먹이는 이유를 수정이 알면 온통 난리가 날 것이었다.
"아무와도 싸우지 말고 그냥 자유롭게 살았으면 좋겠는데……."

유보성이 다시 입을 열었다.
"강 선생님. 이래뵈도 제가 대학시절엔 추리소설 작가가 꿈이었다면 믿으시겠습니까?"
"아, 그랬습니까?"
"졸업을 하고서도 틈틈이 글을 써서 Y잡지에 '녹색그림자'란 추리소설을 연재한 적도 있죠."

"허어! 몰라봐서 죄송합니다."

"틀림없이 그 늑대개를 조정하고 있는 놈은 분명히 강 선생님에게 녹색그림자처럼 소리없이 다가올 것입니다. 늑대개를 조정하는 놈은 분명 이 시간에도 컴퓨터를 열어놓고, 또 다른 살인계획을 치밀하게 계획하고 있을 겁니다. 제 작가적 상상력으로 그렇게 생각됩니다."

"네······."

바로 그 시각, 유보성의 예측대로 학수는 자신이 살고 있는 구석진 오피스텔에 틀어박혀 밤이 타도록 컴퓨터를 열어놓은 채 석고처럼 꼼짝도 않고 앉아 있었다. 그것은 컴퓨터 화면 가득하게 자리를 잡고 있는 뚱의 얼굴이었다.

"이놈이 세상의 영웅이 되었다 이 말이지··· 이 놈이 바로 수정이와 민혁이 기르고 있는 개이고 말이지··· 흐흐흐 재미있는 일이 벌어지겠군. 하지만 나의 충성스러운 디먼 일당에겐 어림도 없지. 게임도 안될 것이다. 수정이··· 그리고 민혁, 너희들은 우리애들의 밥이야··· 참! 차명성 박사부부도 있군. 보영의 오빠 유보성이 민혁네와 가깝게 지내는 것도 얄밉다. 좋았어. 이제부터 차근차근하게 살인광시곡을 다시 울려주마. 유사 이래 최고로 잔인한 방법으로 말이지."

그런 어느 날 오후, 뜻밖에도 민혁의 사무실에 학수가 나타났다.

민혁은 반갑게 학수를 맞이했다.

"야, 너 대체 어떻게 된 거냐? 얼굴이 많이 망가졌군. 어디서 대체 뭘 하고 사는 거야 검사는 왜 때려치웠어?"

"난 사실 법관이 되는 게 내 삶의 목적이 아니었어. 남들이 그렇게 부러워하는 법관의 자격을 쉽게 딸 수 있다는 나의 자존심과 능력을 보여

주고 싶었을 뿐이야."

"그래도 그렇지, 그토록 어렵게 합격한 법관의 미래를 그리 쉽게 포기하다니, 모두들 안타깝게 생각하고 있어."

"글쎄… 요즘 왠지 매사에 사는 재미가 뚝 떨어졌어."

"넌 선배들 모두가 혀를 내둘렀을 만큼 민완 검사였으니까. 네 능력을 기억하는 사람들이 네가 초야에 묻혀 살도록 가만 놔두겠니? 하마터면 미궁에 빠질뻔한 사건도 여럿 해결했잖아."

"흐흐흐… 민완 검사라고……."

"모처럼인데 저녁이나 같이 할까?"

"좋지."

"술 좋아하지?"

"그럼"

"결혼 안해?"

순간 민혁은 쓸데없는 소릴 했다싶어 얼른 입을 닫았다.

"흐흐흐, 결혼은 무슨 얼어죽을, 수정인?"

"아들 하나 낳고 그놈 키우는 재미에 빠져 세월 가는 줄 모르지. 두 번째 임신 중이야."

"………"

"나갈까? 차 갖고 왔어?"

"아니, 난 승용차가 없어."

민혁은 학수를 옆자리에 태우고 청사 밖으로 나섰다. 얼마 후 민혁은 이름난 부대찌개 골목 근처의 주차장에 차를 맡겼다. 매스컴에서조차 왁자지껄했을 만큼 소문난 음식점이라서 그런지 이미 사람들이 바글바글 자리를 차지하고 있었다. 마침 빈 자리가 한 군데 났다.
　두 사람은 재빨리 자리를 잡고 마주 앉았다. 비로소 민혁이 학수의 얼굴을 유심히 뜯어보며 물었다.
　"그 동안 대체 어디서 뭐하고 살았어? 왜 그렇게 한 번도 얼굴을 보이지 않았어?"
　"동남아를 쭉 돌고왔어. 배낭여행 말야."
　"그랬어?"
　학수가 부대찌개 국물을 한숟갈 떠서 맛을 보았다.
　"역시 소문난 집이라 맛이 다르군. "
　민혁이 학수의 잔에 소주를 부으려 하자 학수가 손사레를 쳤다.
　"아냐!"
　"?"
　학수가 주방 쪽에다 대고 큰 소리로 말했다.
　"아줌마!"
　"예."
　"여기 맥주컵 하나 갖다 주세요. 소주도 두어 병 더 주고요."
　그런 학수를 의아스런 눈길로 건네다보며 민혁이 물었다.
　"큰 컵으로 마시니, 소주를?"
　"난 요런 잔으론 답답해서 술 못 마셔. 넌 술 안 마셔?"
　"아냐. 한두 잔은 하지만 운전을 해야 하니까 그마저 못마시겠네."
　아주머니가 소주 두 병과 맥주컵을 하나 가져다 상 위에 놓고 갔다. 학수가 소줏병을 맥주컵에다 기울였다. 그리고 컵을 들어 냉수를 마시듯 금새 잔을 비워버렸다. 민혁이 눈이 휘둥그레지며 물었다.
　"너 어느 새 이딴 식으로 술 마시는 거 배웠니?"

"그냥 뭐……."
민혁은 또 한 병의 뚜껑을 따놓고 학수에게 말했다.
"보영이 말야. 네 고교 동창생."
학수는 잠자코 또 소줏병을 맥주컵에 기울이며 건성으로 대답했다.
"알고 있어."
"알고 있어? 동남아 배낭여행했다며?"
"야, 요즘 세상이 어떤 세상인데 그런 맹물 같은 소리 하냐. 안방에 앉아 전세계에서 일어나는 사건 사고들을 손금보듯 하는 세상 아냐. 배낭 속에 노트북 하난 꼭 챙기고 다녔지."
"허긴!"
"넌 보영이 죽은 게 내게 큰 충격이라도 되는 줄 아는 모양인데 난 걔 죽은 거 별로 관심 밖이야."
"뭐? 보영이가 죽은 건데두? 보영이랑은 고교 동창이었고 너랑은 각별한 사이었잖아."
"술이나 마시자."
"보영이가 어떻게 죽었는지도 알겠네?"
"뭐 매스컴에선 늑대개에게 물려 죽었다고 하던데?"
민혁이 부대찌개를 연거푸 떠서 입으로 가져가며, 말했다.
"그것도 강남의 도심 한복판에서 일어난 일이야. 도대체가 상상을 초월하는 사건이야. 어떻게 도심 한복판에서, 그것도 가정집 침실에서 두 명의 남녀가 처참하게 찢겨진 채 죽다니 말야."
"………."
"학수야."
"응."

"사람들은 이제 그 정체모를 집단의 짐승들을 늑대라고 단정했고, 그 늑대를 조정하는 인간이 따로 있다고 의혹에 찬 시선을 보내기 시작했어. 하지만 난 그 짐승의 집단을 늑대라고 믿지 않아. 떠돌이 들개들을 모아다가 늑대처럼 포악하게 길들인 인간이 따로 있다고 생각해."

"………"

"넌 어떻게 생각하니. 과연 살인 들개들을 늑대처럼 변질시킨 인간이 따로 있다고 생각지 않아?"

"말도 안 되는 소리!"

"그래? 어째서지?"

"세기말적인 현상이야. 요즘 생판 모르던 살인 잡충이 생기질 않나. 머리가 셋 달린 뱀이 나타나질 않나. 초목을 초토화시키는 흑메뚜기가 나타나질 않나. 이상한 벌레가 지구촌을 공포에 몰아넣고, 처처에 기근이나 지진이 일고, 쓰나미 현상으로 순식간에 수천 명이 목숨을 잃고, 전쟁이 끊일 날이 없잖아. 어디 살인 늑대뿐이냐? 눈에는 절대 보이지 않는다는 귀신이 나타나 사람을 심장마비로 죽게 하고, 살인 물고기, 살인 악어, 살인 곰팡이, 에이즈, 아볼라, 살인을 밥먹듯 하는 사람 등등… 세상이 온통 살인 일색이야. 하물며 살인 늑대가 없으란법 있어? 그런 살인늑대를 조정하는 인간이 있을 것이라고 상상하는 자체가 얼마나 웃기는 발상이냐. 초등학생이니 너? 그런 머리로 판검살하겠다고 그토록 많은 세월을 죽기살기로 공부했다니."

"………"

학수는 또 한 잔의 술을 깨끗이 목구멍 속으로 붓고나서 부대찌개를 연거푸 몇 숟가락 입에 떠 넣은 뒤 말했다.

"민혁아, 너처럼 한계가 있는 추리력으로는 살인범을 잡기는커녕 살인범의 그림자만 밟고 다니다 제풀에 지쳐 나가떨어질 거다. 야, 늑대개를 조종하는 인간이 있을 것이라는 조잡한 추리보다 현실적으로 생각해 보라구."

"현실적으로?"

"그렇지 현실적으로."

"………"

"그 살인 늑대개를 조정하는 인간이 있다고 생각하지 말고 인간의 지능을 닮은 살인 늑대개가 세기말에 돌연변이로 나타났다고 생각해 보라구. 인간의 지능을 닮은 살인 늑대개가 대한민국을 집어삼킬 날이 올 수도 있어."

"뭐? 인간의 지능을 닮은 늑대개?"

"그렇지. 귀신들린 놈이 나타나 멀쩡한 사람의 숨통을 끊어놓는 세상이야. 인공지능을 가진 상어가 사람을 마구 잡아먹는 세상이구. 지능을 가진 태풍이나 벼락이 사람을 무차별 공격하는 세기말적 세상이 도래한 거야. 내가 생각하기로 샘 홀트먼은 AI로 인해 인류의 미래를 망치고, 스스로도 AI의 바퀴에 깔려 죽을 것이다라고 하는데, 인류의 미래는 결코 평화롭지 못해. 내가 추측컨대 그 늑대개들의 머리에 AI칩이 박혀 있을 것이라고 생각한다."

"학수야, 너 지금 환타지 영화 시나리오 쓰냐? 늑대개들의 머리에 AI, 칩이 박혀 있다니!"

"흐흐흐… 지금 너 영화얘기 하냐구 물었니? 요즘 세상을 떠들썩하게 하고 있는 살인 늑대개 얘기가 사실이 아니고 영화냐?"

"………"

민혁은 자신을 건너다 보는 학수의 눈빛이 깊이를 측량할 수 없을 만큼 음울하다는 느낌이었다.

 학수의 말대로 그 살인 늑대개들이 인간의 지능을 닮은 짐승의 집단이라면 그것은 확실히 인간이 당해내기 힘든 재앙이라는 느낌이었다.

 민혁은 갑자기 가슴이 폭발할 것만 같은 답답함을 느꼈다. 대리운전자를 부를 각오를 하고 민혁은 학수가 반강제로 부어주는 소주를 목구멍 속으로 탁 털어넣었다. 목구멍이 타는 듯이 아팠다. 꽤 오랜만에 대하는 술이어서 그런 것 같았다. 학수가 다시 입을 열었다.

"요즘 항간에 영웅일가가 떴더군."

"뭐? 영웅일가?"

"그래, 산에서 내려온 멧돼지들과 싸워 이긴 개들의 이야기, 그 개들의 대장이 뚱이라고 했던가. 그게 바로 민혁 너희들이 기르는 개라며?"

 민혁이 조금 오르기 시작하는 취기를 느끼며 피식 웃었다.

"허헛! 너두 그 이야기 들었구나. 그 이야기가 세상에 퍼지고 나서 시도때도없이 우리집을 찾아오는 구경꾼들 때문에 수정이가 몸살이 날 지경이야. 보영의 오빠조차 80년생 산삼을 뚱에게 선물할 정도로 뚱 녀석은 팔자가 늘어졌어."

"뭐? 보영의 오빠가 너희 개에게 80년생 산삼을 선물했다고? 왜?"

"동생을 죽인 그 살인 늑대개를 반드시 물어 죽일 만큼 힘을 키우라고."

"………."

"보영의 오빠는 동생이 살인 늑대개에게 참혹하게 죽은 뒤 거의 패닉 상태에 빠졌어. 우리 뚱만이 그 살인 늑대개를 잡을 수 있다면서……."

 순간 학수의 눈빛이 광기로 번쩍 빛을 발했다. 학수가 조롱섞인 말투로 말했다.

"그래… 과연 뚱이란 놈이 그 살인 늑대개를 당해낼 수 있을까?"

"덩치도 엄청 크지만 일단 적을 대하면 절대로 물러설 줄 모르는 용맹스러움은 상상을 초월하지."

"………"

"사람들이 끊일 새 없이 찾아와서 우리 개들을 괴롭히는 통에 아무래도 안되겠다 싶어서 뚱과 그 식구들을 동물원의 우리처럼 아예 넓다란 철망 안에다 따로 가두어 놓았지. 내년쯤엔 아예 사람들을 출입금지시킬 생각이야. 개들이 자유롭게 뛰어놀게 할 작정이야."

순간 학수의 눈에서 살기어린 섬광이 또 한 번 파뜩 일었지만 민혁은 미처 그것을 알아채지 못했다. 그때 학수가 벌떡 자리를 차고 일어섰다.

"왜 벌써 가려구?"

"응."

"택시 타고 가야겠군?"

"응."

"가까우면 태워다 줄께. 어차피 대리운전자를 부를 텐데 말야."

"괜찮아. 아무쪼록 끝까지 살아남아 있기만 하면 다행인데."

"뭐라구?"

"아냐, 아냐 그냥 몸 건강하게 잘 지내라는 뜻이야."

민혁과 헤어진 학수는 일부러 어두컴컴한 골목을 걸으면서 담배를 한 개비 입술에 매어달고 라이타를 그었다. 그의 입에서 쏟아져 나오는 하얀 담배연기가 유령의 옷자락처럼 하늘거리며 밤하늘 속으로 사라지고 있었다.

'그래. 할 수만 있다면 어떡해서든 살아남아 봐라. 네가 이 세상에 오래 살아남을 수 있도록 운명의 여신이 네 곁에 버티고 있어 준다면… 크흐흐흐…'

그는 어두운 강변둑을 따라 뚜벅뚜벅 걸었다. 술취한 남녀 한 쌍이 비틀거리면서 아슬아슬하게 그의 옷깃을 스치고 지나갔다. 그 젊은 남녀에게 그것은 참으로 천만다행스러운 순간이었다. 만약에 그 술취한 젊은 남녀가 학수의 몸을 탁 부딪히고 지나가기라도 했다면, 그래서 학수가 걸음을 멈추고 이렇게 시비를 걸었다 치자.
"이봐요, 청년! 왜 사람을 탁탁 치고 다니는 겁니까?"
술취한 젊은이가 이렇게 받아쳤다고 가정해보자.
"뭐라구? 이 새끼야?"
"………"
"길을 지나가다 실수로 좀 부딪혔기로 그걸 갖고 시비야?"
"아프니까 하는 말 아뇨?"
"꺼져 새꺄! 확 패 죽여버리기 전에!"
"………"
학수는 그 청년에게 이렇게 말했을것이다.
"죽는다는 게 뭔지 압니까?"
"뭐라고? 이 쓰벌놈잇!"
그리고 다짜고짜 학수의 얼굴을 주먹으로 마구 후려 갈겼다고 치자. 그리고 학수의 코에서 코피가 마구 쏟아졌을테고, 그리고 그날 밤 그 두 젊은 남녀가 정욕의 불길에 휩싸였던 모텔은 피비린내로 지옥처럼 참혹했을 것이고, 형체를 알아볼 수 없을 만큼 얼굴이 갈갈이 찢어진 채로 발견된 시체는, 또 한 번 사람들을 경악의 도가니로 몰아넣었을 것이었다.

갑자기 학수는 외로움의 폭풍이 전신을 휘몰아치는 느낌이 들었다.
'군불을 지핀 따뜻한 온돌방에서 며칠 쯤 쉬고 싶다.'
학수는 불현듯 월정 마을의 옛집이 그리워졌다.
"꽤 오랫 동안 찾아보지 못했어. 디먼도 탑차 속에만 갇혀 산 지 벌써 한 달도 넘었잖아… 녀석도 답답하고 친구들이 몹시 보고 싶겠지… 동굴 속에 쌓아놓은 사료도 다 떨어졌겠군."
학수는 내일 아침 일찍 월정리 쪽으로 출발해야겠다고 마음을 굳혔다.

운명의 돌

그날 밤도 유보성은 이미 죽고 없는 보영의 어두컴컴한 술집에서 홀로 술을 마시고 있었다. 9시까지 민혁과 그 술집에서 만나기로 약속을 받아내었다. 하필이면 을씨년스럽기 짝이없는, 죽은 여자의 냄새가 곳곳에 배어 있는 곳에서 만나자고 민혁이 내심 불쾌하게 생각할지도 모른다는 생각은 했다.

동생이 그렇게 참혹하게 죽고 난 뒤로, 보성은 동물병원의 가게문도 꼭 닫아 걸어버렸다. 세상만사 다 귀찮아지기도 했지만, 동생이 늑대개에게 물어뜯겨 참혹하게 죽은 마당에, 개들을 상대로 영업하기가 영 맛이 간 탓이었다.

내일 모레면 나이도 이미 40을 넘어서는 중늙은이가 코앞에 다가섰지만 아직 장가도 못 간 주제에 툭하면 동생보고 시집을 왜 안 가냐고 만날 때마다 짜증섞인 목소리로 꾸짖었다.

전화를 할 때마다 귀가 따갑도록 이렇게 타박했었다.

"더 나이 들기 전에 시집 가란 말이다. 시집 갈 생각은 않고 뭐 술집이야 술집이!"

그럴 때마다 동생은 애원하다시피 말했었다.

"오빠, 제발 날 보구 시집 가란 말 좀 그만해. 나 정말 결혼 않고 이렇게 자유롭게 살고 싶어. 나보고 시집 가라고 안달 그만하구 오빠나 빨리 장가 가라구. 미국에선 엄마가 좋은 며느리감 있다고 늘 전화하는데, 술집이긴 해도 흔해빠진 대포집이 아니고 고급양주만 취급하는데 뭘……."

유보성은 잠자코 빈 술잔에 술을 부었다. 또 보영의 목소리가 귀청을 때리는 듯 했다.

"오빠, 언제 오빠가 날 동생 취급해 준 적 한 번이라도 있어? 내가 동네 애들한테 포주 딸이라고 놀림을 받고 분해서 싸우기라도 할 때면 오빤 한 번이라도 날 위해서 나서 준 적 있어? 모른 척 도망만 쳤잖아.

숙제 좀 가르쳐 달라구 해도 짜증만 냈지. 영어 단어하나 수학 공식하나 제대로 가르쳐 준 적 있어? 게다가 엄마는 오빠와 보철이만 아들이라고 금이야 옥이야 했지, 난 언제나 있으나마나한 찬밥이었잖아.

오빠랑 보철이가 삼촌네 과수원에서 평화롭게 사는 동안, 난 엄마와 함께 붙어살면서 세상 남자들의 추악한 꼴이란 꼴은 다 보고 컸지. 엄마의 남자는 일 년에 열두 번도 더 바뀌었어. 난 그렇게 손꼽을 수 없을 만큼 많은 엄마의 남자들이 증오스러웠지만, 난 그때마다 눈빛이 너무 독하다고 엄마에게 꿀밤을 수도 없이 맞아가며 컸어."

"………"

보성은 또 한 잔의 술을 목구멍 속에 털어 넣고나서 마른 안주를 천천히 깨물었다. 그때 핸드폰이 울리기 시작했다.

"누구시죠?"'

"예, 강민혁입니다. 지금 까페 문 앞에 서 있는데 안으로 문이 잠긴 것 같아서."

"아 예, 잠깐요. 금방 열어드릴게요."

유보성이 출입문을 열어주자 거기 민혁이 웃음띈 얼굴로 서 있었다.

"오랜만입니다."

"들어오시죠."

민혁이 홀 안을 두리번거리며 보성의 옆자리에 앉았다.

"아직 가게가 정리되지 않았군요."

"건물주와 계약기간이 많이 남았거든요. 한데 가게를 인수할 사람이 쉬 나타나지 않는군요. 아마도 동생이 늑대개에게 희생당했다는 소문이 주위에 파다하게 퍼진 때문인 것 같은데… 뭐 되는 대로 놔두는거죠."

유보성이 민혁에게 잔을 내밀고 술을 부었다.

"한잔하시죠."

"아아뇨, 전 술을 잘 못합니다. 더군다나 양주는……."

"허허! 술을 못하신다고."

"절 만나고자 하신 이유가 있을 것 같은데요."

유보성이 담배를 한 대 피워물고나서 입을 열었다.

"비로소 말씀 드리는데 말이죠."

"………"

"보영이가 죽은 다음 날 밤에 말이죠."

민혁이 파뜩 긴장하며 눈빛이 반짝 빛을 발했다.

"그래서요?"

"이미 경찰이 다녀갔다고 했지만 종업원이 제게 털어놓듯이 말한 대목이 마음에 걸립니다."

"뭐가요? 뭐라고 했습니까?"

"그날 밤, 어떤 남자가 동생을 찾아왔답니다. 행색이 몹시 초라해 보이는 남자였다는데요."

"어떤 남자가?"

"야구 모자를 푹 눌러쓴 남자였는데 그가 보영이를 전부터 잘 아는 사이 같다고 했어요. 대화하는 걸 보면 친구사이처럼 서로 반말을 하더랍니다."

"보영이 죽은 날 밤에 말씀이죠?"

"그래요, 바로 몇 시간 전이었답니다."

"그런데요?"

"그 종업원의 말을 빌리면 그 사나이는 야구모자를 쓰고 있었는데 몹시 표정이 굳어 있었고, 그를 대하는 보영의 태도가 매우 불쾌해 보였다고 했습니다. 꼭 싸우는 듯한 인상을 받았다고."

그 말을 듣는 순간 민혁의 눈앞에 학수의 얼굴이 확 들이닥친 것은 어쩐 일일까.

"……!"

"그때 나타난 또 다른 남자가 그날 밤 보영이와 함께 술집을 나갔는데 그는 압구정동에서 터줏대감 겪인 박 사장이란 건달이었답니다."

종업원의 말은 그 남자가 나타나자 사나이에 대한 보영의 태도가 더욱 쌀쌀맞았고, 그 사나이는 10만 원짜리 수표를 보영이에게 건네주고 말없이 까페를 나갔다고 합니다."

"10만 원 짜리 수표 말씀입니까?"

"물론 담당 경찰서 형사들이 그 수표를 지문 감식반에 의뢰했고, 인상착의라든가 여러 가지 의심나는 부분을 그 종업원에게 자세하게 물었답니다. 특히 그 사나이의 말씨와 복장은 어땠냐는 등등."

"그랬더니?"

"허름한 작업복 차림에 야구모자를 푹 눌러썼는데 손에 가죽장갑을 들고 있더랍니다."

"아니. 이 여름에 가죽장갑을요?"

"10만 원짜리 수표에 지문이 남아있을 리도 없겠지만, 경찰 간부인 내 친구의 말에 의하면 그날 금고에서 꺼내본 수표를 강력계 형사들이 화폐 전문가에게 의뢰해 본 결과 유통과정에서 묻은 지문마저 깨끗이 지우기 위해 비누로 빤 흔적이 있었답니다. 수표를 비누질했다고 해서 과연 과학수사가 손놓고 자빠질 일인지는 모르지만 어쨌든……."

"자기 딴에는 치밀했죠. 나도 수표 이야기는 이미 알고 있습니다."

유보성이 빈잔에 술을 부어 단숨에 삼켜버렸다. 동생이 죽고나서 부터 유보성의 주량은 평소보다 몇 배로 늘어 있었다.

유보성의 눈에서 눈물이 어른거리는 것을 재빨리 눈치챘지만 민혁은 모른 척 딴 곳으로 시선을 돌려놓고 있었다. 유보성이 다시 물먹은 목소리로 입을 열었다.

"강 선생님."

"예."

"몇 번이고 말씀드리지만, 늑대개를 조정하는 인간이 분명히 있어요. 뿐만 아니라 늑대개들의 행동반경을 지시하는 대장개가 있고, 그 대장개는 어느 누군가에게 철저하게 세뇌받고 훈련받았을 확률이 큽니다."

민혁이 고개를 끄덕이며 말했다.

"이젠 저도 그렇게 믿게 되었습니다. 이 사건에 남달리 관심이 많은 탓에 이곳에 오기 전 경찰청에서 일하는 내 고교 동창생을 만나고 오는 길입니다. 그 친구는 프로파일러입니다."

"프로파일러?"

"병적인 동기를 지닌 범인이 범죄현장에 남긴 미세한 증거라든가 눈에 보이지 않는 범죄성향을 조사해서 대략적인 범인의 유형을 찾아 범위를 압축해 나가는 수사관을 말합니다. 살인마 박철현과 천규백을 체포하는 데에도 그 친구의 영향이 컸습니다."

"그렇습니까……."

그날 밤 유보성과 꽤 오랜 시간 대화를 나누고 난 뒤 집으로 돌아오면서 민혁은 미간을 잔뜩 찌푸리며 고민했다.

'보영이 죽기 몇 시간 전에 보영의 까페에 나타났던 사나이… 내가 아는 한 보영과 친한 남자는 학수밖에 없는데…….'

이튿날 고교동창생인 김현준과 저녁을 함께 먹으면서 긴밀히 나누었던 대화 중에는 다음과 같은 내용이 담겨져 있었다. 민혁이 말했다.

"늑대는 아니고 늑대개라고 가정하고 말인데, 이미 세간에 알려진 대로 놈들은 한두 마리가 아냐."

김현준이 시켜놓은 삼계탕을 먹을 생각은 않고 민혁에게 속삭였다.

"그 늑대개를 조정하고 있는 인간이 확실히 있다치고, 대장 늑대개가 지금까지 부하들에게 군복을 입은 사람들은 단 한 명도 공격하지 못하게 했다면 혹 그 개가 군부대에서 사육된 개가 아닐까? 혹은 군견훈련소에서 특수훈련을 받은 개일 수도 있어."

"뭐? 군견훈련소?"

"그렇지. 내력은 아직 모르지만 추측컨대 어떤 좋지못한 운명의 장난으로 그 개가 본의 아니게 변질되지 않았을까?"

"글쎄……."

"군 수사기관에 의뢰해서 군부대에서 키웠던 개가 탈출했거나 실종된 개가 있나 한번 의뢰해 볼 생각이야. 어쩌면 군부대에 탈출한 개의 사진이 보관되어 있진 않을까. 그리고 며칠 전 네가 말했던 것처럼 최초에 실종사건이 있었던 마을을 한번 찾아가 조사해 볼 작정이야."

민혁이 상체를 바짝 김현준 쪽으로 끌어당겨 놓고 속삭이듯 말했다.

"전에도 말했듯이 심마니가 실종되었던 마을이 민통선 근처에 있는 월정리란 마을인데 산삼을 캐러 들어간 심마니가 첫 희생자였어. 그 심마니는 해마다 그 마을에서 몇 달씩 묵으면서 마을 뒷산에서 물더덕이랑 산삼을 캐러오던 나이 40이 넘은, 아내와 아이들이 셋 있는 가장이었다는군. 그런데 그 실종사건도 아직 해결되지 않은 채 미궁에 빠져 있지. 군경수색대가 그 마을 뒷산을 이잡듯이 뒤졌다지만 아무런 물증을 찾지 못했어."

"하긴 해결되지 못한 채로 미제사건으로 남아있는 실종사건이 어디 한두 건이래야 말이지. 하지만 깊은 산을 뒤지고 다니는 심마니의 실종사건은 어쩐지 늑대개들과 맥이 닿는다는 느낌이야."

김현준이 민혁의 눈앞에 얼굴을 바짝 들이대고 말했다.

"민혁아."

"그래."

"경찰에선 이미 군 수사기관에 실종된 개를 조사해 달라고 협조를 부탁해 놓은 상황이야. 수색대가 샅샅이 뒤졌다고 해도 내가 하늘에서 별을 따는 심정으로 그 마을을 다시 한 번 찾아가 보려고 해. 어쨌거나 심마니 실종 사건은 월정리란 마을 뒷산에서 발생한 것 아냐? 공포의 늑대개들이 그 마을에서 머지않은 아주 비밀스러운 곳에 숨어지낼지도 모르니까. 이렇게 말하는데는 나 나름대로 희망적인 사실 한 가지를 발견했기 때문이야. 며칠 전 경기도 포천에 있는 어느 개사료 가게에서 전혀 안면이 없는 낯선 남자가 들러서 한꺼번에 개사료를 20포대 사간 정보가 입수되었어."

"포천에서? 포천이라면 군 부대가 많이 있는 지역이잖아?"

김현준이 자신감이 넘치는 얼굴로 말했다.

"군인들은 주로 산 속에서 훈련하고 생활하는데도 늑대개들이 군인들을 한번도 공격하지 않은 것은 부하들을 통솔하는 대장개가 군부대에서 기르던 개일 확률도 배제할 수 없어. 하지만 꼭 그런 맥락으로 설불리 단정하기엔 증거가 너무도 빈약해. 군부대에서 기르던 개가 실종되었다 쳐. 그게 수사에 무슨 도움이 될까. 사람이 아니고 개인 것을……. 게다가 군부대에서 기르던 개가 실종되거나 탈출한 개가 한두 마리겠어?"

민혁이 현준의 눈을 깊숙히 들여다보며 의미심장한 어투로 말했다.

"현준아, 네 말대로 하늘에서 별을 따는 심정으로 일단 월정리란 마을에 찾아가서 기적을 나꾸어 봐. 웬지 그곳에 비밀의 열쇠가 숨어있을 것 같다는 확신이 점점 깊어져. 장담컨데 대장개를 조종하는 인간이 분명히 있다."

김현준과 헤어진 민혁은 집에 도착해서 마당에 승용차를 세워놓고 크락숀을 두어 번 눌렀다. 금새 뚱과 그 식구들이 반가움으로 펄쩍펄쩍 뛰고 난리가 났다. 곧 현관문이 열리고 수정이 요셉을 안고 나타났다.

"늦었어. 요셉아빠."

"응, 누구좀 만나고 오느라고. 요셉이 안 자?"

"목욕하고 나서 한잠 늘어지게 잤지. 저녁은?"

"친구랑 먹었어."

민혁이 수정에게서 요셉을 받아 안았다. 두 사람이 현관문 안으로 사라지고 난 후였다. 유달리 후각이 예민한 풍돌이와 진돌이가 어둠 속 한 곳을 향해 눈에 불을 켜고 으르렁대기 시작했다. 그도 그럴 것이 잡목숲으로 우거진 캄캄한 숲 속에 바짝 몸을 낮추고 있는 두 개의 파란 불빛이 민혁네집 정원을 금세라도 덮칠 듯이 웅크리고 있었기 때문이었다.

파란 눈빛으로 독을 뿜어내고 있는 바로 옆에 장승처럼 우뚝 서 있는 검은 물체는 학수였다. 그의 오른손에는 면도칼처럼 새파랗게 날이 선 정글도가 쥐어져 있었다. 학수는 시간이 가면 갈수록 더 악랄한 엽기적 살인마로 그 폭력의 팬터지와 바짝 밀착 되어가고 있었다.

"이 정글도로 저놈들의 목을 쳐서 환락으로 들끓고 있는 홍대앞 밤거리에다 내다버리자. 흐흐흐… 세상이 발칵 뒤집어지겠지. 하지만 디먼, 아직은 때가 아니다. 세상이 너희들을 잡으려고 눈이 빨개져 있지만 어림도 없지. 흐흐흐…. 어디 한 번 지뢰가 우글거리는 우리들의 보금자리 지뢰밭 속으로 와보라지."

그렇게 소름끼치도록 중얼거리는 학수는 민혁이네 집에서 5백 미터쯤 떨어진 숲 속에 탑차 한 대를 침묵의 저승사자처럼 쑤셔 박아놓고 있었다.

어쨌든 유보성의 추측대로 똥을 미끼로 해서 일단 학수의 호기심을 이곳까지 유발시킨 것은 성공적이었다. 지뢰밭에 숨어 있는 늑대개들은 디먼의 지휘 아래. 일 년 중 대부분의 시간을 철책선이 가까운 최전방의 동굴 속에 본거지를 두고 살고 있었다.

전쟁이 끝난 지 70년이 넘었지만 그 지역은 녹슨 철조망으로 둘러쳐진 채로 아무도 출입할 수 없는 공포의 숲 속이었다. 늑대개들이 곳곳에 지뢰가 파묻혀 있는 철조망 안에 들어가 살 것이라곤 아무도 상상 못했다.

언젠가 산나물을 캐러 그 산에 올랐던 마을 주민이 물더덕이 탐이 난 나머지 그 지뢰밭 속으로 발을 들여 놓았다가 산산히 부서진 시체로 발견되기도 했던 곳이었다.

지뢰를 찾는데 탁월한 능력을 발휘했던 디먼만이 그 공포의 지뢰밭 속에서 학수와 그 일당들을 안전하게 살 수 있도록 인도할 수 있었다. 늑대개들은 디먼의 명령이 없이는 결코 사람들을 공격하지 않았다.

학수는 무엇인가 생각나면 불쑥 탑차 안에다 잘 훈련된 늑대개들 몇 마리만 태우고 멀리까지 야간을 틈타서 여행을 다녔다. 주로 농촌길을 따라 이동하곤 했는데, 그것은 사람들의 의심을 사지 않아도 될 뿐 아니라 인근의 양계장 같은데서 병든 닭 등을 싸게 사서 늑대개들을 배불리 먹일 수 있기 때문이었다.

이튿날 새벽, 민혁은 곤히 잠든 수정이 몰래 침실을 빠져나왔다. 민혁이 몸을 구푸려 똥의 집을 들여다보았다. 똥은 그때까지도 코를 골며 자고 있었다.

어느 순간 민혁은 어금니를 질끈 깨물었다. 앞으로 법조인의 길을 걸어가야 할 입장으로서 국민의 생명을 지키기 위해 민혁은 살인늑대들의 중심에 웅크리고 있는 악마를 반드시 잡아야 한다는 필욕감심이 가슴 속에서 부레끓고 있었다.

민혁이 조그만 목소리로 뚱을 불렀다.

"뚱아"

"........."

"뚱아"

그러자 뚱이 후다닥 깨어 일어났다. 이 꼭두새벽에 민혁이 웬일인가 싶었다. 민혁이 뚱의 목을 꼭 끌어안고 타는 듯한 목소리로 말했다.

"뚱아, 오늘 아침부터 나와 함께 훈련에 돌입하자. 넌 요즘 몸이 너무 굼떠서 안되겠어, 운동을 마치고 집에 오면 수정이가 맛있는 족발을 삶아 줄 거야. 뚱아, 어쩌면 너와 내가 받아넘겨야 할 운명의 돌이 우리를 향해 날아올지도 몰라. 우리 모두 체력을 키워야 해. 악마들의 도전을 물리치려면 모두들 체력을 키워야 해. 자, 애들 데리고 달리자."

그날 새벽부터 민혁은 민혁이네 땅을 휘감고 있는 산등성을 달리고 또 달렸다. 진돌이와 풍돌이도, 그리고 뚱의 두 아들도 덩달아 따라 달렸다. 뚱은 속으로 무척 의아하게 생각했다.

"대체 민혁형이 왜 갑자기 이러는 거지? 하지만 신나긴 해. 형이랑 식구들이랑 신선한 공기를 마시며 산길을 달리는 일이. 그리고 훈련을 마치고 집에 돌아오면 아! 수정이 누나가 김이 무럭무럭 나는 팔뚝만한 족발을 삶아 준다니까. 난 진짜 돼지 족발이라면 사족을 못쓸 정도니까… 아! 진짜 운동을 마치고 김이 무럭무럭 나는 족발을 배불리 먹는다는건 너무도 행복해."

뚱은 아침마다 민혁과 함께 산등성을 내 달리는 게 너무도 좋았다.

하지만 뚱을 향해 좁혀오는 운명의 돌은 점점 그 몸집을 무섭게 키워가고 있었다.

무녀의 집

　신곡머리에 김현준은 후배형사 강운찬과 함께 월정리란 민통선 마을 초입에서 승용차를 세웠다. 돌림길의 폭이 차가 다닐 만큼 넓지 않았기 때문이었다.
　"선배님, 이 마을이 최초로 심마니 실종사건이 발생한 바로 그 마을이란 말씀이죠?"
　"그래."
　"마을이 무척 아름답고 조용하군요. 아! 저 아름드리 밤나무들 좀 보세요. 일 년에 밤을 수백 가마도 더 따겠는데?"
　김현준이 마을을 둘러보며 감탄했다.
　"참 아름다운 마을이네. 모두들 들에 나간 모양이군. 가을걷이가 바쁜 철이니까."
　"현지 파출소장의 말에 의하면 실종된 심마니는 이 마을에 사는 심마니는 아니었고, 해마다 이 마을엘 들러 동네사람들한테 돼지 한 마리씩을 잡아 고사를 정성껏 드리고, 후한 대접을 아끼지 않았다고 해. 조사해 본 바에 의하면 실종된 심마니는 아내와 3남매를 둔 가장이었다는데 40대 가장이면서도 산삼을 캐는데 남다른 재주를 발휘했다는군.”

강운찬이 정색을 하며 말했다.

"어디서부터 추적의 꼬리를 잡아야 하죠?"

"일단 이 마을에서 하룻밤쯤 묵을 셈치고 마을 사람들을 만나 이야기의 물꼬부터 터놓고 보자."

"신분은 감춰야겠죠?"

"당연하지. 밤도 두어 말 사고 시골구경도 할겸 하룻밤 묵고 가겠다며, 아무 데고 좋으니 빈 방 하나를 빌려달라고 해 봐야지"

고샅길을 따라 조금 걸어 들어가자 낡아빠진 스레트 지붕을 간신히 떠받치고 있는 흙담집이 보였다. 요즘 같은 때 저렇게 낡은 집이 아직도 살아있다는 게 신기할 정도였다. 울섶을 엮어 단 사립문은 언제 해 달았는지 폭격을 맞은 듯 어지럽게 흩어져 있었다.

"김 선배님, 담배가게인데요? 소주랑 라면 등도 파나 봐요. 통조림도 있고, 막걸리는 물론 과자나부랑이 등, 조그만 구멍가게지만 있을 것은 다 있네요."

"마을에 유일한 구멍가게인 모양이네."

"선배님, 출출한데 라면에다 소주 한잔 할까요? 저 할머니한테 이것저것 물어보아 가면서 말이죠."

"조오치!"

두 사람이 마당으로 들어서자 콩꼬투리를 까고 앉아있던 할머니가 허리를 두드리며 일어섰다. 농삿일에 지친 모양으로 주름진 얼굴이 몹시 고리삭아 보였다.

"뉘시여들?"

"할머니, 라면 좀 끓여주실 수 있으세요?"
"그럼, 끓여주구 말구디."
"그럼 라면 네 봉지만 뜯어서 끓여 주세요. 소주도 한 병 주시구요."
"네 봉질 뜯으라고 했어?"
"예, 배가 고프네요."
"와? 점심도 못 먹었어? 젊은 사람들이 밥을 꽝꽝 먹고 댕기야디."
 할머니가 걸레를 갖고 와서 툇마루를 덮은 비닐장판을 깨끗이 훔쳐내면서 말했다.
"밤도 살 거야?"
"예, 할머니. 한 두어 말요."
"금방 해가 질텐데 어케 갖구 갈려구?"
"차를 갖고 왔지만, 뭐 어디 민박이라도 할 수 있으면 하룻밤 자고 내일 일찍 가도 상관없습니다."
"회사들 안 다니셔?"
"예? 아, 예. 오늘이 토요일이고, 내일은 쉬는 날 아닙니까."
"응? 오늘이 토요일이야? 농사짓기가 워낙 바쁘니까 세월 가는 줄도 통 모르고 살아, 우린……."
"그러시죠."

 엉그름이 쩍쩍 벌어진 뒷간 주변으로 뺑 둘러 심은 옥수수 대궁은 이미 누렇게 빛바래 있었다. 귀퉁이가 닳아빠진 낡은 멍석에 널어놓은 빨간 고추가 가을 햇살 속에서 꾸덕꾸덕 말라가고 있었다.
 한 아름은 족히 될 듯해 보이는 늙은 호박들이 돌담 위에서 늘어지게 낮잠을 자고 있었고, 고추잠자리들이 어즈러이 공중에서 맴돌고 있었다. 대추나무 초두에 매달린 참새 한 마리가 위태롭게 그네를 타고 있었다. 그 대추나무야말로 군대시절에 장백산이 지뢰탐사 훈련을 마치고 돌아오던 중, 분대원들과 함께 막걸리를 마시려고 장군이를 묶어 두었던 슬픈 추억의 나무였다.

강운찬은 담배를 한 가치 빼어물고 김현준에게도 한 대 건네준 뒤 라이타에 불을 댕겼다. 깊게 들이마신 담배연기를 길게 내뿜으며 김현준이 낮게 중얼거렸다.

"참 조용하고 아름다운 시골마을이군. 이곳에 사는 어르신들은 거의 이북사람이야. 이제나 저제나 통일이 오길 기다리면서."

"그렇군요. 애들 교육이랑 먹고 살 염려만 없으면 주말을 이용해 이런 시골에 와서 텃밭이나 가꾸며 쉬었다 가면 좋겠네요."

조금 뒤 할머니가 소반에다 라면 두 그릇과 소주 한 병을 담아들고 툇마루에 올려 놓았다. 양념이 빨갛게 묻은 총각김치가 퍽 맛깔스레 보였다. 할머니가 말했다.

"밥도 한 그릇 갖다줄까?"

"밥요? 주시면 고맙게 먹죠. 할머니."

두 사람은 할머니가 수북하게 떠다 준 밥을 라면에 꾹꾹 말아서 안주삼아 금새 소주 한 병을 다 비웠다.

"할머니, 소주 한 병 더 주시고, 총각김치 좀 더 주실래요?"

"잠깐 기다리라우, 더 갖다 줄테니깐."

이윽고 허기를 면한 강운찬이 포만감을 느끼며 또 담배를 한 대 빼어물었다. 순간 강운찬이 물었던 담배를 뽑아들고 비명을 내 질렀다.

"앗! 저, 저게 뭐야, 배, 뱀이닷!"

"뭐? 뱀? 어, 어디?"

"저기, 돌담 밑에요. 와우, 굵기도 하네!"

과연 돌담 밑으로 어린아이 팔뚝만큼이나 굵은 살모사 한 마리가 슬금슬금 기어가고 있었다. 강운찬이 할머니가 계신 부엌 쪽에다 대고 소리쳤다.

"할머니, 뱀이 있어욧!"

그러나 할머니는 별것 아니라는 듯이 툭 던지듯 말했다.

"뱀이 뭐 한두 마리래야디. 괜찮어. 뱀두 사람이 건드리지 않으면 안 물어."

"그래도 그렇죠. 밤에 할머니 주무시는 방에라도 기어 들어오면 어쩝니까?"

"괜티않아, 내일 우리 아들이 와서 싹 잡아 갈텐데 뭐."

"아드님이요? 아드님이 뱀을 왜 잡습니까?"

"우리 아들이 서울에서 뱀탕집 해. 땅꾼이야. 뱀들은 우리 아들 눈만 쳐다봐도 꼼짝도 못해."

"……!"

살모사는 머리를 바짝 곤추들고 이리저리 방향을 살피더니 이윽고 돌 틈 사이로 슬그머니 꼬리를 감추고 있었다.

무엇이 생각난 듯이 김현준이 불쑥 말문을 돌렸다.

"할머니, 이 마을엔 젊은이들이 없죠?"

"고럼, 요새 젊은 사람들이 시골에서 살려구 해? 다들 서울에 나가서 살디. 명절 때나 한번씩 찾아올까 그 외엔 얼굴 한번 안 비춰."

"이렇게 외진 산골이라면 산짐승들이 꽤 많을텐데 말이죠. 이를테면 멧돼지나 늑대 같은 놈들요."

할머니가 멍석에 앉아 하던 일을 계속하면서 말했다.

"얼마 전까지만 해두 멧돼지 등쌀에 농사지어 먹기가 영 힘들었는데 요새는 멧돼지가 뜸해뎃어. 전쟁 나고서부터 늑대구경 한 지가 언제인지도 몰라. 그런데 요새는 사람 잡아먹는 늑대들이 와글와글 한다누먼. 별일이야, 그래두 난 한 번두 그 늑대구경 못했어. 산나물 하러 산에 올라갈 근력도 없으니까니."

"할머니."

"와?"

"소문 듣자하니 이 마을에서 산삼을 캐러 다니던 사람이 실종되었다고 하던데 말이죠. 아직 그 사람 행방을 모릅니까?"

"거참, 희한한 일이야. 그 젊은이레 해마다 우리동네에 와서 돼지를 잡아 온 동네찬지 해 주고 그랬는데, 그날 산에 들어갔는데 그 시로 행방불명이 됐어."

"그게 언제쯤이죠?"

"벌써 2년이 넘어. 아구, 그 말 자꾸 묻지 말어. 그 심마니가 없어졌다고 마을 이장이 경찰서에 신고했다가 얼마나 골머리 썪었다구."

"왜요?"

"아, 툭하면 경찰서에서 오라가라 하딜 않나, 시도때도 없이 형사들이 나타나서 집집마다 들쑤시고 다니딜 않나, 뭘 그리 꼬치꼬치 캐묻는지 원. 틀림없이 그 심마니래 늑대한테 잡아먹혔을꺼야. 산이 좀 험해야디. 웬만한 장정도 그 산에 올라간다는 건 쉽디 않아."

"………"

"………"

"그 일이 있고나서부터 그 흔한 산나물도 못 캐러 가구, 더덕이 지천인데두 산에 올라가딜 못해. 뭐 산에 사람잡아 먹는 멧짐승들이 우글우글 한데나, 아, 우리 동네에 사는 홀아비가 산에 더덕캐러 갔다가 그 짐승들한테 잡아 먹힐 뻔한 적두 있어. 그래두 동네사람들이 낫이랑 몽둥이를 들고 몰려갔으니까니 살았디, 혼자였으면 영락없이 잽혀 먹혔대누만."

"늑대들한테 말입니까?"

"뭐, 늑대같기두 하구, 개 같기두 하구, 그렇다데. 옛날에 우리 동네에 아주 영험한 무당이 한 분 살았는데 그 무당이 있을 동안엔 거저 해마다 산신제도 드리구 액막이 굿도 자주해서 동네가 편안했는데, 그 무당이 서울로 간 뒤부터 마을에 화가 자주 생겨."

"………."

그때 묻지도 않는 말을 할머니가 했다.

"그래두 이 촌동네에서 인물이 났다 아녀?"

"인물요? 무슨 인물요?"

"아, 그 무당아들이 글세 판사가 됐다나, 검사가 됐다나 그래."

"허어! 그래요? 하긴 이런 산골 마을에서 대단한 인재가 났군요. 그분 이름이 누군대요?"

"내레 오래돼서 이름을 잊어 먹었어. 흔히들 이름보다는 아무개 무당 아들로 통했으니까. 가끔씩 찾아와서 동네 사람들한테 선물보따리께나 안겨주곤 했었는데, 요즘은 통 안 나타나네? 뭐 출세했으니까 마음이 달라진게지."

"그 무당 아드님이 살던 집이 어느 집인가요? 터가 워낙 좋은 집인가 봐요. 그런 인재가 난 집이라면."

"하긴 건넛마을에 딴에는 명당자리 잡는데는 뭘 좀 안다는 그 풍수쟁이 할방구가 우리 동네 가끔 놀러와서는, 그 집터가 큰 인물이 날 집이라고 하긴 했어."

"그 무당이 살았던 집이 어느 집입니까?"

"이 길로 곧장 따라 가다보면 커다란 호두나무가 있는 집이 있어. 그 집이야. 지금쯤 할범이 들에서 돌아왔을지도 모르디."

"할머니도 함께 계신가요?"

"아냐, 영감 혼자 살어. 자식들이 다 서울에 나가 사는데 벌써 여러 해째 얼굴 한번 보이디 않아. 그 집도 영감네 집이 아니구 무당네 집이야. 영감보구 집이나 봐 주면서 살라구 맡기구 갔는데 무당은 죽었는지 살았는지 한 번도 안 와. 무당 아들만 가끔씩 찾아와서 며칠씩 묵고는 또 훌쩍 떠나버리구 그랬어."

순간 김현준은 반짝이는 육감 한 줄기가 번개처럼 뇌리를 때리고 지나가는 느낌이었다. 그것은 10년 가까이 경험한 형사생활에서 오는 특유의 육감이었다.

'검사쯤이나 되어 갖고 무슨 일로 가끔씩 이 민통선 마을에 들러 며칠밤씩 머물고는 바람처럼 사라진단 말일까…….'

두 사람은 할머니에게 인사를 드린 후 사립문을 나섰다. 곧 날이 어두워 질 모양이었다.

"선배님, 그나저나 어느 집에 가서 하룻밤 신세를 지죠?"

"일단 검사가 살았었다는 그 무당집에 가서 영감님한테 사정해 보자구. 뭐 영감님 혼자 사신다니 하룻밤쯤 신세지겠다며 돈을 드리면 무난하지 않을까? 어쩐지 무언가 수상쩍은 예감이 들기도 하구 말이야."

김현준의 말에 강운찬의 얼굴 표정도 긴장감으로 굳어졌다.

"그렇죠. 선배님?"

"가 보자구, 그 무당집으로."

"알겠습니다."

김현준이 하늘을 쳐다보며 중얼거렸다.

"날씨가 어째……."

"빗방울이 떨어지기 시작하는군요. 선배님, 어서 그 집으로 가 보죠."

"그러자구."

두 사람이 무당집 마당에 들어섰을 때였다. 들에서 막 돌아온 할아버지가 수돗가에서 흙으로 범벅이 된 다리에 바가지로 물을 끼얹고 있었다. 살이 통통 찐 암탉 한 마리가 마루 밑에서 땅까불을 하고 있었다.

"할아버지, 안녕하세요?"

"뉘슈?"

"가게 할머니가 그러시던데요. 할아버지네 밤이 그 중 알이 굵고 맛있다고 소문이 났다구요."

"밤 사실려구?"

"예, 할아버지."

"얼마나 사시려우?"

"뭐 우리 두 사람이 한 말씩만."

"일단 마루에 올라 앉으시구랴. 비가 오기 시작하는데."

"고맙습니다. 할아버지. 실례를 무릅쓰고 담배 좀 피워도 될까요, 할아버지?"

"아이구! 피워도 되고 말고지. 요새 그런 거 따지는 늙은이 별루 없어. 어서들 피워요."

두 사람은 마루에 걸터앉아 담배를 한 대씩 피워 물었다. 어느 새 빗줄기가 굵어졌다. 기와 지붕을 타고 흘러내린 빗물이 댓돌에서 산산히 부서지고 있었다. 엇송아지 한 마리가 살고 있는 마굿간 옆 쇠지랑탕에도 빗방울이 동글동글 원을 그리며 떨어지고 있었다. 오래되어 못 쓰게 된 모양 시뻘겋게 녹슨 벼훑이 한 대가 마당 한구석에 아무렇게나 처박혀 있었다.

김현준이 입을 열었다.

"할아버지 혼자 사세요?"

"혼자 살어."

"할머니는요?"

"할망구는 몹쓸 병에 걸려서 진즉에 죽었어."

"자식들은요?"

"아들놈이 둘인데 서울에서 공장엘 다녔는데 처자식 생기고 나서부턴 찾아오지도 않아. 자식들 그거 뼈빠지게 길러봐야 다 소용읍써!"

"혼자 사시기 참 외롭고 적적하시겠어요."

"그래두 아픈 데 없이 건강해서 살 만해. 늘그막에 자식들 뒤치다꺼리 할 일도 없어서 편하기도 하구."

그때 김현준은 낡은 외양간 옆 따로 떨어진, 헛부엌이 달린 방문에 자물쇠가 굳게 걸려 있는 걸 보고 수상히 여겨 물었다.

"저 따로 떨어진 방문엔 자물쇠가 잠겨져 있군요. 누가 살던 방입니까?"

"응, 지금은 이사 가고 없는데 옛날에 그 방이 무당 아들 공부방이었어."

"무당요?"

"여자 무당이 아들 하나 데리고 이 집에서 살았는데, 벌써 오래 전에 이사갔어."

"무당도 자식을 낳습니까?"

"글쎄 말이야. 그게 하도 희한해서 사람들이 모여 앉기만 하면 쑤근쑤근 거렸지. 허허허, 가끔씩 고급 자가용을 타고 신사양반이 찾아오기두 했었어."

"그런데 왜 자물쇠는 채워 놓았죠? 이사 가고 없는데요."

"가끔씩 그 무당아들이 불쑥불쑥 찾아와서 며칠씩 묵다가 가거든, 뭘 찍느라 그러는지 카메라를 꼭 메고 다니면서."

"아들이 이젠 장성했을텐데 뭐 합니까?"

"허허허, 그래서 이 집이 터가 좋다고들 그래쌌는데, 글쎄 그 아들이 검사가 됐어. 뭐 개천에서 용났다 그 말이지"

"검사라면 저두 아는 사람이 꽤 많은데 이름이 뭐라든가요?"

"응, 김학수야. 이름은 김학수라고 해요"

"김학수? 김학수……."

순간 김현준의 얼굴이 돌처럼 굳어지면서 눈빛이 삵처럼 싸늘하게 냉기를 뿜어내기 시작했다.

"김학수……."

그 모습을 보고 강운찬이 속삭이듯 물었다.

"선배님… 왜요."

김현준이 팔꿈치로 강운찬의 옆구리를 꾹 눌러놓고, 오늘밤은 이 집에서 꼭 하룻밤 묵지 않을 수 없다고 생각했다.

"할아버지, 부탁이 꼭 하나 있습니다."

"뭐여?"

"날도 저물었고 비도 오구요, 몸도 피곤하고 해서 오늘 하룻밤 할아버지네 집에서 쉬었다 갔으면 좋겠는데. 빈 방이 하나쯤 있을 것 같은데요. 민박하는 셈치고 사례는 톡톡히 치를 게요."

"건너방이 비어 있긴 한데 안 쓴 지가 오래 됐어. 누추하지만 그래도 괜찮다면 하룻밤쯤 함께 묵어 가는 거야 뭐."

"누추하단 말씀 마세요. 저도 어렸을 땐 이 집보다 훨씬 못한 집에서 살았습니다. 그냥 할아버지랑 함께 이 방에서 하룻밤 재워만 주셔도 감사하죠."

"그렇게 해, 그럼."

김현준은 얼른 지갑을 꺼내어 5만 원권 2장을 노인에게 건넸다. 노인이 엉겁결에 돈을 받아보곤 깜짝 놀랐다.

"이게 뭐야? 뭔 돈을 10만원 씩이나 줘?"

"아이, 할아버지 그냥 넣어두세요."

"미안해서, 이거."

"미안하긴요."

"가만 있어봐. 내 빨리 군불을 지펴야겠어. 방은 누추해도 군불만 때면 자글자글 끓어요."

"고맙습니다. 할아버지."

"그런데 저녁은 어떡해? 저녁을 먹어야 하잖소?"

"할머니네 가게에서 라면 한 그릇씩 먹고 왔어요. 소주도 한잔씩 곁들여서……."

"라면 먹구 돼? 장정들이. 내가 먹는 밥은 반찬이 영 시원치 않아. 김치 한 가지밖에 없어."

김현준과 강운찬은 일단 이 집에서 할아버지랑 함께 하룻밤을 보낼 수 있게 되었다는 안도감에 마음이 편해졌다. 하지만 라면 한 그릇으로 저녁을 때우고 말기엔 좀 그렇다 싶었다. 맘놓고 잠이나 퍼잘려고 이 집에서 하룻밤을 보낼 의도가 아닌 바에야 배가 고파서는 안된다 싶었다. 김현준이 할아버지를 향해 웃으며 말했다.

"이 마을엔 토종닭 같은 거 살 수 없을까요? 닭이나 한 마리 백숙으로 푹 삶아서 할아버지랑 소주나 한잔 했으면 좋겠는데."

김현준의 말에 할아버지가 되물었다.

"닭?"

"예, 할아버지."

"닭은 있어."

"그래요?"

"어디가서 삽니까? 제가 사올 게요."

"아냐, 우리 집에도 닭이 몇 마리 있어."

"하긴 조금 전에 닭 한 마리를 본 것 같은데 지금은 보이질 않네요?"

"뒤꼍에 닭장에 있지. 종일 돌아다니다가 날이 저물면 저희들끼리 집으로 찾아 들어가."

"그렇습니까? 그럼 닭값을 드릴테니 한 마리 잡아주시겠습니까?"

"그러지."

"닭값은 얼마를 드릴까요?"

"돈을 이렇게 많이 받았는데 닭값은 뭘. 내 한 마리 잡을게. 원님 덕에 나발 분다고, 오랜만에 닭고기 좀 먹어보지 뭐."

"아이고, 죄송해서 이거, 하지만 닭값은 따로 드리겠습니다."

"그럼 고맙지 뭐."

노인은 부지런히 아궁이에 장작불을 지핀 뒤에 부뚜막에 걸려 있는 무쇠솥에 물을 퍼다부었다. 그리고 잰걸음을 치며 뒤꼍으로 사라졌다. 강운찬이 또 담배를 꺼내 김현준에게 한 대 건네고 자기도 한 대 피워 물었다. 그리고 조금은 긴장된 목소리로 말했다.

"선배님, 어쩌시려구요?"

김현준이 담배연기를 길게 내 뿜으면서 말했다.

"저 자물쇠가 굳게 잠겨 있는 방에 모종의 비밀이 숨어 있는 느낌이야. 김학수란 사람을 알아. 나이도 얼마 안되는데도 일찌감치 검사자격을 땄고, 얼마 전까지만 해도 서울지검 강력계에 근무하면서 부녀자 연쇄살인 사건뿐 아니라, 각종 엽기적인 미제 사건해결에 명성을 날렸던 사람이야. 나이 먹은 선배 검사들이 하품할 정도였지. 그런데 참 이해할 수 없는 것은 그가 어느 날 갑자기 사표를 내고 안개처럼 사라졌다는 거야."

"선배님, 그가 늑대개들을 조종할지도 모른다는 이유라도 있습니까"

"이렇게 한번 생각해봐."

"예, 선배님."

"물론 물증도 없고, 심증도 부족하긴 하지만 늑대개가 극성을 부리던 시기에 맞추어 그가 검사직을 떠났어. 그의 어머니가 한 때는 장안에서도 유명한 무당이었고… 그 무당이 오래 전에 이사 가고 없는 이 집에 아직도 김학수가 자주 찾아온다는 사실과, 그가 살았던 방문에 굳게 채워진 저 녹슨 자물쇠가 던져주는 묘한 영감과… 할머니의 얘기를 들어보면 산에 사람잡아 먹는 짐승들이 우글거려 나물도 못 캐러 간다는 결정적인 말과… 이 마을이 최초로 심마니가 실종되었던 사실과… 어쩐지 모골이 섬찟해오는 느낌이 없어?"

"글쎄요, 선배님."

"상상을 초월하는 엽기적인 범죄일수록 언제나 평범하고 상식적인 곳에서만 발생하는 게 아니지. 어떤 병적인 동기를 지닌 범인이 범죄현장에 남긴 아주 미세한 증거를 토대로 사건해결의 실마리가 잡히는 예가 의외로 많아."

"김학수가 자주 찾아왔던 마을에서 사람이 실종되었다… 심마니가 실종된 산에 살인 늑대개들이 우글거린다……."

"강 형사."

"예, 선배님."

"오늘밤 저 방문의 자물쇠를 열고 방 안을 조사해 봐야 한다."

"할아버지는 어쩌구요?"

"할머니 한테 가서 소주를 몇 병 사 와라. 내가 할아버지와 방에서 술잔을 주고받는 사이 강 형사는 저 방문의 경첩을 뜯고 방에 들어가는 거야. 열쇠가 없으니 어쩔 수 없잖아. 어딘가에 영감님이 사용하는 연장통이 있을 거야. 미리 챙겨놓으라구."

"알겠습니다."

"단 1%라도 증거가 잡힐 만한 것을 찾아보라 이 말이지. 별을 따는 심정으로 말이지."

"잘 알겠습니다. 단 1%의 가능성을 찾는다는 열정으로."

그때 뒤꼍에 갔던 할아버지가 살이 통통하게 오른 닭 한 마리를 잡아들고 부엌으로 들어섰다. 그리고 곧 닭 모가지를 비트는 모양인지 닭의 비명소리가 들렸다. 김현준이 부엌문을 열고 안을 들여다보며 말했다.

"좀 전에도 말씀드렸지만 닭값은 따로 드리겠습니다. 할아버지, 제 친구가 할머니네 가게에 소주를 몇 병 사러 갔습니다. 할아버지 약주할 줄 아세요?"

"조오치! 전에는 내 손으로 술을 담가서 땅에 묻어놓고 출출할 때마다 한 바가지씩 퍼 마셨는데, 이젠 귀찮아."

닭값을 따로 준다는 말에 옷소매를 부르걷은 할아버지의 손놀림이 훨씬 재빨라지는 듯 했다. 할아버지가 끓는 무쇠솥에 닭을 푹 담구었다가 다시 끄집어냈다. 그리고 익숙한 솜씨로 닭털을 뽑기 시작했다. 김현준과 강운찬은 방으로 들어갔다. 때절은 여름살이 몇 벌이 볏가마 위에 아무렇게나 던져져 있었다.

그날 밤, 밤이 이슥해질 때까지 세 사람은 닭고기를 안주삼아 술잔을 주고 받으며 이야기 꽃을 피웠다. 술이 거나해진 할아버지가 흥이 났는지 무릎을 탁탁 치면서 노래를 읊조리기 시작했다.

"황성 옛터에… 월색만 고요해……."

그때 강운찬이 부스스 자리를 털고 일어섰다.

"할아버지 화장실에 좀 다녀올랍니다.

"화장실이 뭐여, 뒷깐이라구 해야지. 뒷깐은 마굿간 옆에 있어."

"뒷깐에 화장지 있습니까?"

"화장지가 뭐야? 신문지 많이 있어. 신문지로 닦어"

"알겠습니다."

빗방울은 조금 전 보다 약해져 있었다. 가을걷이가 한창인 산골이라 그런지 소맷부리에 파고드는 바깥공기는 초겨울처럼 차갑고, 주위는 사물을 식별하기 힘들 만큼 깜깜했다.

할아버지가 자리를 비운 사이 마루 밑에 있는 연장통에서 못뽑이 망치를 꺼내어 숨겨두었기에, 강운찬은 그것으로 학수가 살던 방의 경첩을 조심스럽게 뜯었다.

오랫동안 불을 때지 않아서 그런지 방바닥이 싱경싱경했다. 그는 떨리는 가슴을 가까스로 추스르고 지포라이타를 켜들고 방 안을 샅샅이 살펴보았다. 윗목에 이불 한 채가 얌전하게 접혀져 있었고, 그 위에 베개가 한 개 얹혀져 있었다.

학수의 작업복인 듯 낡은 청바지와 국방색 티셔츠가 대못에 늘어져 있었다. 자릿내가 훅 코끝에 와 닿았다. 예비군 모자 한 개가 붙박이 광창문 위에 걸려 있었을 뿐 별다른 물건이 보이지 않았다.

그때 강운찬의 눈길은 구석진 벽에 기대어 있는 조그만 쪽소매 책상에 못박힌 듯 머물렀다. 아래닫이가 빠져 한 쪽으로 거우듬해진 서랍에 조그만 자물쇠가 채워져 있었다.

그는 지체하지 않고 못뽑이 망치로 자물쇠를 뜯었다. 서랍속에는 온갖 잡동사니로 가득했다. 잡동사니들 가운데 두툼한 봉투 하나가 있었다. 그는 봉투에 있는 내용물을 쏟아보았다.

사진이었다. 순간 강운찬은 숨을 흡 들이마시고 말았다. 수십 장의 사진은 모두 개들의 모습으로 가득했다. 그는 그 사진들 중에 한 장을 뽑아들었다. 사진을 쥔 그의 손이 파르르 떨고 있었다.

강운찬이 뜨거워진 라이터의 불을 끈 채 잠시 생각에 잠겼다. 강운찬이 마음을 다잡고 어금니를 깨물었다. 강운찬이 다시 라이터를 켜고 사진을 자세히 살펴보았다.

그것은 디먼의 목을 끌어안고 있는 학수 자신의 사진이었다. 그는 그 사진의 얼굴이 누구인지 알 수 없었으나 아마도 이 방의 주인인 학수가 스스로 찍은 학수 자신의 얼굴이 틀림없다고 생각했다. 그는 쏟아진 사진을 모두 봉투에 집어넣어 속주머니에 간직한 뒤 서둘러 방문을 나왔다.

  강운찬은 할아버지의 방으로 돌아왔다. 술에 취한 할아버지는 아랫목에 벌렁 드러누워 코를 골고 있었다. 그의 얼굴을 흘끔 쳐다본 김현준의 얼굴이 돌처럼 딱딱하게 굳어졌다. 강운찬의 눈빛이 전혀 예사롭지 않았기 때문이었다. 강운찬이 속삭이듯 말했다.

  "선배님."

  "응."

  "할아버지는 주무시죠?"

  "응, 방금."

  강운찬이 김현준의 귀에 대고 낮은 목소리로 말했다.

  "선배님, 이걸 보시죠."

  강운찬이 품 속에서 봉투를 꺼내 김현준에게 건넸다.

  사진을 살펴보는 김현준의 손이 부들부들 떨렸다. 그리고 어느 사진 속에 있는 인물을 뚫어지게 들여다 본 김현준이 깊은 신음소리를 내어 질렀다.

  "으… 김학수다. 대체 어떻게 이럴 수가."

  "선배님, 1%가 아니라 100%이군요."

  김현준이 학수와 함께 찍은 사진 한 장을 따로 빼내어 속주머니에 소중하게 간직했다.

  "강 형사, 이 사진 봉투를 잘 간수해. 여기서 더 이상 지체할 수 없다. 어서 이 마을을 떠나자. 어서 차를 세워둔 곳으로 가야겠어."

  "예, 선배님."

그러나 그 두 사람이 그렇게 숨가쁘게 이야기를 나누고 있는 시각. 마당 한 가운데 장승 같은 검은 물체가 비를 흠뻑 맞으면서 꼼짝도 않고 서 있었다. 그는 방 안에서 벌어지고 있는 두 사람의 행동을 뚫어지게 쏘아보고 있었다. 그의 몸에서 뿜어져 나오는 엄청난 살기에 풀벌레들조차 숨을 죽이고 있는 듯했다. 지붕을 내리덮고 있는 밤나무 숲마저 부르르 진저리를 치는 듯 했다.

어느 순간 그 검은 물체는 어덴가로 바람처럼 모습을 감추어 버렸다. 할아버지의 방문을 조심스레 닫고 마당에 내려선 두 사람은, 등산화를 신자마자 마을 어귀에 세워둔 승용차를 향해 걸음을 재촉했다.

목덜미로 파고드는 차가운 빗물이 소름이 끼치도록 음습하고 싸늘했다. 두 사람은 빠른 걸음으로 승용차로 돌아왔다. 빗물에 젖은 손으로 강운찬이 운전대에 키를 꽂고 시동을 걸었다.

"밤공기가 많이 차군. 히터를 켜야겠어."

두 사람이 탄 승용차가 산모퉁이를 마악 돌았을 때였다. 강운찬이 소리쳤다.

"앗! 김 선배님, 저 앞에 왠 탑트럭이 한 대 길을 가로막고 섰는데요?"

"옆으로 비켜 세워 놓은 것도 아니고 길 한가운데를 막아섰잖아!"

별수없이 크락션을 눌러댈 수밖에 없었다. 그래도 트럭은 꼼짝도 않았다. 순간 김현준은 살얼음 같은 전율이 온몸을 엄습해 옴을 느꼈다.

"강 형사, 잠깐."

"예?"

"밖으로 나가지 말앗!"

"왭니까 김 선배님, 운전수를 깨워봐야죠."

"아냣! 권총 갖고 왔어?"

"아뇨, 권총을 안 갖고 왔는데요."

"차 문을 모두 잠궈. 그리고 오던 길로 차를 되돌릴 수 없어?"

"농로라서 도폭이 좁아 차를 돌릴 수 없습니다. 조심스레 후진해 볼 수밖에요."

"무기가 될 만한 물건 없을까?"

"없습니다. 근데 왭니까? 선배님."

"저 트럭이 수상하다. 일단 차에서는 절대 내리지 마! 그리고 조심해서 후진해봐."

"사방이 칠흑처럼 깜깜해서 후진하기가 쉽지 않을텐데요, 어쩌려구요?"

"일단 사람들이 있는 마을로 되돌아가자."

"해 볼게요."

그리고 김현준이 휴대폰을 꺼내어 어덴가로 전화를 한 모양이었다.

그때였다. 강운찬이 소스라치게 놀라면서 짧게 비명을 질렀다.

"앗! 선배님, 저 앞에 뭐죠?"

김현준도 헤드라이트 속에 장승처럼 서 있는 사람을 발견하고는 기겁했다. 그리고 말로만 들어왔던 베일 속의 인간, 침묵의 살인자를 떠올리며 부르르 진저리를 쳤다.

"저 놈이 바로 늑대개를 조정하고 다닌다는 상상 속의 살인자인가……."

이윽고 시커먼 복면에다 야구모자를 깊숙하게 눌러쓴 괴한이 자동차 불빛 속에서 천천히 발걸음을 띄어놓기 시작했다. 밤인데도 복면으로 얼굴을 가린 이유가 무엇일까. 그의 손에는 무시무시한 도끼가 날을 번뜩이며 거머쥐어져 있었다.

"앗! 김 선배님 어쩌죠? 놈이 가까이 다가옵니닷! 놈이 우리가 무기를 갖고 있지 않은 걸 눈치챘나 봅니닷!"

"침착해랏! 죽기살기로 들어붙어 싸울 수밖에. 설마 우리 둘이서 저놈 하날 못 당할까?"

"앗! 선배님, 헤드라이트 불빛 속에서 수십 개의 그림자가 움직입니다. 뭐죠? 짐승의 눈들 같은데욧!"

과연 강운찬의 말대로 사방에서 파란 짐승의 눈들이 서서히 좁혀오고 있었다. 김현준은 비로소 말로만 들어왔던 늑대개들이 틀림없다고 믿었다. 그는 통렬하게 후회했다.

'아! 내 형사 일생에서 이런 실수를 하다니. 권총을 갖고 오지 않은 실수를……'

그때였다. 시커먼 형체의 남자가 들고 있던 도끼로 강운찬이 앉아있는 운전석 옆 유리창을 후려쳤다. 괴한이 시퍼렇게 날이 선 도끼로 깨어진 유리파편을 창틀에서 긁어내고 있었다. 순간 깨어진 유리창으로 머리를 들이밀고 달려드는 물체가 있었다.

"앗! 뭐, 뭐얏! 선배님, 늑대개에욧!"

김현준이 황망하게 소리쳤다.

"절대로 창문을 열지마랏!"

그때 김현준이 앉아있는 좌석쪽의 유리창에 무언가가 세차게 부딪치는 소리가 났다. 승용차의 유리가 산산조각이 났다. 그리고 역시 검은 복면을 한 사나이가 도끼로 깨어진 유리조각을 말끔히 긁어내었다. 개들이 다치지 않게 하기 위함인 모양이었다.

늑대개 한 마리가 이빨을 하얗게 까보이면서 깨어진 유리창 속으로 모습을 드러내었다. 부두목격인 '칸'이었다.

"악!"

김현준이 주먹으로 늑대개의 주둥이를 내어질렀다. 그것이 늑대개를 더욱 화나게 한 모양 늑대개는 몸의 상체를 승용차 속으로 확 들이밀며 김현준의 몸을 덮치기 시작했다. 김현준은 온몸의 세포가 산산조각이 나는 듯한 공포와 살갗이 찢어지는 고통으로 처절하게 울부짖었다.

목숨이 끊어지는 참혹한 상황에서도 김현준은 속주머니에 넣어두었던 사진을 꺼내 죽을 힘을 다해 움켜 쥐었다.

그때쯤 강운찬 쪽의 유리창을 넘어들어온 시커먼 늑대개 한 마리가 허우적거리는 강운찬의 목을 물고 사정없이 흔들어대고 있었다. 강운찬이 너죽고 나죽자 식으로 늑대개의 목을 끌어안고 늑대개의 목을 같이 물고 늘어졌다. 일순 늑대개가 비명을 질렀지만 또 한 마리의 늑대개가 달려들어 강운찬의 목에다 날카로운 이빨을 꽂았다.

"으, 으아악!"

그 모습을 바라보고 있는 어둠 속 사나이의 눈가에 살기어린 웃음기가 싸늘하게 흐르고 있었다. 처절한 침묵이 강운찬과 김현준의 시체를 짓누르고 있었다. 사나이가 음침한 목소리로 말했다.

"칸, 수고했어. 그만 동굴로 돌아가 있어."

곧이어 살인의 광기로 처절하게 몸부림치던 밤의 열기가, 소름끼치는 침묵의 바다로 서서히 가라앉고 있었다. 검은 복면의 사나이는 그제서야 발기발기 찢어진 두 사람의 시체를 승용차 밖으로 끌어내었다.

놈은 가죽장갑을 낀 채로 두 사람의 주머니를 샅샅이 뒤지기 시작했다. 그리고 강운찬의 품에서 사진이 들어 있는 봉투를 꺼내어 자신의 바바리 코트 속주머니에 간직한 채 빠른 걸음으로 자신이 몸담고 있던 무당의 집으로 향했다.

그리고 잠시 후 자신이 타고 온 탑트럭에 올라타자 천천히 아주 천천히 마을의 농로를 벗어나기 시작했다. 갑자기 빗줄기가 굵어졌다. 그리고 그 빗줄기는 살인마들을 도와주기라도 하는 듯 농로 위에 찍힌 탑트럭의 바퀴 흔적마저 깨끗이 지워버리고 있었다.

어디에 숨어 있었던지 수십 마리도 넘는 늑대개들이 부두목격인 칸을 따라 천천히 어둠 속 어딘가로 자취를 감추어 버렸다. 사진을 움켜쥔 김현준의 손이 빗속에서 애처롭게 떨고 있었다.

이튿날 세상은 또 한 번 발칵 뒤집혔다. 하지만 이제 늑대개들을 조정하는 살인마의 정체는 만천하에 드러나고 말았다. 전혀 예상을 못한 바는 아니지만 범인이 김학수라는 사실에 민혁은 온몸이 떨려오는 충격으로 하루종일 끼니도 못 찾아 먹은 채 안절부절했다.

당시 신고를 받은 형사들이 마을을 개미처럼 에워싸고, 무당의 집이었던 노인의 집에 들이닥쳤을 때 노인의 시체는 자신의 집 뒤꼍에 아무렇게나 버려져 있었다.

사건 당시 학수가 확실히 범인이라는 심증을 굳힐 수 있을 뿐 아니라 물증은 죽은 김현준의 손아귀에 부서질 듯 쥐어져 있는 한 장의 사진, 그것은 디먼의 몸을 안고 있는 학수 자신의 사진이었다. 곧 학수와 함께 찍은 디먼의 사진이 전국의 광고판에 나붙기 시작했고, TV와 인터넷에도 학수와 디먼의 사진이 연일 도배를 하다시피했다. 범인을 잡거나 신고한 사람에게 내어걸린 상금은 자그마치 5억 원이었다.

"요셉아빠… 아! 정말 믿을 수가 없어. 학수가 범인이라니. 어쩜 좋아."

가을햇살이 따스하게 졸고 있는 잔디밭에 털썩 주저않은 채로 수정이 터뜨리는 탄식소리였다. 햇살이 너무도 좋았던지 뚱은 잔디밭에 엎드린 채 졸리운 듯 지긋이 눈을 감고 있었다.

"그러게 말이야. 참 믿을 수 없는 일이 벌어졌어. 어쨌든 학수가 범인임은 이제 옴짝달싹 할 수 없는 사실이 되어버렸어."

"요셉아빠, 그런데 경찰이 과연 범인을 잡을 수 있을까. 사람을 잡을 수는 있겠지만 살인을 밥먹듯이 하는 늑대개들은 어떻게 잡지?"

그렇게 말하는 수정의 말에 민혁은 침묵으로 일관했다. 한 달 전 유보성의 말이 생각났기 때문이었다.

"미끼를 던져야 하는데… 미끼를… 그 미끼가 뚱밖에 없다는 게 너무도 가슴 아프다……."

세상이 어떻게 돌아가든 상관없다는 듯이 뚱은 드르렁 드르렁 코만 골고 있었다. 많은 사람들의 마음에 공포의 그림자가 어둡게 덮쳐오고 있었지만 민혁이네 집을 둘러싸고 있는 가을의 정취는 너무도 자유스럽고 평화로웠다.

무엇보다도 꽃사과 나뭇가지에 날아와 앉은 까치들의 수다소리를 유심히 쳐다보는 진돌이와 풍돌이의 눈빛이 너무도 맑고 아름다웠다. 일상에서는 마치 보석을 끼워 넣은 듯한 녀석들의 아름다운 눈동자는 세상살이와 타협의 구조를 일구워가며 살아야 하는 수정의 팍팍한 영혼을 얼마나 위로해 주는지 몰랐다.

하지만 이날 밤 민혁과 수정의 가슴을 후벼파는 전율의 부엉이 울음소리는 영락없이 귀곡성을 방불케 하고 있었다. 어쩐지 민혁과 수정이가 살고 있는 낙원으로 붉은 눈을 빨갛게 켜고 좁혀오는 학수의 숨소리 같아서…….

장군아, 장군아

온 세상에 디몬과 학수의 사진이 왜자하게 나붙었지만, 늑대개들과 학수의 종적은 두 달이 넘도록 찾을 길이 없어 사람들의 애간장을 태웠다.

어느 날 수염이 덥수룩하게 자란 청년이 찾아왔다. 민혁은 근처에 있는 찻집에서 청년과 마주 앉았다. 청년이 민혁에게 꾸벅 고개를 숙여 인사했다.

"누구신지… 어쩐 일로 절 찾아오셨는지요?"

"제가 장군이의 원래 주인인 장백산이라 합니다. 얼마 전에 TV에서 늑대개에게 물려 죽은 형사분과 친구 되신다는 사실을 알고 검사님을 만나보고 싶어서 어렵사리 찾아왔습니다."

"아, 그렇습니까. 그런데 장군이라뇨?"

"지금 온 세상 사람들이 눈에 불을 켜고 찾고 있는 개의 이름이 원래 장군이었습니다. 제가 군대생활할 때 데리고 있었던 개가 틀림없습니다."

"그렇다면 그 개가 지금 온 세상을 발칵 뒤집어 놓고 있는 살인견이란 말씀입니까?"

장백산이라는 청년은 군대시절 어려서부터 우유를 먹여가며 키웠던 장군이의 내력을 자세히 털어놓았다. 이야기를 다 듣고난 민혁이 고개를 끄덕이면서 말했다.

"그 개의 이름이 장군이었단 말씀이신데… 이제 이해가 갑니다. 그 살인견이 여태까지 군복을 입은 군인들은 한 번도 공격하지 않은 이유를… 혹시나 하고 예상은 했었지만 역시 군견 출신이었군요. 하지만 그 개가 장군이라는 확실한 증표라도 있습니까?"

"공개된 사진에서 희미하게나마 제가 확신할 수있는 흔적이 있습니다. 장군이는 네눈박이였고 오른쪽 귀에 물린 상처가 깊습니다. 그것은 장군이가 군견훈련소에서 독일산 세퍼트와 싸우다가 물어 뜯긴 자국입니다. 그리고 코와 얼굴 등에 난 상처 등등 이 개는 제가 기르던 장군이가 틀림없습니다. 장군이는 최고의 능력을 발휘했던 폭발물 탐지견이었습니다. 물론 실제로 눈으로 확인해야 자세히 알 수 있겠지만, 어쨌든 제가 키운 장군이라고 확신합니다."

"그러시다면 오늘 절 찾아온 용건은 무엇입니까?"

"제가 장군이를 찾아 짐작이 가는 곳을 한번 가볼까 하는데 강 검사님께서 협조해 주셨으면 해서요."

"짐작이 가는 곳이 있습니까?"

"장군이는 지뢰탐지 훈련을 받았던 부근 어딘가에 숨어있을 확률이 높습니다. 장군이에겐 자신이 어려서부터 자랐던 군견훈련소가 고향이나 다름없으니까 말이죠. 장군이는 그곳에서 저와 전우들의 사랑을 듬뿍 받으면서 자랐으니까요."

"그렇다면 때와 장소를 가리지 않고 서울시내 한복판에서도 사람들이 물려죽은 것은 어떻게 이해해야 할까요?"

"장군이는 아마도 자신을 납치해간 개장수에게 심하게 학대를 받았을 것이고, 스스로 갇혀 있던 사육장에서 탈출했을 것입니다.

잘은 모르겠지만 장군이는 우연한 기회가 와서 범인과 자연스럽게 친해졌을 것입니다. 김학수란 자가 장군이를 데리고 다니며 사람들을 공격하도록 장군이를 변질시켰겠죠. 훈련의 강도와 정도에 따라서 개는 얼마든지 새로운 주인의 명령에 복종할 수 있으니까요."

민혁이 장백산의 얼굴을 유심히 살핀 뒤 한마디 물었다.

"혹시 월정리란 마을을 아십니까?"

"물론 잘 알다마다요. 마을 주위로 밤나무가 둘러쌓인 조용하고 아름다운 마을이죠. 제가 근무했던 부대가 그 마을 근처에 있었고, 제가 장군이를 잃어버렸던 마을이 월정리란 마을이었습니다. 장군이를 잃어버렸던 마을사람들 얘기로 개장수들이 가끔씩 개를 사러 그 마을로 온다고 했습니다."

"백산 씨도 알고계시듯이 이제 장군이는 옛날의 충성스럽고 탁월했던 군견이 아닌, 무시무시한 살인 늑대개가 되었습니다. 위험합니다. 더욱이 장군이를 부리고 있는 인물은 살인을 밥먹듯 하는, 악마의 본성을 가진 자입니다. 혼자 장군이를 찾아나선다는 것은 아주 위험합니다."

"그래서 검사님께 협조를 부탁드리는 것이죠."

"그런데 무슨 협조를 말씀하시는 것인지요?"

"참고삼아 장군이에 대한 추억 한 토막을 먼저 말씀드리겠습니다. 군대에서 근무할 때 아주 친하게 지냈던 전우가 있었습니다."

"........."

"그런데 어느 날부턴가 그 전우가 힘이 없고 근무태도가 지극히 소극

적이 되어가고 있었습니다. 그리고 툭하면 죽고싶다며 의무부대에서 식용알콜을 훔쳐다가 밤새 뻬치카 뒤에 숨어서 마셔대곤 했습니다. 제가 꼬치꼬치 캐물었죠. 고향에 무슨 일이 있냐고요. 그랬더니 그 친구가 마지못해 털어놓은 말에 참 기가 막혔습니다."

"왭니까?"

"그 친구는 군에 오기 전 이미 결혼을 해서 어린아이까지 있었는데, 그 아내가 그만 바람이 나서 아이를 시부모님에게 맡겨놓고 집을 나가 버렸다는 거예요."

"저런!"

"그때 저는 정기휴가 15일을 이틀 앞두고 있었던 때였습니다. 생각다 못해 제가 중대장님을 찾아가 그 친구의 형편을 쭉 털어놓고 사정했죠. 제가 이번 휴가를 그 친구에게 양보하겠다고요, 일단 휴가를 내어보내서 일을 좀 수습하고 오는 게 중요하다고 말이죠. 뭐, 툭하면 죽어버리겠다는 전우였으니 중대장님도 심사숙고 끝에 허락했습니다."

"대단한 전우애였군요."

"그리고 저는 대대장님의 특별명령으로 휴가기간 동안 부대 안에서 자유롭게 생활할 수 있도록 배려해 주었습니다."

"대대장님도 참 좋으신 분이었군요. 그런데 무슨 말씀을 하시려는지?"

"그 자유로운 영내생활 동안 전 장군이를 데리고 숲 속을 들쑤시고 다니면서 머루랑 다래를 실컷 따 먹었죠. 때로는 바위 틈을 뒤져 가재를 잡아 구워서 장군이랑 함께 나누어 먹기도 했구요."

"네에."

"6.25 때 묻혀 있는 울창한 지뢰밭 밑으로 드넓게 펼쳐진 억새풀밭이 있었습니다. 그 억새풀밭에서 저는 장군이와 여러 날 동안 마음껏 뛰어다니고 놀았습니다. 중대장님께 특별히 부탁해서 2인용 텐트를 치고 일종계에게 주부식을 타다 야외취사를 하며, 밥도 같이 먹고 한 텐트 안에서 함께 자면서요.

그리고 장군이와 저에게 주어진 15일간의 기간이 끝나가던 날 밤에 장군이와 저는 텐트 앞에 마주앉아 마지막 이야기를 나누었습니다. 저의 전역날짜가 3개월쯤 남아있을 즈음이었습니다.

제가 장군이의 목을 안고 밤하늘을 올려다보며 말했습니다. 장군아, 저기 밤 하늘을 올려다 보렴. 그러자 장군이가 내가 손가락질하는 밤하늘을 향해 고개를 쳐들었죠. 내가 장군이의 귀에 대고 속삭였습니다.

저, 수많은 별들 중에 가장 크고 아름답게 반짝이는 별이 보이지? 저 별의 이름은 장군이야. 형이 제대하면 장군이가 무척 보고 싶을텐데, 그때마다 밤하늘을 올려다보며 장군이별을 올려다 볼꺼야. 저 별은 장군이 별이야. 별을 올려다보는 장군이의 눈빛은 별빛을 받아 너무도 초롱초롱하게 빛나고 있었지요."

"마치 그림 같은 이야기군요"

"장군이와 함께 15일 동안 그 초원에서 함께 먹고 함께 뒹굴며 지냈던 시절이 너무도 그립습니다."

"나도 집에 몇 마리 개를 기르고 있습니다만 개는 기를수록 정말 애정이 깊어지는 가족이에요. 개도 키우는 사람의 영혼을 닮는다는 전문가의 말을 들었죠."

"말씀드렸지만 장군이를 잃어버린 후로 저는 극심한 우울증에 빠져서 군생활을 적응해 나가기가 너무도 힘들었습니다. 다행히 제대 말년에 벌어진 일이라 어영부영 시간을 때우고 무사히 제대는 했지만, 제대 후에도 장군이에 대한 그리움으로 밤잠을 못 이룰 만큼 고통스러웠습니다."

"이해할 수 있습니다. 백산 씨의 심정을……."

"제가 장군이를 찾아보려면 군부대의 특별한 배려가 필요한데, 그 부분을 강 검사님께서 힘을 써 주셔서 제가 마음놓고 장병들과 함께 장군이를 찾아볼 수 있게끔 군기관에 허락을 받아내어 주실 수 없을까 하고 이렇게 찾아뵈었습니다. 제가 다음 번엔 군시절에 장군이와 함께 찍은 사진을 물증으로 강 검사님께 보여드리겠습니다."

"윗사람들에게 말씀드리면 전혀 불가능한 일은 아니지만 일단 이야기를 꺼내봐야 알겠습니다. 중요한 것은 장군이를 찾는 것보다 장군이를 데리고 있는 범인을 먼저 찾아야 한다는 것입니다."

"옳으신 말씀입니다. 하지만 제가 장군이를 만나기만 하면 장군이는 분명 절 알아볼 것이고 옛날의 장군이로 돌아오게 할 자신 있습니다."

"백산 씨의 마음을 잘 알겠는데 이미 장군이는 악마의 손아귀에 굳게 사로잡혀 있는데 그게 가능할까요? 게다가 정부의 입장은 들개들을 발견 즉시 사살하게 되어 있습니다."

민혁의 말에 장백산의 얼굴에 실망의 그늘이 짙게 드리워졌다. 장백산이 풀죽은 목소리로 말했다.

"장군이의 또 다른 모습 한 토막을 얘기할까요?"

"말씀해 보시죠."

"군에 있을 때 전 주일만 되면 꼭 군교회에 나갔는데요, 장군이는 날 따라오고 싶어서 몸부림을 쳤는데요. 어느 날엔가 기어이 줄을 끊고 교회로 찾아왔습니다. 그리고 예배시간 내내 제 옆에 앉아 저와 함께 예배를 드리는 모습이었습니다. 그후 내가 교육시킨 대로 내가 눈을 감고 기도하면 장군이도 눈을 감고 턱을 땅에 눕히고 함께 기도했죠. 목사님이 설교하는 시간엔 장군이도 눈을 똑바로 뜨고 목사님을 쳐다보고 있었구요, 하여튼 영특하기 짝이 없는 개였습니다.

저와 장군이에 대한 이야기가 부대 안에 소문이 파다하게 퍼져서 대대장님의 귀에까지 들어갔습니다. 독실한 크리스천이셨던 대대장님이 장군이가 예배에 참석할 수 있도록 특별명령을 내렸습니다. 원래 군견은 개별행동은 할 수 없게 되어 있었지만 엄마 잃은 장군이를 부대까지 데려와 우유를 먹여가며 훌륭한 군견으로 만든 저의 노고도 많이 참작하고 배려하신 덕분이었습니다."

"야아, 참 대단한 대대장님이셨네요."

"제가 혹 깜빡 잊고 성경책을 못 갖고 왔으면 장군이가 군종실로 달려가 성경책을 물어다 내게 갖다주곤 했죠."

"야, 대단한 개였군요, 장군이는."

"그런 장군이의 소문을 듣고 어느 주일날은 사단장님께서 일부러 우리부대 교회에서 예배를 드린 적도 있었으니까요."

장백산이 절박한 심정으로 말했다.

"며칠 전 저는 행여나 싶은 마음으로 장군이와 뛰어놀던 억새풀밭을 찾아갔었습니다. 하지만 어느 곳에서도 장군이의 흔적을 찾아볼 수 없었습니다. 아마도 김학수라는 살인마는 개들을 데리고 군경이 도저히 찾을 수 없는 어덴가로 숨었을 것입니다."

"백산 씨가 그렇게 말씀하셨으니 말인데 이미 군경합동 수색대가 월정리 마을은 물론 그 주변 일대를 샅샅이 뒤졌지만 개들은 한 마리도 발견할 수 없었습니다."

장백산은 실망이 큰 듯 땅을 향해 고개를 푹 떨구었다. 민혁이 말을

이었다.

"어쨌든 조금 전에도 말씀드렸지만, 장군이는 많은 사람의 목숨을 빼앗은 살인견입니다. 발견 즉시 사살해야 할 입장입니다."

민혁은 일단 장백산을 그대로 돌려 보내기로 마음 먹었다.

"일단 오늘은 이만 돌아가시고 상부와 긴밀하게 연구해서 결과를 연락해드리겠습니다. 연락처를 주시면……."

"잘 알겠습니다. 강 검사님, 장군이를 찾아내야 하겠다는 저의 애타는 심정을 이해해 주십시오. 장군이를 찾아내지 못하면 전 정말……."

어느 새 장백산의 눈이 붉게 물들고 있었다.

폭풍전야

그날 밤 민혁은 서재에 틀어박혀 쌓인 서류를 정리하느라 골머리를 앓고 있었다. 수정은 요셉이를 데리고 친정에 가고 없는 중이었다. 그때 책상 위에 있는 핸드폰이 시끄러운 신호음을 보내오자 민혁이 숨을 길게 토해내며 핸드폰을 열었다.

"여보세요? 어디시죠?"

"........."

"여보세요? 누구신가요?"

"........."

"잘못 걸려온 전화 줄 알고 끊겠습니다."

말이 떨어지자마자 핸드폰 속에서 음산한 목소리가 울려나왔다.

"나 … 학수다."

순간 민혁은 등골이 서늘해지면서 머리카락이 빳빳하게 곤두서는 느낌이었다. 순식간에 온몸이 살얼음을 뒤집어 쓴 듯 공포감에 부르르 진저리를 쳤다.

"하, 학수?"

"........."

"그, 그런데 어쩐 일이냐, 통 나타나지도 않고."

"흐흐흐흐… 강민혁, 이젠 제법 능갈 칠 줄도 아네?"

"........."

"난 지금 제주도에서 조총련계 야쿠자 두목과 술을 마시다가 네 생각이 나서 전화하는 거야."

"학수야… 이왕에 이렇게 된 마당에 털어놓고 이야기하자. 빨리 자수해라. 그 방법밖엔 없어."

"자수하면? 자수하면 내가 사형선고라도 비껴 갈 수 있다는 거야? 그냥 몇 년 빵에서 썩다가 풀려나기라도 해?"

"대체 네가 어쩌다 여까지 온 것이냐, 왜 이렇게 되버렸냐구?"

"나도 내 운명의 냄새를 맡을 수 없어. 되어지는 대로 살았을 뿐, 딴 이유는 없어. 나도 나를 몰라."

"그런데 내게 전화한 이유는 뭐냐?"

"설마, 아무런 용무도 없이 맹탕 전화했겠냐?"

"내게 용무가 있다면 네가 자수해 주는 일밖에 없어."

"........."

"학수야, 일단 한번 만나나 보자. 언제 만날 수 있지?"

"흐흐흐… 나보고 범 아가리로 굴러 들어오라구?"

"절대로, 다른 어느 누구에게도 비밀로 할테니 우리 만나서 털어놓고 속 시원히 얘기하는 게 어떠냐? 난 내 혼신을 다해 네게 호소하고 싶다. 제발 자수하라고."

"요즘 아주 열심이던데?"

"뭐가?"

"매일 아침마다 개들을 데리고 체력단련하느라고 말이지, 멧돼지를 잡은 바람에 일약 톱스타가 된 너희집 개 말이지. 이름이 풍이라 했던가?"

"………"

"그래서 말인데, 과연 어떤 개가 더 센 지 한번 붙어보고 싶은데."

"말하자면 결투 신청을 하겠다는 건가?"

"멧돼지 몇 마리쯤 해치웠다고 기고만장하지마, 너의 개는 절대로 나의 분신과도 다름없는 디먼을 당하지 못해."

"그거야 길고 짧은 건 대봐야 하는 것 아냐? 그보다 내가 네게 친구로서 간절히 부탁하는데, 제발 이제 그 추악한 살인극을 멈추고 자수해서 세상을 편하게 해 주렴."

핸드폰 속에서 들리는 학수의 목소리가 저승사자의 그것처럼 민혁의 가슴을 울렁거리게 했다.

"내 늙은 엄마, 그래, 세상에서는 귀신을 모시는 무당이라고 하지. 그 늙은 엄마의 집을 경찰들이 밤낮으로 지키고 있었지. 혹시 내가 엄마네 집 근처에 나타나기라도 할까봐 말이지. 엄마에겐 얼마나 답답하기 짝이 없는 감옥이었겠어. 그나마 못난 아들 한번 만나보지 못하고, 엄마는 어젯밤 임시로 살고 계시던 신당의 화장실 천정에 목을 매어 자살해 버렸지. 물론 너도 뉴스에서 그 사실을 잘 알고 있겠지. 자살한 무당의 아들이 바로 살인마 김학수라는 사실이 온통 매스컴을 떠들썩하게 했으니 말이다."

"………"

"넌 이렇게 말하고 싶겠지 자업자득이라고."

"학수야, 그러니까 이제 그만 이 저주스러운 악령의 노리개가 되지 말고 그만 자수해. 이제 그만 세상을 편케해 주렴."

 "악령의 노리개? 크흐흐… 네 놈이 감히 위대하신 나의 조상신을 악령이라고 해? 네가 믿는 하나님은 뭔데? 우주의 주인이라는 하나님이 왜 세상을 이렇게 불공평하게 만들지? 어리석기 짝이 없는 놈. 그건 그렇고 내가 자수하면 충성스런 나의 개들은 어떻게 될까?"

 "학수야, 너는 이제 더 이상 사람을 죽이는 개들의 우상이 될 수 없어."

 "개소리마! 네 말대로 이 저주스러운 살인광시곡을 끝내는 딱 한 가지 방법이 있긴 하지."

 "뭐냐 그게?"

 "아무런 조건없이 현금 오십억을 달러로 바꾸어 갖고와. 그러면 난 나의 분신 디먼을 데리고 북한으로 넘어가겠어."

 "뭐라고? 오십 억을 달러로 바꾸어 갖고 오라고? 그 돈을 갖고 무슨 수로 철통 같은 철책선을 뚫고 북으로 간단 말이지? 그건 불가능해."

 "흐흐흐흐… 강민혁, 이 김학수를 뭘로 보는 거야? 돈이면 불가능이 없는 세상 아니냐. 결국 나는 달러가 부족해 헉헉대는 북한의 환심을 살 것이고, 난 그들의 도움을 받아 내가 가야할 곳으로 가는 거지? 그곳에서 난 나의 충성스런 디먼과 함께 왕되신 조상신을 모시고 남은 여생을 후회없이 보낼 작정이야."

 "그, 글쎄 그곳이 어디냐니까?"

 "네가 그곳이 어딘지 알아서 뭐하게. 그곳까지 CIA나 인터폴을 풀어서 날 잡아들이려고? 천만에 말씀, 어림 반푼어치도 없지. 나의 조상신이 FBI나 CIA 등에 발목이 잡힐 만큼 약하고 무능한 줄 알아?"

 "너의 조상신이란 네가 꿈속에서나 만났던 허수아비에 불과해. 너는 아무도 찾아볼 수 없는 지옥의 동굴 같은 음습한 곳에 개들과 함께 숨어서, 너 자신의 욕구불만을 해소하기 위해 아무 죄도 없는 사람들을 희생양으로 잡아먹는, 프레데터 형 범죄자야. 어쩌다 네가 이 지경에 이르렀는지 참으로 안타까운 일이지만, 너의 성장을 정상적으로 키워내지 못한 본유적 DNA 탓에, 그토록 열심히 공부해서 취득한 검사의 길마저 접어버렸어.

게다가 일찌기 '아리스토텔레스'가 말했듯이 인간은 사회적 동물이란 인간관계까지 말살해버려야 했던 네 영혼을 동정한다. 넌 공연히 너 자신을 사회적 형성관계가 무너진 고독의 바위상자에 가두어 버리고 스스로 사악해 빠진 외톨이가 되고 만 거야. 마지막으로 나는 너의 인간적 감성에 호소한다. 아프리카의 성자 슈바이처 박사는 생명을 얼마나 귀하고 소중하게 여겼던지 이런 말을 하기도 했다.

'나는 나무에서 잎사귀 하나라도 함부로 따지 않는다. 한 포기의 들꽃도 의미없이 꺾지 않는다. 심지어 벌레마저 밟지 않도록 조심한다. 여름밤 램프 밑에서 일할 때에도 수많은 벌레가 불에 타서 책상에 떨어져 죽는 것을 보느니, 차라리 더워도 창문을 닫고 무더운 공기를 호흡하는 편을 선택했다.'라고.

그리고 오십억이 뭐 애이름이냐, 그렇게 누워서 떡 먹듯이 쉽게 달라게? 어짜피 너는 네 악마적 살인행진곡을 연주해 주느라 슬픈 운명을 함께해 온 너의 개들과 함께 마지막이 될 상황에 몰려 있어. 난 50억이란 천문학적인 돈을 구할 수도 없으려니와 설사 돈이 있다해도 그렇지. 내게 네게 돈을 갖다 바쳐야 할 이유는 눈꼽만큼도 없다."

"크흐흐흐, 이제 설교기술까지 늘었군. 그렇다면 살인광시곡은 더욱 무섭고 시끄럽게 울려퍼지겠지?"

"헛소리 고만해. 대한민국 경찰이 그토록 허술한 줄 아니? 넌 결국 너의 늑대개들과 함께 처참한 죽음의 종말을 맞이할 수밖에 없게 됐다니까. 철책선을 넘어간다고? 그런 꿈 같은 소리 그만 집어치워."

"그래? 그렇게 자신만만해? 나름대로 나는 이미 북쪽으로 가는 통로는 확실하게 뚫어놓았는데도? 그러니까 내가 철책선을 뚫고 북쪽으로 어떻게 갈 것이냐는 것까지 그렇게 자상하게 염려해 주지 않아도 돼. 나는 철책선을 넘어가지 않아."

"그럼 무슨 수로 북한에 간다는 것이냐? 날개라도 달렸냐? 설사 철책선을 뚫고 북한으로 넘어간다치자, 북한인들 과연 살인 늑대개의 두목인 너를 반겨할까?"

"흐흐흐… 이미 달러라면 눈이 뒤집어진 북쪽 정보통과 내통을 끝내놓은 상태야. 조총련계 야쿠자 두목과 거래를 끝내었지. 나는 너와 네 식구들을 모조리 죽여버린 후 쥐도새도 모르게 야쿠자의 배를 타고 일본으로 잠입한다. 그리고 북한으로 가는 배를 탈 것이야. 돈이면 불가능이 없는 세상인 줄 몰라? 뿐만아니라 경찰은 결코 나를 잡을 수가 없어. 왠지 알아? 나는 몇달 전에 일본에서 조총련계 의사에게 성형수술을 받았지. 코와 눈썹이랑 눈도, 볼따귀도 완전히 뜯어 고쳤거든. 게다가 머리마저 빨간 대머리로 밀어버렸지. 사람들은 세상에 나돌아 다니는 김학수의 옛 얼굴만 찾겠지 흐흐흐. 경찰은 결코 나의 비밀스러운 북한행을 추적할 수 없어. 난 북한정보통에게 달러만 쥐어 주고 길만 좀 빌리는 것 뿐이야. 나의 조상신은 나를 더 넓고 아름다운 세상으로 안내하겠지. 어쨌든 넌 내게 50억을 준비해오지 않으면 안되게 되어 있어."

"이쯤에서 이야길 끝내고 낯익은 목소리 좀 바꿔줘볼까?"
"뭐라고? 누굴 바꿔준다는 거냐?"

순간 핸드폰 속에서 찢어지는 듯한 여자의 목소리가 처절하게 울부짖고 있었다.

"민혁오빠! 요셉아빠! 나 여기 잡혀왔어 어떡해에!"

순간 민혁은 머리가 폭발할 것 같은 전율을 느끼며 소리쳤다.

"뭐라곳! 수정이야? 왜, 왜 거기서 전화하는 거얏! 거기가 어디야?"

"모르겠어. 커다란 탑차에 갇혀 있어. 요셉아빠, 무서워, 개들이 뺑둘러싸서 우리를 노려보고 있어, 어떡해에!"

민혁은 천지가 와르르 무너져 내리는 절망감에 휩싸여, 혓바닥이 입천정에 찰싹 달라 붙은 듯, 벌어진 입이 다물어지지가 않았다. 또 수정의 목소리가 처절하게 울부짖고 있었다.

"오빠, 무서워 죽겠어. 개들이 금방 잡아먹을 듯 노려보고 있어, 아, 어떡해!"

"어, 어쩌다가 잡혀갔어 수정앗!"

"요셉이를 데리고 엄마한테 들렀다 오는데 엄마네집 대문 옆에서 학수가 갑자기 나타나서 날 탑차 속으로 쳐박았어. 개들이 우글우글 한 트럭 속에… 무서워 죽겠어. 어떡해 요셉아빠아! 그런데 더 무서운 건 학수의 목소리는 분명한데 얼굴이 학수의 얼굴이 아냐!"

"……!!!"

핸드폰 속에서 다시 학수의 목소리가 음산하게 들려왔다

수정과 요셉이 울부짖는 소리가 학수의 목소리에 섞여서 민혁의 가슴을 칼로 난도질하는 느낌이었다.

"긴 얘기 고만하자. 오십억을 미화로 바꾸어서 갖고와. 더 많이 요구할 수도 있지만 그래도 한 때는 친구사이였다는 추억이 있기에 이 정도로 끝내자는 뜻이다."

"하, 학수얏! 학수야! 제발 내 말좀 들어봐, 설령 돈을 마련한다해도 그렇지 어디로 갖고 오란 말이냣!"

"인터넷을 열어봐라. 얼마 전에 인터넷을 뒤적거리다가 장백산이란 놈의 글을 읽은 적이 있다. 그놈 말로는 디먼이 자기가 길렀던 장군이란 군견이었다나, 나의 디먼과 함께 억새풀밭을 누비고 살았었다는군. 그곳에서 만나자. 시간 약속을 어기지 마라. 앞으로 꼭 일주일. 반드시 돈을 준비해 놓고 내 전화를 기다려라. 만일 경찰에 알리거나 세상에 노출시키기라도 하면, 즉시로 네 아내와 아들은 개들에게 걸레처럼 찢어진다."

민혁은 또 다시 혓바닥이 천정으로 말려오르는 느낌이었다.

"하지만 학수야, 오십억이란 거금을 내가 무슨 수로 장만하겠어. 될 일을 놓고 타협을 해야지. 불가능한 일을 놓고 무슨 합의를 하잔 말이냐"

"민혁 이 자식, 제법 꼼수바둑을 뜰 만큼 세상살이에 눈이 뜨였군. 아직도 네 발등에 불이 떨어지지 않은 모양이네. 네가 살고있는 양주의 땅, 그 쪽으로 개발붐이 일어 땅값이 얼마나 많이 올랐는지 내가 모를 줄 아냐? 모르긴해도 그 땅의 자산가치가 백억 원도 넘어 갈텐데, 아직은 네 아내와 아들의 목숨보다는 땅이 더 소중한 모양이군. 게다가 압구정동에 있는 네 집만 해도 삼십억을 훗가한다는 걸 내가 다 알아 보았지. 오십억쯤으로 자비를 베풀어 준 것을 고맙게 생각해야지. 멍청한 놈."

"난 땅값에 대해서는 알아본 적도 없고 알고 싶지도 않았어. 어차피 팔고싶지 않은 땅이었으니까. 하지만 네 말이 사실이라면 그나마 다행이군. 어쨌거나 알았어. 그 돈을 장말할 만한 가치가 있는 땅이라면 은행에서 담보로 대출을 받아서라도 돈을 장만해 보겠어. 하지만 수정이와 요셉이를 안전하게 보호해다오. 수정을 좀 바꿔줄순 없나?"

"수정인 지금 개들에게 둘러싸여 공포에 질려 있어서 정신이 없다. 개들은 혀를 빼어물고 내 명령만 기다리고 있지. 사흘을 굶었으니 오죽 배가 고플까."

"학수야 제발, 내 아내와 아들을 무사하게 놔두어 다오. 돈을 꼭 장만해 볼게."

"거듭 말하지만 명심해. 이건 너와 나만의 게임이야, 행여나 군경의 힘을 빌려 충격으로 나와 개들을 제압하려 들면 그 순간 네 아내와 어린아들은 굶주린 개들의 한 끼 식사로 영원히 이 세상에서 자취를 감춘다. 어차피 난 이 땅에서 밥 먹고 살긴 틀려버린 입장이야"

"학수야, 우리 좀 더 침착하고 냉정하자, 학수야."

"마지막으로 한번 시험해 보고 싶은 일이 있다"

"뭣이냐 그게?"

"돈을 갖고오는 날 너의 개들도 데리고 와라. 과연 나의 개들이 너의 개들과 한판 붙으면 어떤 결과가 나올지, 난 그것이 몹시 궁금하다. 돈 못지않게 디먼과 뚱의 싸움을 구경해 보고싶다 이말이지. 누가 이길 것이냐가 아니고 네 개들이 디먼에게 얼마나 오래 버티는지 그것이 보고싶어.

덧붙여 말하면 여기에 있는 개들은 사람고기에 익숙해진 개들로 특별 훈련시켰지. 그리고 영웅이 되어 있는 뚱이라는 개의 최후의 모습을 세상사람들에게 보여주고 싶은 간절함이 있다. 디먼에게 참혹하게 찢어진 뚱의 모습을 사람들에게 마지막으로 선물해 주고 싶은 마음이 돈 못지않게 간절해서 말이지. 어때 자신 없지? 사람이 먹다버린 음식 찌꺼기만 얻어 먹고 사는 개들이 사람고기에 맛을 들여 맹수가 되어버린 내

개와 싸워이길 상대가 되겠냐? 게다가 내 개들은 나의 조상신들이 절대적으로 보호해 준다 이 말이지."

민혁은 어금니를 악물었다. 이쯤되면 이제 자신도 이판사판이라 생각했다.

"과연 그럴까, 너의 조상신은 어리석기 짝이 없구나. 보호할 게 없어서 기껏 개나 보호하는 주제에, 그런 너의 조상신이 인류에게 영원한 생수를 마시게 한다고? 이놈 학수야, 네가 데리고 있는 개들을 봐라. 네 말이 하도 기가차니 웃고 있지 않냐. 사람이 미쳐도 어떻게 그렇게 철저하게 미칠 수가 있을까. 좋아, 돈을 들고 개들을 데리고 가겠어. 그런데 네 개들이 우리 개들에게 물려 죽으면 어쩔테냐? 그래도 돈을 갖고 너 혼자 북으로 도망갈래? 그토록 충성스런 네 개들의 시체를 버려둔 채 말이지."

전화기 속에서 학수의 웃음소리가 소름끼치도록 민혁의 영혼을 전율케 했다.

"흐흐흐… 하룻강아지 범 무서운 줄 모르는 놈, 디먼이 네 개에게 물려죽어? 흐흐흐… 어리석은 놈, 디먼은 누군지 아나?"

"누구라니? 디먼이 뭐 사람의 형상이 변한 괴물이라도 되나?"

"디먼은 우리 조상신들의 혼이 깃든 불멸의 영혼이야. 디먼은 결코 죽지 않아."

"………"

"다시 한 번 명심해. 앞으로 꼭 일주일. 그 동안 너는 내게 전화할 생각마라. 난 핸드폰이 없다. 할 말이 있으면 내가 네게 전화할테니. 수정과 네 아들은 걱정마라. 잘 데리고 있을테니까. 어쨌거나 오십억짜리 인질이니 소중하게 다루어야겠지. 나의 개들은 내 명령없이는 절대로 수정이와 네 아들을 해코지 않는다. 그 점만은 엄중하게 약속하마. 다시 한 번 힘주어 말한다. 돈이 확실하게 준비되면 이달 15일 정오에 장백산과 디먼의 추억이 물들어 있는 억새풀밭에서 만나자.

 꼭 명심해야 할 것은, 돈을 갖고 올 때 반드시 그 장백산이란 놈과 함께 올 것. 장백산이 그 억새풀밭을 너무도 잘 알고 있으니까. 나는 장백산을 꼭 봐야겠다. 인터넷에 올린 장백산의 글을 보고 군경합동 수색대가 억새풀이 펼쳐져 있는 산을 샅샅이 뒤지고 있던 날, 나는 사랑하는 나의 개들을 탑차에 싣고 속초항에서 맛있는 회를 먹고 있었지. 크흐흐… 멍텅구리 놈덜."

 "장백산을 왜 꼭 봐야하는데?"

 "장백산을 보았을 때의 디먼의 행동이 몹시 궁금해서이지. 디먼은 옛날의 주인인 장백산을 알아보고 반가워할까, 아니면 우리 조상신의 혼이 깃든 디먼이 결국 지금의 주인인 나를 더욱 따를 것일까. 그것이 궁금해서 말이지. 단 싸움이 끝나기 전에는 장백산이 절대로 장군이라고 이름을 부르지도 말고 나타나지도 말 것, 알겠나? 이 정도의 여유 있는 게임을 걸어 준 이 김학수에게 고마움을 느껴야지. 강민혁, 내 말 명심해.

 너희들의 개가 나의 분신과도 같은 디먼 일당을 죽이지 못하면 너희들은 모두 우리 개들의 밥이 된다. 걸레가 된다 이 말이지. 만에 하나 뚱이란 놈이 디먼을 이긴다치자 그 다음엔 살인 훈련을 받은 개들과 힘을 합쳐 나의 정글검이 신바람이 나겠지. 너희들이 살아남을 수 있는 방법은 한 가지밖에 없다.

 뚱이 디먼과 내 개들을 이기고 이 김학수를 죽이는 것, 너희들이 살아남을 수 있는 방법은 그 길밖에 없다. 분명히 말해둔다. 네가 돈을 틀림없이 갖고 오지 않으면 그 즉시 네 아내와 아들은 나의 충성스런 개들의 입에서 걸레처럼 찢겨진다. 물론 강민혁과 장백산도 나의 충성스런 개들의 잔치상이 될테지. 그런 뒤 나는 곧바로 안개처럼 이 땅에서 사라진다."

그리고 학수는 전화를 끊었다.

민혁은 마치 악몽을 꾸는 듯한 참담한 기분이 되어 볼펜 끝으로 허벅지를 꽉 내리찍어 보았다. 허벅지에서 검붉은 피가 바지 밖으로 베어 나오고 있었다.

민혁은 그 자리에 무릎을 탁 꿇고 애꿇는 심정으로 호소했다.

"아! 하나님 제발 아내와 요셉이를 지켜 주십시오. 그리고 온 국민을 공포의 도가니로 몰아 넣은 늑대개들과 살인귀 학수를 반드시 잡게 해 주십시오. 아, 하나님!"

민혁은 겨우 감정을 누구러뜨린 뒤 핸드폰을 꺼내어 장백산에게 전화를 걸었다.

전화를 받은 장백산이 기대감에 잔뜩 고무된 듯 목소리가 급했다.

"강 검사님, 어떻게 좀 알아보셨습니까?"

"백산 씨. 내게 검사라는 호칭을 쓰지 말고 그냥 강 선생 정도로 불러 주시죠. 그리고 장군이 때문에 꼭 군부대에 요청하지 않아도 되게 생겼습니다."

"예? 무슨 뜻이죠?"

민혁은 장백산에게 되어진 상황을 대충 설명해 주고 월정리에서 만나기로 약속한 뒤 전화를 끊었다.

민혁은 곧바로 새카맣게 타들어가는 심정으로 장인인 차명성 박사의 사무실을 찾았다. 민혁이 차명성 박사의 사무실 문을 열고 들어선 순간 차명성 박사는 가슴이 쿵 떨어지는 느낌이었다. 그만큼 사위의 얼굴이 천길만길 낭떠러지에 떨어져 있는 느낌을 받았기 때문이었다.

"웬 일인가, 강 서방?"

민혁은 참담한 심정을 간신히 억누르고 근래에 일어난 상황을 떨리는 목소리로 자세히 털어놓았다. 차명성 박사의 얼굴이 창백하게 굳어졌다. 차명성 박사가 겨우 입술을 열었다.

"요셉아빠."

"예, 아버님."

"털어놓은 얘기가 사실인가? 믿겨지질 않아."

민혁이 얼굴을 허물어뜨리며 대답했다.

"예, 아버님. 모두가 사실입니다."

차명성 박사가 눈을 지긋이 감았다. 차 박사가 간신히 입술을 열었다.

"오십억을 달러로 말이지?"

"예, 아버님."

차명성 박사가 물었다.

"대책은 있는가?"

민혁이 난감해 하면서 대답했다.

"오십억은커녕 오백만 원도 없습니다. 아버님, 너무도 면목이 없습니다."

차명성 박사가 돌이 구르는 듯한 음성으로 말했다.

"양주에 부모님에게 물려받은 땅과 압구정동 집을 당장 저당설정해서 담보대출을 받게. 내 친구가 은행장이야. 내가 부탁할테니 당장 서류를 작성해서 접수시켜 놓게."

민혁이 겨우 생기를 되찾은 듯 말했다.

"땅과 집을 저당설정해서 담보대출을 받으란 말씀인가요?"

"빨리 은행에 가서 서류를 제출하게. 내가 친구한테 전화해 놓을테니. 부정한 방법으로 돈을 마련하는 게 아니라 합법적으로 대출을 받는 것이니 조금도 떨지말고 빨리 서류를 제출하게. 수정이와 요셉의 목숨이 경각에 달렸잖은가."
"알겠습니다. 아버님."
"그리고, 요셉아빠."
"예, 아버님."
"사건이 해결될 때까지 수정엄마에겐 비밀로 해야 하네. 자칫 충격을 받고 쓰러지기 십상이야. 알겠는가?"
"예, 아버님 명심하겠습니다."
이튿날 민혁은 차 박사의 대학후배가 은행장으로 있다는 은행에 부랴부랴 대출서류를 제출해 놓고 장백산을 만나러 월정리로 향했다.

장백산은 초라한 구멍가게 툇마루에 앉아서 홀로 막걸리를 마시고 있었다. 얼마 전에 만났을 때보다 얼굴은 더 초췌해 있었고, 수염은 더 무성하게 길어져 있었다.
"예상보다 빨리 오셨군요."
"워낙 급한 마음이라서."
장백산이 민혁에게 잔을 밀어놓고 막걸리를 따르었다.
"우선 대포 한잔 하시죠."
민혁은 장백산이 따르어 놓은 대폿잔을 단숨에 비워버렸다. 막걸리 한 사발을 단숨에 비워버리기는 생전 처음 있는 일이었다. 장백산이 열려 있는 사립문 밖으로 내어다 보이는 대추나무 한 그루를 손으로 가르켰다.

"저 나뭅니다. 강 선생님."

"예?"

"그때 훈련을 마치고 돌아오다 잠깐 장군이를 묶어 놓았던 나무 말입니다."

"네에."

"전우들과 떠들면서 권커니 받거니 막걸리 마시는 즐거움에 빠져 있을 때 장군이는 어떤 놈에게 납치되어 간 거죠. 장군이는 절대로 사람을 물지 못하도록 훈련된 개였습니다. 게다가 입마개까지 단단히 한 상태였죠."

장백산이 주머니에서 주섬주섬 봉투를 꺼냈다. 그리고 몇 장의 사진을 꺼내어 민혁에게 건넸다. 그것은 군대시절에 장군이와 함께 찍은 사진들이었다. 민혁은 타는 듯한 가슴을 간신히 억누른 채 사진을 백산에게 건네며 한숨섞인 목소리로 말했다.

"범인이 데리고 있는 디먼이란 살인견이 장군이가 맞다고 생각됩니다."

백산이 사진을 속주머니에 넣으며 말했다.

"옛날에는 철책선 근처에 있는 마을에 일반인은 절대로 못 들어갔었는데, 요즘은 주민등록증만 보이면 출입이 허락되더군요. 옛날 군견훈련소 자리에도 여러 번 가 보았구요. 장군이와 함께 뛰어놀던 초원에도 가 보았어요. 장군이는 지금 이 근처에는 없습니다. 범인이 장군이를 데리고 있는 모양입니다."

"인터넷에 범인을 향해 편지를 썼다구요."

"예, 장군이를 돌려보내 달라고 애걸복걸했습니다."

민혁이 떨리는 목소리로 말했다.

"며칠 후면 범인을 만납니다."

민혁은 장백산에게 그간에 있었던 이야기를 자세하게 들려준 뒤 무거운 얼굴로 말했다.

"절대로 말이 새어나가면 제 아내와 아들이 목숨을 잃게 됩니다. 백산 씨 잘 알아 들었습니까?"

"물론입니다."

"놈을 만나러 가는 길에 백산 씨도 함께 동행시키라고 말했습니다."

"그건 왭니까?"

"놈은 확실히 싸이코예요. 늑대개, 아니 장군이가 장 선생님을 만났을 때 장군이의 반응이 몹시 궁금한 모양입니다. 장군이가 백산 씨를 옛날의 주인인 줄 알아보고 반가워할지, 아니면 옛 주인을 무시해 버리고 아무렇지도 않게 지금의 주인에게 충성을 다하는지, 그걸 알고 싶은 겁니다. 놈은 후자의 경우를 간절하게 기대하겠지요."

"아뇨, 장군이는… 틀림없이 나를 잊지 않고 있을 겁니다."

"놈은 약속장소로 백산 씨가 말한 그 초원에서 만나고 싶어합니다. 장군이와 함께 뛰놀던 그 초원에서 말이죠. 놈은 그곳으로 장군이를 데리고 가서 과연 장군이가 그곳에서 옛 추억을 되씹으며 백산 씨를 알아보고, 자신에게 배신의 등을 돌릴까가 몹시 궁금한거죠. 그 궁금증의 내면에는 장군이가 지금의 주인인 자기 자신을 더 신뢰하고 따르는 모습을 꼭 확인하고 싶어하는 간절함이 있을테고 말입니다"

"장군이는 어렸을 때부터 나와 함께 생활했던 군견훈련소시절을 결코 잊지 못할 것입니다. 장군이는 나와 함께 먹고 자면서 그 초원을 뛰어다닐 때가 너무도 행복해 보였어요."

"백산 씨, 우린 그곳에서 범인과 만나야 하고 제가 기르는 똥과 장군이, 아니 지금은 디먼이라고 바뀌었지만, 어쨌거나 생사를 건 결투를 벌여야 합니다. 그것이 놈이 걸어온 게임입니다. 돈도 중요하겠지만 놈은 우리 뚱이 디먼에게 참혹하게 찢겨진 모습을 세상사람들에게 보여주고 싶은 겁니다."

잠시 장백산이 눈을 감고 생각에 잠기는 듯 했다. 민혁이 다시 입을 열었다.

"꼭 주의해야 할 것은……."

"무엇인가요"

"뚱과 장군이와 싸움이 끝나기 전에는 결코 백산 씨가 장군이를 응원하거나 모습을 나타내면 안된다는 겁니다. 놈이 흥분하지 않도록요. 조심해야 합니다."

"그건 왜일까요?"

"글쎄요, 자기 딴에는 싸움이 불공평해진다는 뜻이겠죠."

"………"

"우리는 희대의 살인마와 제 아내와 아들을 걸고 일생일대의 생사를 건 승부를 걸어야 할 운명에 처했습니다. 백산 씨, 꼭 알아야 할 것은, 놈은 우리 모두를 다 죽일 작정입니다. 우리 중 누군가를 살려두고 대한민국 땅을 벗어날 수 없기 때문이죠. 우리 모두 목숨을 각오해야 합니다. 놈은 우리 모두를 개들의 밥이 되게 하고 50억을 챙기고 일본으로 잠입할 계획입니다. 백산 씨, 우리에게 던져진 운명의 돌은 신의 자비에 달려 있어요. 그분을 믿고 최선을 다할 수밖에 없습니다."

"강 선생님."

"예."

"부탁이 꼭 한 가지 있습니다."

"………."

"뚱과 장군이가 싸울 때 혹 뚱이 장군이를 물어 죽이게 될 상황이 오면 강 선생님께서 말려 주셨으면… 장군이가 죽지 않게 도와주실 수 없습니까? 그걸 꼭 부탁드리고 싶습니다. 장군이는 불행하게도 살인마에게 붙잡혀 살인하도록 사육되고 조종받아서 그렇지, 결코 사람을 물어 죽이는 짓은 못하도록 훈련된 개였습니다."

"그렇습니까……."

"그러니… 장군이를 죽게 하지 말아달라는 부탁을 드립니다. 장군이는 제가 다시 맡아서 선하고 착한 개로 되돌려 놓을 자신이 있습니다."

민혁이 그렇게 말하는 백산을 향해 조용히 입을 열었다.

"백산 씨."

"예."

"솔직히 말씀드려서 뚱이 장군이를 이기기나 했으면 얼마나 좋을까 하는 것이 제 간절한 심정입니다… 하지만 장군이가 살아남아도 살 길은 없습니다. 장군이의 운명은 정해져 있다는 말이죠."

"그건… 국민들의 뜻에 따를 수밖에 없겠죠. 각오는 되어 있습니다."

"그런데… 결전의 장소로 찾아가려면 어떻게 가야 합니까."

"우선 저희집 돼지 농장에 사료용 탑트럭이 한 대 있습니다. 그 탑차에다 우리측 개들을 싣고 일단 이곳까지 와야 합니다. 이 마을에서 조금 더 들어가면 중부전선 최전방 유곡리란 마을이 나옵니다."

"현장까지는 거리가 얼마나 됩니까."

"농로를 따라 한참 가다보면 숲이 너무 우거져서 간첩들이 숨어있기 좋다하여, 군에서 장비를 동원해서 나무와 풀을 모두 깎아버린 넓은 초원이 나옵니다. 지금은 억새풀이 무성하게 자라, 파도처럼 출렁이는 곳입니다. 그 초원이 끝나는 지점에 제가 장군이와 함께 근무했던 옛 군견훈련소가 있습니다. 지금은 텅 빈 건물만 을씨년스럽게 남아있지만요. 장군이는 분명 그곳을 찾아왔을 것입니다. 군견훈련소가 다른 곳으로 옮겨 간 줄도 모르고 몹시 실망했겠지요."

민혁이 작심한 듯 장백산의 얼굴을 향해 말했다.

"이제 저는 제게 굴러떨어진 운명의 돌과 싸우기 위해 제 인생을 송두리째 내던져야할 치열한 상황에 처했습니다. 반드시 우리 국민의 마음을 안정시켜야 할 절대절명의 순간을 맞이해야 합니다."

"강 선생님, 마음을 단단히 먹어야 합니다. 저도 강 선생님을 도와 악마와 싸우겠습니다."

"고맙습니다. 백산 씨."

민혁은 수정과 요셉 생각에 숯검정처럼 새까맣게 타들어가는 가슴을 간신히 달래며 집으로 돌아왔다. 뚱의 식구들이 몹시 기다렸던 모양 반가워서 펄쩍펄쩍 뛰며 난리법석을 쳤다.

녀석들은 요 며칠 사이 수정이 통 보이지 않는 것이 너무도 궁금했고, 민혁마저 오늘 하루종일 얼굴을 나타내지 않는것이 여간 답답한 게 아니었다. 녀석들에게 저녁식사를 주고 나서 응접실로 들어선 민혁은 그만 쓰러지듯 소파에 몸을 내 던졌다.

이 시간에도 수정과 요셉이 탑차에 갇혀, 무서운 살인 늑대개들에게 둘러싸여 공포에 질려있을 생각을 하니, 심장이 조막손처럼 오그라드는 느낌이었다. 민혁은 굽도접도 할 수 없는 절박한 현실에 부딪혀 가슴이 터져나갈 듯 처절하게 신음했다.

"아! 수정아, 요셉아……."

무엇이 생각났는지 민혁은 장롱을 열고 파커를 주섬주섬 걸친 채 밖으로 나왔다. 싸늘한 늦가을의 밤공기가 소맷부리 사이로 파고 들었다. 민혁은 자신의 승용차에 몸을 싣고 나서도 핸들에 이마를 얹어놓은 채 한참 동안 꼼짝도 않았다.

이윽고 민혁은 주일마다 수정과 함께 나갔던 교회를 향해 천천히 차를 몰았다. 사찰집사에게 양해를 구하자, 그가 교회의 본당문을 열어주었다. 불꺼진 본당 안은 어두웠으나 창문을 뚫고 들어온 달빛 덕택에 사물의 위치는 충분히 식별할 수 있었다.

민혁은 수정과 함께 앉아 예배를 드렸던 의자에 조용히 앉아 눈을 감았다.

결혼한 몇 달 후에야 그는 반강제로 수정의 손에 이끌리어 소풍삼아 출석해 온 교회였다. 민혁은 똥이 유보성의 동물병원을 풍비박살 냈던 때를 생각하고 머리를 강하게 흔들었다. 그때 민혁은 죽검으로 사정없이 똥을 두들겨 팼었다. 그 일로 인해 똥이 사경을 헤매고 있을 때 민혁은 자신에게 절망하고 있는 수정을 보고 가슴이 무너지는 느낌이었다.

자신의 가슴에 숨어 있는 분노의 마그마에 너무도 놀랐기 때문이었다. 그때 민혁은 겉으로만 믿었던 하나님을 찾아 가슴을 찢으며 애원했었다.

"하나님, 똥을 살려주십시오. 제발 똥을……."

그리고 똥은 한 달여 만에 기적적으로 회생했었다. 일상이 편해지자 하나님에 대한 민혁의 믿음은 다시 옛날로 돌아갔다.

"의학이 똥을 살린 것이지. 하나님이 무슨……."

오늘 민혁은 찢어지는 가슴을 어찌 달랠길 없어 또 교회를 찾았다.

"하나님……."

갑자기 민혁의 눈에서 눈물이 폭포수처럼 쏟아졌다. 사실 수정의 손에 이끌리어 다니긴 했지만, 특별한 감동도 없이 그저 산책삼아 나온 교회였다. 목사님의 설교내용이 그럴싸하기긴 했지만 도무지 진리란 게 무엇을 의미하는지 이해할 수 없었고, 알려고도 하지 않았다. 천국이라든가 지옥이라든가 하나님의 실존자체도 완전하게 믿어지지 않았다.

더욱이 성경 속에 등장하는 수많은 사람들의 삶의 여정조차, 철저하게 만들어지고 꾸며낸 소설 같은 이야기에 불과하다고 생각했다. 하나님이 태초에 천지를 창조했다는, 말도 안되는 이야기로 시작해서 예수가 하나님의 아들이고, 죽은 지 며칠이나 되는 사람을 살리고, 수많은 사람들의 병을 고쳤다는 대목에서는 숫제 귀와 눈을 감아버렸었다.

게다가 예수가 인류의 죄를 속죄해 주기 위해 하나님의 외아들이라는 높은 신분을 버리고 땅에 내려왔다는 그리스 신화 같은 설교에는 그만 소리없이 웃고 말았다.

또 예수가 인류를 영원한 지옥행에서 건져내어 영원한 천국으로 옮겨주기 위해 참혹한 십자가의 형벌을 대신 짊어졌다는 대목에서는 자리에 앉아 있기조차 바늘방석인 듯 여간 거북하지가 않았었다.

'죄는 내가 무슨 죄를 졌단 말인가, 죄를 졌으면 감옥에 들어갔을테지, 뭐, 상식에 맞는 말을 해야지……'

게다가 사람들이 기도를 한답시고 울고불고 울부짖으며 눈물을 펑펑 쏟으면서 이상한 소리를 내어 지를 때는 어쩐지 사이비 종교 집단에 끼어 있는 느낌이어서 좌불안석이었었다.

어떤 때는 수정이마저 눈물을 흘리면서 기도할 때는 수정의 얼굴을 이상한 눈으로 자세히 들여다 보기도 했었다.

많은 연예인이나 유명인사들이 교회에 와서 소위 간증이라는 것을 할 때에도 민혁은 이상한 느낌으로 그들을 판단했다. 어렸을 적에 엄마의 손을 잡고 다녔던 기억은 엄마와의 추억 속 이야기일뿐 하나님의 존재를 결코 믿지 않았다.

'똑똑한 사람들도 예수에 미치는구나 ……'

'물리학자인 '미치오카쿠가 말했듯이 금세기 안에 과학기술에 기반을 둔 유토피아가 도래할 것으로 낙관하고 있는 시대에 살고 있는데… 2100년이면 인간은 두려움과 경배의 대상이었던 신들과 거의 동일한 능력을 갖게 된다고 예언한 판에… 컴퓨터가 사람의 감정이나 생각을 읽을 수 있고, 생각만으로 물체를 움직일 수 있는 시대가 코앞에 이르렀는데 이 무슨 …….'

하여튼 교회에는 나갔지만 마음은 세상 일에만 빠져 있었고 빈 껍데기만 앉아 있는 모양새였다. 민혁은 단지 수정과 같이 있는 순간이 좋아서 교회에 다녔다해도 과언이 아니었다.

'뭐 교회에서 나쁜 얘기는 하지 않으니까…….'

그러나 지금 이 순간, 민혁은 물에 빠진 사람이 지푸라기 하나라도 붙들고 싶은 그런 심정이었다. 민혁의 눈에서 뜨거운 눈물이 그칠 새 없이 볼을 타고 흘러내렸다. 이 순간만큼 민혁의 영혼이 처절하게 몸부림친 적은 없었다.

"하나님… 제가 잘못했습니다. 저를 용서하시고 불쌍히 여겨 주십시오. 저의 교만이 제 영혼을 찔렀습니다. 제가 여지껏 교회에는 다녔지만 하나님은 믿지 않았습니다. 오히려 속으로는 목사님의 설교조차 비웃었습니다. 과학이 첫째라고 고집해 왔습니다. 하나님, 저를 용서해 주십시오. 제가 잘못했습니다. 제가 어리석었습니다. 제가 그토록 부르짖었던

정의는 속빈 강정이나 다름없는 허수아비 같은 우상이었습니다."

민혁은 어린아이처럼 울음이 터지고 말았다.

"하나님, 제 아내와 아들을 구해주십시오. 살인마 김학수를 반드시 붙잡을 수 있게 해 주십시오. 똥이… 우리 반려견들이 내일 살인을 밥먹듯 해온 늑대개들과 목숨을 건 한판 전쟁에 돌입합니다. 하나님… 으흐흐흐… 우리가 악의 무리들에게 이기도록 힘을 주십시오. 그래서 꼭 수정이와 요셉이를 구하고 온 국민의 가슴에 평화를 심어줄 수 있게 해 주십시오. 그래서 하나님의 실체가, 악의 반대편에서 선한 일을 이루시는 존재라는 사실을 모든 사람에게 꼭 좀 보여주십시오, 하나님 도와주세요……."

민혁은 그렇게 밤이 다 타도록 눈물로 울부짖었다.

이윽고 창문에 희뿌옇게 새벽이 밝아올 때쯤에야 민혁은 교회의 문을 나섰다. 갑자기 민혁의 가슴이 담대함으로 가득 차는 느낌은 어째서일까.

'우리는 이길 수 있다. 수정과 요셉이를 무사히 구출할 수 있어. 늑대개들 때문에 좌절과 공포심으로 하루하루가 사는 게 사는 것 같지 않은 국민들을 이번 기회에 반드시 자유롭게 해 줄 수 있어. 똥이 반드시 놈을 이길 것이다.'

결전의 날

 학수와의 약속날이었다. 아침밥을 먹이고 나서 민혁은 뚱과 두 마리의 아들 그리고 풍돌이와 진돌이를 잔디밭으로 데리고 나왔다. 민혁이 뚱의 목을 와락 껴안고 타는 듯한 심정으로 말했다.
 "뚱아… 미안해, 어쩌다 네가 그 무서운 살인개와 운명의 한판승부를 가릴 수밖에 없게 되다니… 풍돌아 진돌아, 하지만 반드시 이길 수 있다, 너희 조상들은 임진왜란 때 일본장수 가또기요마사가 기르고 있던 호랑이와 싸워서도 이긴 전설이 있잖니. 그깟 살인늑대개들 쯤이야."
 뚱과 두 아들은 그런 민혁을 이상하다는 듯이 멀뚱한 눈으로 쳐다보고 있었지만 풍돌이와 진돌이는 무엇이 그리 좋은지 연신 민혁의 얼굴을 혀로 핥으며 껑충껑충 뛰면서 즐거워하고 있었다.

 한 시간쯤 뒤 장백산이 자신의 농장에서 쓰고 있는 탑차를 끌고 나타났다.
 "강 선생님, 준비 다 됐습니까? 애들 아침은 먹였습니까?"
 "예, 아침식사를 끝냈어요."

"그럼, 출발하시죠."

"잠깐, 가방을 갖고 나와야 합니다."

장백산이 뚱한 얼굴로 자신을 쳐다보고 있는 뚱에게로 다가갔다. 뚱은 장백산이 민혁과 친한 사이라는 것을 알아챈 듯 조금도 경계하는 빛이 없었다. 장백산이 뚱의 머리를 부드럽게 만지면서 말했다.

"부탁이 있다. 뚱, 장군이를 죽이지 말아다오. 난 장군이와 옛날처럼 행복하게 살고 싶어. 하지만 결코 져서는 안돼. 장군이는 본의 아니게 악마에게 붙잡혀 수많은 사람을 물어 죽인 살인자거든. 네가 반드시 이기긴 이겨야 하지만 장군이를 죽이지는 말아줘. 네가 장군이를 이겨줘야 많은 사람들에게 장군이를 살려달라고 탄원할 수 있잖아. 장담할 수는 없지만 혹시 알아? 사람들이 장군이를 용서해 줄지도 모르잖아.

장군이는 나쁜 악마에게 조정당해서 본의 아니게 살인을 했으니까 말이지. 네가 장군이에게 지면 장군이는 살인마와 함께 새로운 땅을 향해 영원히 떠날 거야. 그 곳에서 살인마는 새로운 살인 계획을 세우겠지."

뚱은 멀뚱한 눈으로 장백산을 쳐다보기만 할 뿐 별다른 표정이 없다. 뚱은 생각했다.

'이 아저씨는 날보고 대체 뭐라고 말하는 것이지? 그나저나 수정이 누난 대체 어디 간걸까? 수정이 누나가 보고 싶어서 요즘은 밤잠도 못자겠는데 말이지…….'

그때 민혁이 커다란 가방 두 개를 양손에 나누어 들고 현관을 나서고 있었다.

"현금입니까?"

"예"

"진짜 달러인가요?"

"그럼요. 놈은 컴퓨터처럼 치밀하고 틀림이 없는 놈이죠. 속인다는 건 꿈도 못꾸죠."

"출발하시죠."

몇 시간 뒤 민혁과 장백산은 약속장소에서 한참 떨어진 비포장 도로에 차를 세웠다. 그리고 개들을 데리고 억새풀이 파도처럼 넘실거리고 있는 초원으로 들어섰다. 민혁이 아르르 떨리는 가슴을 가까스로 추스르고 잠깐 눈을 감았다. 삶과 죽음이 교차되는 존망지추의 순간에 인간이 찾을 수 있는 절대적인 대상은 무엇일까. 소위 테크노피아(Technopia)도 아니고 AI(Artificial Intelligence)도 아니었다.

"하나님… 다왔습니다. 이 자리에서 저는 하나님의 실체를 꼭 만나고 싶습니다. 하나님은 반드시 살아계셔서 우리를 위해 악마를 물리치신다는 믿음을 갖기 원합니다. 하나님, 부디 도와주십시오. 하나님, 저 악한 무리들이 지금까지 수많은 인명을 참혹하게 빼앗았고, 또 앞으로도 얼마나 많은 사람들을 죽일지 모릅니다. 하나님께서 우리 부부에게 뚱을 맡겨 주신 이유가 바로 이 때를 위함이 아니겠습니까."

그때 장백산이 낮게 신음섞인 목소리를 내어 뱉었다.

"강 선생님, 저길 보세요. 놈이 먼저 와 있습니다. 뚱의 목줄을 꼭 잡으세요. 전 다른 개들을 데리고 신호를 기다리고 있겠습니다."

민혁이 눈을 부릅뜨고 학수가 서 있는 쪽을 노려보았다.

"백산 씨는 싸움이 끝날 때까지는 절대로 장군이 앞에 나타나지 마세요. 놈이 그걸 꼭 강조했으니까 저놈이 오판하면 아내와 어린 아들이 위험합니다."

"알겠습니다."

"제가 손을 들어 신호할 때까지는 절대로 개들을 풀지 마십시오."
"잘 알겠습니다. 조심하십시오."

민혁은 뚱만 데리고 억새풀 밭에서 상반신만 내 놓고 있는 학수를 향해 성큼성큼 걸어갔다. 가슴은 천둥이 치는 듯 쿵쿵거렸지만 어금니를 부서져라 깨물고 용기를 되씹었다. 뚱이 드디어 수상한 낌새를 느꼈던지 인상이 서서히 고약해지기 시작했다. 눈이 화등잔만해졌고 짧은 꼬리가 연신 꿈틀거리기 시작했다.

학수가 전화에서 말했듯이 전혀 엉뚱한 얼굴이 되어 있는 것을 보고 민혁이 잠깐 혼란한 느낌이 들었다. 민혁이 낮게 뚱을 꾸짖었다.
"뚱, 가만 있어!"
학수가 그런 뚱을 한참 노려본 뒤 민혁을 향해 입을 열었다.
"내 얼굴을 본 느낌이 어떠냐. 옛날의 김학수가 아니지? 어쨌거나 돈 가방부터 내놔봐."
"수정이는 어디 있지? 수정이와 요셉을 보여줘."
그때였다. 녹슨 철조망이 둘러쳐진 지뢰밭에서 요셉의 울음 소리에 섞여 수정의 목소리가 들려왔다.
"요셉아빠, 여기에요. 사방에 지뢰가 묻혀 있다고 해요. 무서운 개가 지키고 있어요. 요셉아빠아!"

민혁이 수정이와 요셉이 있는 쪽을 쳐다본 뒤 이를 악물고 학수를 노려보았다. 수정은 요셉을 안은 채 칡넝쿨이 무성한 동굴 입구에 서 있었다. 뚱이 수정이를 알아보고는 달려가려고 껑충껑충 뛰기 시작했다. 다시 민혁이 강하게 뚱을 나무라며 수정을 향해 소리쳤다.
"수정아! 침착해, 걱정하지마. 우리가 반드시 이길 거야. 그러니까 용기를 내어 뚱을 응원하자!"

그때 학수가 짜증난다는 듯 소리쳤다.

"돈가방을 달라구! 돈이 진짜인지 가짜인지, 그리고 액수가 맞는지 안 맞는지는 확인해야 하지 않겠어. 설마 이 나라 최고의 지성 차명성 박사의 사위가 치사한 거짓으로 자존심을 훼손하진 않을테니까!"

"수정이와 아이를 지뢰밭에 가두어 놓다니 비겁한 놈, 빨리 수정을 데리고 와, 돈 가방은 여기 있다. 네 말대로 50억을 미화로 바꾸어 왔다. 너 같은 놈에겐 거짓말도 아깝지. 한화 50억을 한 푼도 빼지 않고 미화로 바꾸어 왔다!"

학수가 입가에 뻥긋 조소 한 방울을 흘리며 지뢰밭 쪽을 향해 소리쳤다.

"디먼, 이리와! 수정이 아줌마, 개를 따라서 조심 조심 오시지. 크흐흐흐… 만에 하나 발을 잘못 디디기라도 하면 지뢰가 폭발한다. 이 말이지. 그러니까 조심해서 개만 따라오라 이 말이야."

그러자 숲 속에 엎드려 있던 디먼이 모습을 드러내었다. 수정은 아슬아슬한 몸짓으로 요셉을 안고 디먼의 뒤를 따라오고 있었다. 그러자 그때까지 억새풀 속에 엎드려 있던 개들도 여기저기에서 모습을 나타내기 시작했다. 모두 열 마리쯤 되는 듯 했다. 갑자기 수정의 모습을 발견한 뚱의 표정이 야릇해졌다. 게다가 수정과 함께 걸어나오는 디먼의 모습을 보자 뚱의 눈이 험악해졌다. 수정이 간신히 지뢰밭을 벗어나오자마자 뚱의 목을 끌어안고 울음을 터뜨렸다.

"뚱아, 어떡해에! 꼭 이겨야 돼, 뚱아!"

뚱이 수정의 얼굴을 마구 핥았다. 그리고 민혁이 빨리 끈을 풀어 주기만을 혀가 빠지도록 바랐다. 학수가 돈가방을 열어본 뒤 만족한 듯 말했다.

"크흐흐… 달러를 제대로 갖고 왔군. 저 자식이 일찍 죽고싶어 환장하고 있군. 좋았어. 그럼 시작해볼까?"

민혁이 재빨리 수정을 안전한 곳으로 피하게 하고 목청이 터져라 소리쳤다.

"똥을 만만히 보다니. 그런데 네 개들은 열 마리나 되잖는가. 비겁하게 똥 한 마리와 열 마리의 개가 싸우게 하겠단 거야? 어디 네가 그토록 신줏단지 모시듯 하는 조상신의 능력을 볼까?"

"한심한 놈. 감히 나의 조상신을 끌어들여? 디먼! 달려들어 저 놈을 갈갈이 찢어버려랏!"

디먼이 출렁이는 억새풀을 헤치고 똥에게로 질풍처럼 달려들었다. 민혁이 똥의 몸을 붙들고 있던 목줄을 풀었다. 그리고 처절하게 부르짖었다.

"똥아, 멧돼지를 물어죽였듯이 놈을 박살내 버렷!"

똥은 기다렸다는 듯이 달려드는 디먼을 향해 성난 코뿔소처럼 돌진했다. 똥의 몸에서 울근불근 불거져 나온 근육이 폭발할 듯이 부풀려졌다. 드디어 두 마리의 개가 맞붙었다. 두 마리의 개가 엉겨붙어 싸우는 모습은 너무도 처절하고 잔혹했다. 용호상박전이라도 이토록 처절할까.

우열을 가릴 수 없는 참혹하고도 무서운 싸움이 계속되는 동안 두 마리의 개는 조금도 물러설 줄 모르고 사력을 다해 엉겨붙고 있었다. 어느 순간 디먼의 이빨이 똥의 목을 물고 늘어졌다. 디먼의 이빨은 똥의 목가죽을 꿰뚫은 채로 빠질 줄을 몰랐다. 수정이 목이 터져라 소리쳤다.

"똥아, 힘내! 똥아, 힘내!"

똥이 디먼의 몸을 힘껏 뿌리쳤다.
"찌직!"
똥의 목가죽이 찢어지는 소리였다. 똥의 목에서 피가 사방으로 흩뿌려졌다. 피맛을 본 디먼의 눈이 빨갛게 충혈되기 시작했다. 디먼이 다시 똥의 목덜미를 물고 죽어라 흔들어댔다. 민혁이 목이 터져라 소리쳤다.
"똥아, 힘내, 힘내 똥아!"
수정은 똥이 디먼에게 당하기 시작하자 온몸이 산산이 부서져내리는 절망감으로 목이 터져라 울부짖었다.
"똥앗! 힘냇, 힘냇! 오, 하나님, 똥에게 힘을 주세요. 아흐흐흐……."
똥이 다시 디먼을 힘껏 뿌리치자 똥의 목가죽이 또 쭉 찢어졌다. 피분말이 디먼의 얼굴을 빨갛게 물들였다. 순간 하마처럼 쩍 벌어진 똥의 입이 디먼의 허리를 한입에 물어 박질렀다.
똥의 조상 티베탄 마스티프는 악력이 300kg이나 될 만큼 괴력을 가진 개였었다. 지금 똥의 악력이 그에 못지 않았다.
"우드득!"
순간 디먼은 자신이 도저히 똥을 당해낼 힘이 없다는 것을 통렬하게 느끼기 시작했다. 비로소 디먼은 무섭게 일그러진 똥의 얼굴을 보고 온몸이 으깨어지는 듯한 통증과 공포감으로 전율했다.

그때였다. 학수는 억새풀 숲에 엎드려 있던 개들에게 똥을 공격하도록 명령했다. 개들이 일시에 디먼의 허리를 물고 있는 똥을 향해 대들었다. 재빨리 몸을 뺀 똥이 맨먼저 달려드는 개의 주둥이를 물고 와삭 부서뜨렸다. 놈이 죽는다고 비명을 지르며 온몸을 질질끌며 도망치기 시작했다.

뚱은 기세를 몰아 또 한 마리의 개를 한 입에 물고 휙 뿌리쳤다. 놈이 바위 모서리에 머리를 심하게 박으면서 울부짖었다. 뚱이 폭풍처럼 달려들어 놈의 목을 물어 박질렀다. 눈이 완전히 뒤집어진 뚱은 화가 날 대로 났다. 얼굴에 온통 피범벅을 뒤집어 쓴 뚱의 얼굴은 마치 지옥을 뛰쳐나온 악귀처럼 처절하고도 무시무시했다. 주인인 민혁조차 가슴이 떨릴 정도였다.

"이 새끼들이 감히 수정이 누날 해치려고 해? 모조리 물어죽여 버리겠어······."

다시 학수의 개들이 뚱을 향해 대들었다. 하지만 대장인 디먼이 허리를 못 쓰고 끙끙대는 판에 놈들의 기세는 한풀 꺾일 수밖에 없었다. 뚱이 폭풍처럼 달려들어 그 중 덩치가 큰 놈의 목을 사정없이 물고 휘둘렀다. '칸'이란 살인 늑대개였다. 과연 상상할 수 없을 만큼 무서운 뚱의 입심이었다.

"우드드득!"

놈의 목뼈가 뚱의 입에서 마디마디 부서지는 소리였다. 말로 표현하기 힘들 만큼 과연 뚱의 힘은 삼두육비를 닮은 듯 무시무시했다. 비로소 학수의 얼굴에 당황한 기색이 역력해졌다. 학수가 악마의 얼굴을 일그러뜨리며 바락바락 악을 썼다.

"디먼! 일어나 새끼얏! 놈을 죽여! 여자도, 어린애도 물어 죽여! 모조리 죽여서 뜯어 먹어랏! 왕되신 조상신이시여, 디먼에게 힘을 주소서!"

하지만 이미 뚱은 사람이 도저히 어떻게 막을수 없을 만큼 무서운 야수로 변해서 또 한 마리의 얼굴을 사정없이 뭉개버리고 있었다.

"빠지직!"

그때였다. 민혁의 신호를 받은 진돌이와 풍돌이가 뚱의 두 아들과 함께 늑대개들에게 폭풍처럼 대들기 시작했다. 처절한 싸움이 한동안 이어졌으나 또 한 마리의 늑대개가 똥의 입에서 부서지고 있었다.

학수의 개들이 줄행랑을 치기 시작했다. 풍돌이와 진돌이 그리고 똥의 두 마리 아들들이 놈들을 따라 붙었다. 멀리서 개들이 싸우는 소리가 민혁과 수정의 가슴을 애타게 했다. 수정이 목이 타도록 울부짖었다.

"풍돌아아, 진돌아아 으흐흐흐… 오, 하나님 도와주세요."

똥이 다시 무서운 기세로 디먼에게 달려갔다. 완전히 끝장을 낼 모양이었다. 그때였다. 민혁이 소리쳤다.

"똥아, 그만! 그만햇!"

똥이 주춤했다. 하지만 디먼을 노려보는 똥의 눈에서는 아직도 불이 활활 끓고 있었다. 민혁이 다시 소리쳤다.

"똥아, 그만해, 그만해 똥아!"

바로 그때였다. 디먼의 귀에 그토록 그리워하던 목소리가 아스라히 들려왔다. 분명 그것은 귀에 익은 백산이 형의 목소리였다.

"장군아아! 장군아아!"

자꾸만 희미해져가던 디먼의 눈이 반짝 빛을 발했다.

"저 목소리는… 아! 저 목소리는 백산이 형의 목소리야, 얼마나 오랜만에 들어보는 그리운 백산이 형의 목소리!"

장백산이 와락 달려들어 장군이를 끌어안았다.

"장군아아! 어쩌다가 네가 이런 모양이 되어버렸니, 장군아아."

그 모습을 일그러진 얼굴로 노려보고 있던 학수가 짧게 디먼을 불렀다. 그는 이제 최후의 희망을 확인하고 싶다는 간절한 눈빛으로 디먼을 불러보는 것이었다.

"디먼, 이리와. 네 주인은 나야."

"………."

"디먼, 내가 네 주인이야. 어서 이리와. 너는 영원한 나의 분신이야. 넌 날 떠나서는 결코 이 세상을 살아갈 수 없어."

하지만 장군이는 비굴할 만큼 언구력을 부리는 학수 쪽은 쳐다보지도 않고 장백산의 얼굴만 열심히 핥고 있었다. 장백산의 눈에서 눈물이 폭포수처럼 흘러내렸다.

비로소 학수는 디먼과 자신 사이에 전혀 예측 못했던 엉그름이 쩍 벌어지고 있음을 느꼈다. 디먼은 장백산의 얼굴만 핥을 뿐이었다. 기어히 학수의 분노가 폭발하고 말았다. 학수가 시퍼렇게 날을 세운 정글도를 치켜들었다.

"이 새끼들, 목조리 목을 잘라 죽여버리겠었!"

학수가 장백산의 목을 향해 정글도를 치켜들었다. 바로 그 순간, 학수는 목뼈가 부서지는 듯한 심한 통증을 느끼며 정글도를 땅에 툭 떨어뜨렸다. 그는 숨이 끊어지는 순간까지도 자신의 목을 물고 늘어진 디먼의 배신을 어금니가 부서지도록 원망했다.

"으으으… 디먼 놈이 날… 원통하고 분하다. 그… 그래. 내 지옥에 먼저가서 네놈들을 기다리고 있겠다… 그때… 네놈을 갈아마시겠어. 으으으……."

기어이 학수의 숨이 끊어졌다. 장군이는 비로소 맛문한 나머지 학수의 목에서 이빨을 뽑아놓고 힘없이 옆으로 쓰러졌다. 장백산이 장군이를 끌어안고 울부짖었다.

"장군아! 장군아! 안돼, 장군아아!"

장군이는 죽어가면서 장백산의 가슴이 너무도 따뜻하다고 느꼈다.

"형… 왜 이제야 온 거야. 좀 더 일찍 날 찾아주지 않고… 그래도 형의 가슴은 옛날처럼 너무도 따듯하고 평안해…….."

장군이의 눈이 스르르 빛을 잃어가고 있었다. 그 순간만큼 장군이는 결코 살인마 디먼이 아닌 옛날의 장군이 모습으로 선하게 변해 있었다.

장백산은 숨이 끊어져 버린 장군이를 안고 목놓아 울었다.

"미안해, 장군아아! 미안해, 장군아아! 내가 그때 술마시느라고 널 잃어버리지만 않았어도 네가 이렇게 되진 않았을텐데, 장군아아! 장군아아! 으흐흐흐……."

그 옛날, 장백산과 장군이가 행복하게 뛰어놀던 초원에 다시 정적이 감돌았다. 수정이 요셉이를 등에 업은 채 달려와 뚱을 끌어안아주자 비로소 뚱은 서서히 흥분이 가라앉는 모양이었다.

그때 늑대개들을 따라붙었던 진돌이와 풍돌이, 뚱의 아들들이 많이 지친 듯 헐떡거리며 나타났다. 민혁이 수정과 요셉이를 와락 끌어안고 눈물을 흘렸다. 민혁이 개들의 머리를 일일이 끌어안고 감격해 했다.

"얘들아, 무사히 살아와 줘서 고맙다. 집에 가자, 맛있는 거 만들어 줄께."

뚱의 얼굴과 온몸은 개들에게 물어뜯긴 상처로 성한 데가 없을 만큼 참혹했다. 그래도 뚱은 수정이 무사하게 살아있어 너무도 마음이 행복했다. 장백산이 장군이의 시체를 안은 채로 울고 있는 모습을 바라보며 민혁과 수정은 너무도 가슴이 아팠다.

"치료만 받으면 살릴 수 있었는데… 장백산을 살리려고 혼신의 힘을 다해 학수를 물고 늘어진 탓에 장군이가 너무도 지쳐서 그만……."

그리고 순식간에 장군이와 뚱의 이야기가 메스컴을 통해 사람들을 열광시켰고, 뉴욕타임즈의 머릿기사에도 다음과 같은 제목이 주먹만한 글자로 들어섰다.

"뚱과 장군이 영웅이 되다."

이듬해 초가을 어느 날이었다. 둘째 아이를 업은 수정이 요셉이와 함께 현관을 나섰다. 수정은 뚱과 뚱의 두 아들, 새로 입양해 온 푸들 한 쌍 그리고 풍돌이와 진돌이를 잔디밭 한 곳에 모아놓고 엄격하게 교육을 시키고 있었다. 말하자면 밭에 심은 농작물을 망가뜨리지 못하도록 절대로 밭에 들어가는 것을 허용하지 않는 교육이었다.

며칠 전 뚱이 친구들과 함께 밭으로 뛰어들어가 난장판을 치는 바람에 김장할 때 쓰려고 심어놓은 배추모종을 마구 짓이겨 놔서 거의 못 쓰게 되어버렸다.

그 날 뚱과 친구들은 눈물이 쏙빠지도록 수정에게 혼이 났다.

"이 배추를 잘 키워 김장을 해서 이웃사람들과 나누어 먹을 계획이었는데 다 망가뜨렸으니 어쩔 거얏! 밥도 없어."

뚱의 뱃 속에서 연신 쪼르륵 소리가 천둥치듯 했다. 하루 종일 굶었더니 힘이 쪽 빠져서 옴짝달싹도 하기 싫었다. 이튿날 아침이었다. 수정이 잠옷 바람으로 다가왔다. 그리고 녀석들을 데리고 밭으로 갔다. 수정이 강아지들을 일렬로 앉혔다.

"뚱! 자 또 한 번 친구들이랑 밭에 들어가 보시지."

"........."

그러고도 몇 번 더 뚱의 콧등을 회초리로 두들기고 나서야 수정은 집 안으로 사라졌다. 뚱은 비척거리듯 일어서서 행여나 수정이 누나가 김이 무럭무럭 나는 족발을 들고 나오지 않을까 싶어 눈이 빠지도록 현관 쪽으로 시선을 모으고 있었다. 다른 녀석들도 배가 고프고 힘이 없는 것은 매한가지였지만 뚱만큼 죽을 지경은 아닌 모양이었다.
 그때였다. 수정이 양동이를 들고 현관을 나서고 있었다. 족발이었다. 뚱은 그 구수한 족발냄새에 그만 기절할 것만 같았다.
 "아흐… 족발이다……."
 수정이 두 손을 허리에 얹은 채로 녀석들 앞에 우뚝 섰다.
 "어디 한번 말을 듣나 안듣나 시험해 보겠어. 또 한 번 밭에 들어가 난장판을 쳤다간 그 땐 진짜 일주일 동안 콩 한 쪽도 안 줄 거야, 알겠낫?"
 모두들 겁에 잔뜩 질린 눈으로 수정을 쳐다보았다. 작년에 치렀던 늑대개들과의 전쟁탓에 뚱의 얼굴은 온통 상처 투성이었지만 눈빛만큼은 여전히 보석처럼 아름다웠다. 수정이 드디어 어른 팔뚝만한 족발을 하나씩 나누어 주기 시작했다.
 "아흐, 고마워 수정이 누나. 다시는 밭에 안 들어갈게."
 그리고 그런 교육을 꾸준히 시킨 이후로는 강아지들이 절대로 밭에 들어가지 않았다.

 어느 날 아침이었다. 수정이 밖으로 나와도 뚱이 기척이 없었다. 수상히 여긴 수정이 무심코 뚱의 집을 들여다보고는 기절할 듯 놀라고 말았다. 그녀는 열려진 현관문 쪽에다 대고 소리쳤다.
 "이봐욧! 요셉이 아빳! 빨리 나와봐욧!"
 타올로 머리를 닦다 말고 민혁이 놀라서 뛰쳐나왔다.
 "왜, 왜 그랫! 무슨 일야 또?"
 "뚱… 뚱집에 글쎄……."
 "뭐, 뭐라고? 뚱이 어쨌다구?"
 민혁도 뚱의 집 안을 들여다보고 화들짝 놀라고 말았다.

그것은 멧돼지 새끼들이었다. 아직 채 젖이 떨어지지도 않아 보이는데 다섯 마리의 어린돼지들이 풍의 품 안에 주둥이를 콕 쳐박고 잠들어 있는 것이었다.

"아니 저게 무슨 일일까? 멧돼지 새끼들이 왜 풍의 집에 들어온 거지?"

"오빠, 가엾게도 어미를 잃어버렸나봐. 대체 어떻게 이런 일이 생길 수 있지?"

"글쎄 말야, 어미가 어떻게 된 걸까? 희한하네 진짜!"

"요셉이 아빠, 어미가 사람들이 숨겨놓은 올무에 걸려 죽은 게 아닐까? 멧돼지 새끼들이 우리가 밭머리에 놓아 준 사료를 먹으러 내려왔다가 풍의 집으로 들어갔나봐."

"아무래도 그런 모양인데? 그런데 풍 녀석이 어린 돼지들을 해코지 않고 꼭 끌어안고 있는 모습이 기가막히네. 저게 가능한 일이야? 사진을 찍어놔야겠어."

그리고 수정은 그날부터 밤잠을 설쳐가며 어린돼지들에게 우유를 먹이기 시작했다. 민혁은 직장일에 눈코 뜰새없이 바빴지만 퇴근하면 곧바로 수정을 도와 멧돼지 새끼들에게 우유를 먹인 후에 다시 풍의 집에 넣어주곤 했는데 풍이 새끼돼지들을 어찌나 애지중지 하는지 기가 막힐 지경이었다. 수정이 턱을 손바닥 위에 얹어 놓은 채 그런 풍을 물끄러미 바라보며 옆에 있는 민혁에게 말했다.

"우리집이 야생동물들의 천국이 되었음 좋겠다. 그치 요셉아빠?"

"집 주위에 사료를 많이 뿌려 주었더니 벌써 야생동물이 많이 모여들었어. 다람쥐들이랑 청솔모는 얼마든지 볼 수 있고, 고슴도치도 보았고, 너구리도 있어. 산토끼들도 기웃거리기 시작했고, 고라니랑 노루도

슬금슬금 다가오는 모습 못봤어? 이름도 모르는 새들이 모두 우리집 뒷산으로 몰려 온 모양이야. 아침이면 새소리들 땜에 늦잠을 못 자지. 집 주위에 동물들이 먹을 사료와 새들의 먹이를 뿌려놓은 탓이야."

"그럼, 일만 이천 평이나 되는 이 넓은 땅에다 뭘 심어 보았자 수확할 꿈도 못 꾸겠다. 그렇지?"

"녀석들이 다 파헤치고 뜯어먹겠지. 그럼 어때? 우린 월급 타서 시장에서 사다먹음 되잖아."

"동물들은 인간을 그리워하고 인간과 친하게 사귀고 싶은데 탐욕에 눈이 먼 인간들이 동물들을 잔인하게 죽여 없애기를 좋아하는 바람에 생태계가 균형을 잃은 거야. 요셉이 아빠, 우리 멧돼지들이 들어가 놀 수 있는 철조망을 넓게 짓자. 요셉아빠, 사람들은 왜 꼭 멧돼지를 총으로 쏘거나 덫 같은 것이나, 독약 같은 것으로 죽이려고만 할까? 산에 튼튼한 쇠울타리를 넓다랗게 치고 그 안에 집을 지어준다, 이 말이지.

그리고 그 쇠울타리 안에 사료 등 먹거리를 떨어뜨리지 않고 넣어 놓으면 멧돼지들이 그 집을 자유롭게 드나들면서, 어느 날부터 스스로 보금자리를 만들지 않을까? 그렇게 해서 멧돼지를 키우자. 닭들도 무지무지 많이 풀어놓고 키우자."

민혁이 두 팔을 번쩍 쳐들고 맞장구를 쳤다.

"그래, 뜻이 있는 곳에 길이 있지. 멧돼지들이 자유롭게 드나들 수 있는 넓은 울타리를 만들자. 그래서 뜻을 같이하는 동호인들과 함께 힘을 합쳐 이 넓은 땅을 야생동물들의 천국으로 만드는 거야… 뒷산은 아무리 많은 야생동물들이 모여들어도 잔소리할 사람도 없는 국유림이잖아. 압구정에 있는 집도 팔아 버리자. 그래서 대한민국의 미래를 짊어지고갈 탈북청소년들이 살 수 있도록 집을 짓자. 탈북청소년들에게 올인하자."

 똥이 배를 하늘로 향한 채 또 드르렁 드르렁 코를 골기 시작했다. 힘이 장사이고 싸움꾼인 아빠를 꼭 빼어 닮은 똥의 두 아들도 아빠 옆에 털썩 드러누워 같이 코를 골기 시작했다.
 똥과 두 아들은 배만 부르면 그렇게 습관처럼 벌렁 자빠져서 코를 골곤 했다. 새로 입양한 푸들강아지 두 마리는 수정이 가는 곳마다 쫄랑쫄랑 따라다니며 애교를 떨었다.
 비록 늦은 감이 있지만 수정도 오늘 중으로 똥의 두 아들과 푸들강아지들의 이름을 꼭 지어주기로 마음 먹었다.
 구름 한 점 없는 파란 가을 하늘에 한 떼의 기러기가 울어 예며, 어딘가로 떼지어 날아가고 있었다.

장군이, 별이 되다

　이듬해 4월, 민혁이네 집 뜨락에 따사로운 봄기운이 찾아왔다. 이장님을 통해서 구입한 엇송아지 한 마리가 밤나무 밑에 앉아서 한가로이 졸고 있었다. 점박이 돼지를 처분했지만 수정은 송아지를 꼭 키우겠다는 고집을 꺾지 않아서 민혁도 쾌히 승락했었다.
　수정은 소를 크게 키워 타고 다니고 싶다는 꿈을 포기하지 않고 있었다. 수정이 강아지들에게 아침을 먹이고 나서 잔디 위에 벌렁 드러누워 파란 하늘을 올려다보며 조그맣게 속삭였다.

　"하나님, 참 감사합니다. 저희 부부에게 고난을 통한 은혜가 얼마나 귀하고 소중한가를 깨닫게 해 주셔서 너무도 감사합니다. 저희 부부에게 고난과 아픔이 없었다면 삶이 얼마나 아름답다는 것을 깨달을 수 있었을까요? 위대하신 창조주 하나님께 이렇게 가까이 다가설 수 있었을까요? 하나님을 사랑하고, 하나님의 이름을 인정하는 인생들에게 예비해 주신 영원한 천국이 있다는 것을 이렇게 소름끼치도록 느낄 수 있었을까요.

이제 우리 부부가 마음을 합하여 이 땅에 탈북 청소년들과 부모 잃은 고아들을 위하여 그리고 남편을 잃고 슬픔에 빠진 여인들을 위해서, 소망의 집을 건축하려 합니다. 좌절과 실의에 빠진 저들과 함께 웃고 함께 울며 세월을 아끼려 합니다. 도와주십시오."

그렇게 속삭이는 수정의 눈이 촉촉히 젖어 있었다.

그때 등산복 차림으로 민혁이 다가섰다.
"울어? 왜?"
수정이 일어나 앉으며 말했다.
"출발하게? 풍을 데리고?"
"응, 데리고 가는 게 좋을 것 같아. 오늘밖에 시간을 낼 수가 없어서."
"요셉아빠, 운전 조심하면서 다녀와요. 해 지기 전에 돌아올거죠?"
"그럼, 내일은 퇴근도 못해. 서류정리할 게 엄청 밀렸거든… 우리나라엔 왠 고소 고발 사건이 그리 많을까? 그리고 말인데."
수정이 눈을 동그랗게 뜨고 물었다.
"왜? 무슨 할 말 있어요?"
"부탁이야."
"부탁? 무슨 부탁인데요?"
"언젠가부터 수정이가 내게 존댓말을 하기 시작했어. 우린 부부이기도 하지만 그보다 친구라는 표현이 맞아. 내게 존댓말을 하지 말아줘."
수정이 쿡 하고 웃었다.
"알았어. 오빠, 하루 빨리 국민에게 희망이 되는 멋진 지도자가 되어줘. 난 오빠의 미래가 많이 믿어져."
"수정아, 법조인에 대한 국민들의 기대가 목마른 시대이긴 하지만, 정치인에 대한 이야기는 많은 세월이 지나가야 그에 합당한 올바른 평가가 나오는 것이지."

수정이 민혁의 눈을 뚫어지듯 쳐다보며 말했다.

"오빠, 그거 알아?"

"뭘?"

"우리 뚱 때문에 뜻하지 않게 오빠가 온 국민들에게 영웅이 된 거 말이지. 대체 웬 일일까, 이 놀라운 사실이?"

민혁이 수정의 말에 미소를 지으며 말했다.

"아버님의 친구가 캄보디아로 선교활동 떠나시면서 하셨던 말씀이 생각나는군."

"뭐라셨는데?"

"뚱이 독특한 운명을 타고난 강아지라는 의미있는 말을 했어. 자, 나 출발해야겠어."

"알았어, 요셉아빠. 운전 조심하구."

"응."

장백산이 살고 있는 마을 입구에는 '백산이네 농장'이라는 팻말이 박혀 있었다. 민혁은 마을 사람들의 안내로 울창한 숲을 머리에 이고 있는 장백산의 농장에서 차를 세웠다. 마침 작업복 차림으로 돼지 막사에서 나오는 장백산과 마주쳤다. 장백산이 깜짝 놀란 얼굴로 민혁을 반겼다.

"아니, 강 선생님이 어찌 여기엘!"

"아이구, 한참 바쁘신 중인가 본데."

"아뇨, 점심시간이라 직원들이 식사 중이어서 제가 잠깐 돈사를 둘러

보는 중이었죠. 강 선생님, 저어기 느티나무 아래에 있는 벤치에 가서 앉을까요?"

두 사람은 억새풀이 파도처럼 넘실거리고 있는 느티나무 아래로 함께 걸었다. 장백산과 벤치에 나란히 앉은 민혁이 주위를 둘러보며 새삼 감탄했다.

"농장이 엄청나군요. 대체 땅이 얼마나 됩니까?"

"조상 때부터 물려받은 땅인데 우리 소유의 땅은 일만 칠천 평쯤이고요, 그 뒤에 있는 산과 초원은 종중 땅인데 100만 평쯤 됩니다. 주로 소와 돼지를 키우는데 오늘부터 소는 모두 초원에 방목시켰죠. 겨우내내 우사에서 사료만 받아먹고 살다가 모처럼 들판을 뛰어다니니 신들이 났죠. 한 천 8백 마리 쯤 됩니다."

"돼지는요, 대체 돼지는 몇 마리나 되는거죠?"

"돼지는 모두 3천 마리쯤 됩니다. 거기에 닭이랑 기러기, 칠면조 등도 키우죠. 앞으로 마릿수가 더 많아지겠지요."

"야! 대단하네요, 농장이라기보다 기업이네요."

민혁이 산자락을 끼고 돌며 펼쳐진 억새풀밭을 둘러보며 연신 감탄을 터뜨렸다.

"저 억새풀은 원래부터 자생하고 있는 겁니까, 아니면 백산 씨가 스스로 재배한 것입니까?"

"제가 장군이를 잃어버렸던 이듬해 봄부터 저는 장군이와 마음껏 뛰어놀던 억새풀밭이 너무도 그리웠습니다. 억새풀이 원래 무성하게 자라고 있었지만 제가 더 많이 억새풀밭을 넓혔죠."

두 사람 사이에 잠깐 침묵이 흘렀다. 장백산이 젖은 목소리로 먼저 입을 열었다.

"똥은 건강하게 잘 있습니까?"

"예, 아주 건강하게 잘 있습니다. 지금 제 차에 있습니다. 장 선생님이 보고싶어 할 것 같아서 데리고 왔죠."

장백산이 얼굴을 활짝 펴고 말했다.

"그래요? 그럼 똥을 데리고 오시죠. 긴 여행을 했으면 오줌도 많이 마려울텐데요."

"똥을 데려오죠."

민혁이 자신의 차를 향해 뚜벅뚜벅 걸어가는 뒷모습을 물끄러미 바라보며 장백산은 가슴으로 중얼거렸다.

"똥이 보고 싶은 참에… 지난 밤 꿈에 똥이 나타났는데… 이렇게 반가울 수가……."

조금 후에 민혁이 똥을 데리고 장백산에게 가까이 다가왔다. 똥이 장백산의 얼굴에 코를 바짝 들이대고 킁킁대며 냄새를 맡았다. 장백산이 그런 똥을 와락 껴안았다.

"네가 없었더라면 우리 장군이는 악마의 대명사가 되어 사람들에게 영원히 저주받은 개로 기억될 뻔했다. 똥아, 너 때문에 이 땅에 평화가 찾아왔어. 고맙다 똥아."

똥은 영문도 모른 채 여전히 장백산의 얼굴에 코를 들이대고 킁킁거리고만 있었다. 장백산이 말했다.

"강 선생님, 똥을 데리고 절 좀 따라와 보실래요?"

"예. 그러죠."

이윽고 양지바른 산기슭에 도달한 장백산이 민혁을 향해 미소를 지으며 손가락으로 한 곳을 가리켰다. 그 곳에 까만 대리석 비석이 세워져 있었다. 그리고 비석 옆에도 조그마한 봉분이 예쁘게 단장되어 있었다. 바로 장군이 엄마의 무덤이었다. 비석에는 이렇게 쓰여 있었다.

'장군이 엄마와 장군이 이 곳에 잠들다.'

순간 민혁이 비석 앞에 털썩 무릎을 꿇었다. 민혁이 비석을 어루만지며 울먹였다.

"장군아… 나쁜 인간들 때문에 주인을 잃고 얼마나 마음이 아팠니… 이제 그토록 보고 싶었던 주인과 함께 이 곳에서 영면하렴……."

장백산이 민혁의 옆에 앉았다. 어느 새 그의 눈도 빨갛게 충혈되어 있었다. 민혁이 낮은 목소리로 물었다.

"결혼은 하셨습니까?"

장백산이 조그맣게 고개를 저었다.

"왜, 여즉 결혼을……."

"조금 전에도 말씀드렸지만 제가 이 곳에 따로히 땅을 떼어내어 억새풀밭을 조성한 것은 장군이와 함께 뛰어놀던 옛 군견훈련소의 뒷산이 너무도 그리웠기 때문입니다. 장군이도 그때의 군견훈련소 뒷산에 펼쳐졌던 억새풀밭에서 나와 마음껏 뒹굴고 놀던 추억이 무척 그리웠을 테고 말이죠. 제가 결혼을 미루고 있는 이유는, 장군이의 이야기를 듣고 나와 함께 이 비석을 끌어안고, 눈물을 쏟으며 함께 울어줄 수 있는 배우자를 찾기 위함입니다. 그때 그 순간, 최후의 기력을 다해서 나를 죽이려던 악마의 목을 물고 늘어졌을 때의 장군이의 우정은 결혼에 앞서는, 장군이에 대한 나의 우정이 우선이기 때문입니다."

"네, 그러시군요."

뚱은 어느 새 억새풀밭에 벌렁 드러누워 또다시 잠을 청하고 있는 모습이었다. 민혁이 다시 장군이의 비석을 쓰다듬으며 말했다.

"장군아, 해마다 한 번씩 널 찾아올게. 이 다음엔 수정이 누나도 함께, 그리고 진돌이, 풍돌이, 풍의 자식들이랑 푸들 강아지 두 마리도 함께 이 억새풀 밭에서 마음껏 뛰어노는 모습을 네게 보여 줄게… 참 그날은 호두도 데리고 와야지."

장백산이 와락 민혁을 끌어안았다. 장백산이 울먹이는 목소리로 말했다.

"강 선생님, 장군이는… 장군이는 밤하늘을 밝히는 천상의 별이 되었습니다. 이번 경험을 통해서 저는 강 선생님의 위대한 미래를 읽었습니다. 부디… 부패의 그늘에서 음습하게 미소짓고 있는 이 시대의 타락한 정치 지도자들과는 달리, 국민들에게 폭넓은 희망과 용기를 주는 크고 아름다운 별이 되도록, 장군이 별을 쳐다볼 때마다 강 선생님을 위해 기도하겠습니다. 국민의 가슴에 꿈의 날개를 달아주는 위대한 별이 되도록 말입니다.

"………"

집으로 돌아오면서 민혁은 입속으로 조그맣게 중얼거렸.

'수정과 나는 한때 풍 때문에 당한 많은 어려움을 겪으면서 하필이면 우리 부부의 삶이 한 마리 강아지 때문에 걷잡을 수 없을 만큼 힘들다고 하나님을 원망하며 탄식했었지. 하지만 인간이 어떠한 운명의 돌을 맞이하든지 그 돌을 피하지 말고 과감하게 맞선다는 것은 차라리 축복인 것을… 우리에게 던져진 운명의 돌은 아버지의 친구분이 캄보디아 선교를 가면서 우리에게 맡겨준 풍이란 강아지었다…….'

For the LORD watches over the way of the righteous,
but the way of the wicked will perish.(Psalms 1:6)

대저 의인의 길은 여호와께서 인정하시나 악인의 길은 망하리로다
(시편 1편 6절)

[에필로그]

반려견의 슬픈 이야기「장군이 이야기」원고를 마무리하면서 함께 지내왔던 강아지들의 얼굴들이 주마등처럼 스치며 떠오른다.
말 못하는 반려견들에게 더 잘 돌보아 주었을 걸 하는 아련한 마음이 남는다.

끝이 보이지 않을 것 같았던 원고를 탈고하며, 가족에게 사랑의 빚을 너무 많이 진 것 같다.
아내 이영휘는 우질부질하기 짝이 없고, 마른 막대기만큼도 쓸모없는 남편을 작가의 반열에 세우기 위해 40여 년 넘게 고난과 눈물의 세월을 운명처럼 견디어 내었다.
조실부모한 내게 있어서 아내는 너무도 고마운 엄마였다.

또한 땀과 눈물이 배어 있는 육필원고지를 컴퓨터 작업하느라고 어깨가 무너진 딸도 눈물이 날 만큼 내게는 고마운 천사였다.

이러한 갚을 수 없는 사랑의 빚을 사는 날 동안 원고지로 갚아 나아갈 것으로 다짐해본다.

장군이 이야기
vol. 02

초판 펴낸 날　2024년 8월 15일

지은이　　김 실
펴낸이　　김종관
북디자인　함명희

펴낸 곳　도서출판 명장
등록　　제2024-000068호 (2024. 7. 10.)
주소　　서울특별시 중구 서애로3길 13-5
전화　　(02) 2273-8384, 팩시밀리 (02) 2273-1713
이메일　ebenbooks@daum.net

Copyright©김 실, 2024, printed in Korea

ISBN: 979-11-988440-2-6 (04810)
　　　979-11-988440-0-2 (세트)

값 15,000원

이 책은 저작권법에 따라 보호받는 저작물이므로 무단 전재와 복제를 금합니다.
지은이와의 협의로 인지는 생략하며, 잘못된 책은 교환해 드립니다.
본서는 전자출판진흥사업에서 제공된 Kopub world체와 함초롬체를
사용하여 제작하였습니다.